Doch auserwählt

Bellevue

Doch auserwählt

von

Juliane Beer

Die Deutsche Bibliothek verzeichnet diese Publikation in der Deutschen Nationalbibliografie.
Detaillierte bibliografische Daten sind im Internet abrufbar unter http://dnb.d-nb.de

Personen und Handlungen dieser Geschichte sind frei erfunden. Jegliche Ähnlichkeiten mit lebenden oder realen Personen wären rein zufällig.

1. Auflage März 2021
© 2021 Marta Press UG (haftungsbeschränkt), Hamburg, Germany.
www.marta-press.de
Lektorat: Veronika Schimmer, Hamburg.
© Umschlaggestaltung: Andreas Imhof, Hamburg.
Printed in Germany.
ISBN 978-3-96837-001-9

1.

„Du bist eine Täterin", hatte Monika festgestellt. „Nach vorne leiden, hintenrum zur Tat schreiten. Bedenklich. Sehr bedenklich. Ist doch so."

Susanna verstummte.

„Ihr meint, redlich arbeitenden Menschen eure Genusssucht aufzwingen zu müssen? Eure Gesetze und Moralvorstellungen, die ihr ja offenbar für universell gültig haltet?"

Susanna wollte auflegen, besann sich, legte nicht auf, denn das wäre einem Lamento gleichgekommen. Lamento, wie Erich es verboten hatte. Sie blieb tapfer. Auch noch, als Monika ihr Anliegen festschraubte:

„Gerade ihr müsstet wissen, wie es ist, verfolgt zu werden. Aber ihr habt nichts gelernt! Ich komme nicht drum herum, dir das zu sagen!"

Susanna spürte nicht mehr, wie ihre Glieder steif wurden, wie üblich, wenn in ihrer Umgebung sorgsam Gehütetes eruptiv ans Licht schoss.

Auf der anderen Seite wurde aufgelegt. Es war gegen Mittag.

Susanna stand auf. Wusste, dass sie jetzt hart gegen sich werden würde, gnadenlos. Kaffee würde sie sich versagen, außerdem einen warmen Schal beim Gang in den Kohlenkeller. Alles bereits bekannt als Folge von Verstörung.

Wenig später glühten die Briketts im Kachelofen. Susanna setzte sich an den Sekretär. In der oberen Schublade fand sie Monikas frühe Briefe, die Briefe des kurz erschrockenen Mädchens, zusammengehalten mit Geschenkband. Susanna ging zum Ofen, zog die Klappe auf, Hitze schlug ihr entgegen, die Klappe flog wieder zu. Sie würde die Briefe ja doch nicht verbrennen.

Im Flur öffnete sie das Türchen zur Kammer und ordnete die Briefe der passenden Mappe zu.

Sollten die 1980er Jahre nicht funkeln?

7

Erst ein Jahr später betritt Susanna die Kammer wieder. Ein weiterer abenteuerlicher Gang, Susanna tätigt ihn für den Enkel. Der wird daraufhin vom Wehrdienst freigestellt. Auch der Zivildienst bleibt Michael erspart.

In Äthiopien werden derzeit Versorgungsgüter entladen; die Luftwaffe hatte sie eingeflogen. In Hungergebieten zu helfen, findet Michael wichtig, aber ist dafür Militär nötig? Auch Menschenrechtsorganisationen könnten das übernehmen. Michael ist jedenfalls froh, dass er keine Kaserne von innen sehen wird.

Aber warum er denn nicht zur Bundeswehr müsse, interessiert Mara.

„Frag unseren Vater!", empfiehlt Michael. Hofft, dass die Schwester ein bisschen Tumult auslösen wird. Sie liebt das.

James. Erläutert in lausekaltem Ton, dass Michael keinen Wehrdienst leisten muss, weil sein Vater Jude ist.

Ach so. Mara hatte tatsächlich keine Ahnung, dass es einem deswegen erspart bliebe, Krieg zu spielen. Aber was den jüdischen Vater angeht, weiß sie Bescheid. Längst. Und würde das nicht halb so aufregend finden, wenn es bislang nicht so bange verschwiegen worden wäre.

Auch wenn die Nana ihr, Michael und Benjamin immer wieder erzählte, was auf der Flucht nach Bolivien geschah, dass der Zugwaggon stundenlang stand, dass anderntags die Schiffskabine voller Flüchtlinge in Brand geriet, dass das Feuer sich im Inneren des Dampfers ausbreitete, wie ein paar wenige Passagiere es schafften, sich auf das regennasse Oberdeck zu retten – das Entscheidende wurde nie ausgesprochen. Auf Enkel-Fragen nach dem Grund der Reise hieß es, man habe sich vor dem Krieg in Sicherheit bringen wollen. So, wie zahllose andere Menschen auch. Der Krieg betraf alle, wurde betont.

Die Familie erreichte Südamerika nahezu unverletzt. Wie durch ein Wunder unverletzt, stellte Susanna fest, wenn sie von den vierundzwanzig Stunden an Bord des brennenden Schiffs berichtete. Mehr Leid und Erleichterung zu bekunden war nicht erlaubt. Erich hatte Lamento verboten.

Michael, Mara und Benjamin waren Schulkinder; das Abenteuer auf dem Schiff mitsamt dem glücklichen Ausgang begeisterte sie auch ohnedies.

Später, als sie Teenager waren, das Unterrichtsmodul zum Thema Nazi-Deutschland absolviert und drei Folgen der Serie ‚Holocaust' angeschaut hatten, Letzteres zufällig, weil sich Mutter im Bett und Vater am Arbeitsplatz aufhielten, wussten sie Bescheid, wenn die Großmutter vom Schiffsunglück zu erzählen begann. Die erwähnte noch immer mit keinem Wort, dass sämtliche Passagiere an Bord vor ihren Nachbarn, ihrem Bäcker oder Friseur oder Kinderarzt geflohen waren.

Michael, Mara und Benjamin stellten schon lange keine Fragen mehr.

Michael bleibt die Bundeswehr erspart. Seinen Freunden nicht.

James hatte sich entschieden, zu reden. Die andere Möglichkeit wäre gewesen, seine Tochter, siebzehnjährig und rebellisch, anzulügen. James war keine Lüge eingefallen. Michael ist doch kerngesund und somit in der Lage, durch Schlamm zu robben oder bei Sonnenaufgang um eine Kaserne zu joggen. Auch die Mahlzeiten in der Bundeswehrkantine würden dem Gastonomen-Sohn zwar nicht schmecken, aber bekommen. Und wenn er auf solche Abenteuer keine Lust hätte, könnte er im Rahmen des Zivildienstes gebrechliche Mitmenschen im Rollstuhl durch den Park schieben. Oder nach Berlin abhauen, wie seine Freunde. Aber Michael darf in Hamburg sein Studium beginnen.

Susanna hatte sich in die Abstellkammer gewagt. Dorthin, wo das Gedächtnis sich nicht betäuben ließ, nicht erstarrt lag, nicht nur dann zuschnappte, wenn man ihm auf die Glieder trat. In der Kammer herrschte Verführung. Obwohl Erich das verboten hatte.

Susanna beeilte sich, grub aus Kisten hervor, was die Bundeswehr benötigte. Ohne die Dokumente zuvor noch einmal gründlich durchzusehen, sandte sie sie ab. Jeder Blick darauf konnte Sehnsucht wecken. Die einzige Bedrohung hatte von orange bis türkisblau geleuchtet; um Zinn zu lösen, brauchte man Zyanid. Damals, auf der Mine bei La Paz.

Erich wollte nicht bleiben.

Als Eichmann geschnappt und nach Israel verbracht worden war, gab es kein Halten mehr. Nachrichten zur Schmierwelle in Alemania, die Radio La Paz wochenlang in die Zufluchtsstätten und in die Schlupflöcher der Deutschen gesendet hatte – vergessen. Dieser Minute, da Eichmann bei Nacht und Nebel, wie Erich es ausschmückte, in ein Auto gezerrt worden war, wich jede Menge Filmwerk. Der Schnittmeister ließ fehlerhaftes Zelluloid einfach zu Boden fallen. Susanna sollte es fortkehren. Die wusste nicht, wohin.

So maßlos hatte Erich die Entführung beeindruckt, dass sie ihm nächtelang im Traum erschien. Susanna hörte ihn genussvoll seufzen. Ließ anderntags beim Frühstück wechselnde Darstellungen der Entführung, vorgetragen mit feierlich gesenkter Stimme, über sich ergehen. Mal wehrte sich Eichmann, was ihm Erichs Hohngelächter einbrachte, mal wehrte er sich nicht, was Erich dazu veranlasste, Betrachtungen zu Schuld und Haltung anzustellen. Doch immer hieß es: „Sollst sehen, Suse, es ist vorbei mit den Hundesöhnen. Sie sind erledigt. Auch die, die zu Hause noch unbehelligt ihr Unwesen in Gerichten und Amtsstuben treiben."

Susanna argwöhnte, dass ihr Mann glaubte, was er da redete.

Wenn der Kaffee getrunken war und die Brotkrümel im Herdfeuer verglommen, rief Erich den gemeinsamen Neuanfang in Deutschland aus.

„Ohne unversöhnliches Lamento. Spätestens in zwei Jahren wird der Hass auf Juden doch eh so aberwitzig erscheinen, wie öffentliche Hinrichtungen auf dem Marktplatz im Mittelalter. Ach was", verbesserte Erich sich, „in zwei Jahren wird man zwischen Juden und Nichtjuden nicht mehr unterscheiden. So unwichtig sind wir. Wir kehren heim, wir werden gebraucht!"

Es war Sonntag. Susanna wusch schweigend das Geschirr ab. Zwei Monate später zog sie die Tür des Lehmhäuschens in La Paz zum letzten Mal hinter sich zu.

Erich lebte sich wieder ein. Es kamen Enkelkinder.

Die wissen seit zwei Jahren heimlich Bescheid, dass ihr Vater Jude ist. Tatsächlich, eine Lappalie wäre das. Wenn er nicht schweigen würde.

„Warum muss Michael weder zur Bundeswehr noch Zivildienst leisten?"

Alle anderen Jungs in ihrem Umfeld verschone man nicht.

Mara hatte sich vorhin dumm gestellt. Mal schauen, womit der Vater so herausrückte. Sie schob ihre Nickelbrille zurecht, markierte mit Hilfe eines Teebechers und eines Päckchens Tabak zum Selbstdrehen von Zigaretten ihr Revier auf dem Couchtisch. Setzte sich neben ihren Vater aufs Sofa. Aufrechte Körperhaltung, herausfordernder Blick.

James griff nach der ZEIT, hielt sie sich vors Gesicht. Operation El Dorado Canyon, die USA fliegt Angriffe gegen Ziele in Libyen. Die Tochter ist siebzehn und da meint man, die Welt sei zu heilen, indem man nichts verschweige. Meint, es gäbe immer eine Wahrheit.

James legte die Zeitung beiseite, blickte missbilligend über den Tisch auf das Gedeck. Missbilligend aber noch wohlwollend.

Mara stopfte rasch den Tabakbeutel in die Hosentasche.

James griff nach kurzem Sinnieren wieder nach der Zeitung und erklärte dann in die aufgeschlagenen Seiten hinein:

„Michael muss keinen Wehrdienst leisten, weil sein Vater Jude ist."

Klingt komisch, findet James augenblicklich. Wird aber so gesagt.

Jude, na und? Dafür die ganzen Verrenkungen?, will Mara angriffslustig spötteln. Sie schweigt. Ihr Vater schaut sie an, wenn er mit ihr spricht. Im Allgemeinen. Jetzt bleibt er hinter seiner Zeitung. Das fühlt sich mies an. Ihren Vater bloßzustellen ist das Letzte, was Mara beabsichtigt hatte. Sie wollte das Phänomenale. Sie wollte sich an seinem Stolz erfreuen. Er hätte sagen sollen, dass er, Großmutter Susanna und Großvater Erich den Hundesöhnen nicht passten. Hundesöhne hatte Mara einst beim Großvater aufgeschnappt. Klang cool. Von der Flucht vor den Hundesöhnen wurde offen gesprochen. Auch vom Leben auf der Zinnmine. Vom Warum nicht.

Mara wägt ab. Kann sie jetzt beharren, drängeln? Besser nicht. Die Reaktion des Vaters ist in diesem Fall ausnahmsweise nicht vorhersehbar. Lieber Rückzug. Eine väterliche Temperaturabkühlung, auch wenn es sich dabei nur um ein paar wenige Grad handeln würde, kann Mara nicht riskieren. Nicht bei der Familie.

So spricht sie gegen die Zeitungstitelseite, hinter der ihr Vater sich immer noch versteckt, dass sie Bescheid wisse. Über ihn. Das Wort Jude vermeidet sie. Nicht, dass er meint, sie würde nachtreten. Dass Michael deshalb nicht zur Bundeswehr müsse, sei ihr aber nicht klar gewesen.

Mara schnappt ihren Teebecher vom Couchtisch und zieht ab.

Die Wohnzimmertür ist zu, James lässt die Zeitung sinken.

Das kurze Gespräch hallt nach.

James muss sich finden. Er, der durchschnittliche Familienvater mit guter Anstellung. Er, der nichts Besonderes ist. Etwas über vierzig ist er, die Kinder machen neuerdings Späße über seinen fortschreitenden Haarausfall am Hinterkopf. Dann, wenn James versucht, seinen Kindern deren bunte Irokesen-Frisuren madig zu machen. Streng ist er zu den dreien nicht. Bei ihm war Strenge auch nicht nötig, er hat zwanglos von seinen Eltern gelernt. Zum Beispiel, dass man die Mitmenschen nicht in Verlegenheit bringt.

Ach so, und Jude ist er. Aber das ist so unwichtig, dass nicht mal seine Kinder es hätten wissen müssen.

Renate. Maras Vorstoß war ihr nicht entgangen, unbemerkt stand sie am Fenster im Esszimmer, sah hinaus auf die Straße, versunken wie so oft. Als sie die Tochter im Nebenzimmer so ruhig sprechen hörte, horchte sie auf. Das Mädchen murrt und mäkelt ja sonst nur. Seit Monaten.

Später am Abend schimpft Renate auf James ein.

Er hätte seinen Kindern längst erklären müssen, wie es sei. Das Jüdische, meine sie.

Wertneutral hätte er es darlegen können. Ganz sachlich, wenn ihm Bescheidenheit so wichtig sei.

James schweigt. Ist doch seine Frau immer diejenige gewesen, die das Jüdische nicht zum Familienthema machen wollte. Oder war er es? Seine Eltern? Ihre Eltern? Alle zusammen? Alle zusammen. Man hatte Gründe, jeder seine. Ausnahmsweise klappte die stillschweigende Verständigung beispielhaft. Innerhalb dieser Mischpoke, in der vier Mitglieder in achtzehn Jahren keine zehn Sätze miteinander gewechselt hatten.

Und was Michael und den Wehrdienst angeht … Die Angelegenheit ist zwischen Vater und Tochter besprochen worden und somit erledigt.

Renate aber hat am Gespräch zwischen Vater und Tochter noch zu laborieren, als sie Stunden später im Bett liegt. Sie ist niedergeschlagen, dann zornig. Das wechselt ab, von Kindheit an. Dazwischen manchmal Hochstimmung, aber nur kurz. Renate ist neuerdings deshalb in Behandlung.

Unzulänglichkeiten anderer lassen sie kurz auftauchen, um zu verzweifeln; aber bei James hätte sie derartiges nicht vermutet, damals, sie dreiundzwanzigjährig, er ein Jahr älter und immer unbeschwert, schmuck in aufgekrempelten Jeans, die Haartolle wie lackiert. Bezaubernd fand Renate seine Angewohnheit, summend über die Flure der Hotelfachschule zu schlurfen. Nach der zweiten Begegnung im Speisesaal war sie sich sicher – mit ihm wollte sie Kinder haben.

Er und ein kleiner Dicker bewohnten das Zimmer im Schulheimtrakt gegenüber. Nachlässig hinter der Gardine verborgen spähten beide dauernd zu Renate und ihrer Mitbewohnerin Mimi hinüber. Ein bisschen durften sie gucken, dann zogen die Mädchen den Vorhang zu, um sich in Ruhe das gebleichte Haar auf dicke Wickler zu drehen. Langes Nachkichern.

Schließlich waren die vier sich im Freizeitraum nähergekommen. James und sein Zimmergenosse brachten an dem Abend einen Schallplattenspieler und Rock 'n' Roll-Platten mit. Little Richard. Renate war hochgestimmt gewesen. Immer wusste James, was gerade angesagt war.

Und dann hatte er sie zu einem Wochenende bei sich zu Hause in München eingeladen. Renate nahm an. Das waren Tage! Ihr Leben lang wird sie Mara davon vorschwärmen.

„Schon die erste Begegnung mit deinen Großeltern, sie Mitte fünfzig, er Mitte sechzig – unvergesslich!"

Susanna, bereits ergraut, habe weise auf Renate gewirkt. Herzlich sei sie zudem gewesen, vom ersten Moment an. Heiter. Anders als die eigene Mutter. Vermutlich deshalb, weil Susanna mit Mann und Kind vor dem Krieg fliehen konnte, hatte Renate damals gedacht. Ihre Mutter musste bleiben und leiden. Mara braucht das nicht zu wissen. Man bringt es den Kindern heutzutage anders bei. Vielleicht ist das richtig, Renate weiß es nicht. Aber Erich, der darf Thema sein. Kauzig sei er gewesen, fast ein bisschen verrückt. Ein Eimer Wasser habe in jedem Zimmer bereitstehen müssen. Immer. Falls es anfangen würde zu brennen. Erich habe darauf geachtet, dass der Eimer täglich frisch gefüllt wurde.

„Und beim Essen bestand die Pflicht, gründlich zu kauen. Dein Großvater kontrollierte das, indem er stichprobenartig nachfragte, wie oft gekaut worden war. Die Antwort musste lauten: ‚Dreißig Mal, Papá!'"

Auch bei Renate sei keine Ausnahme gemacht worden. James und seine Mutter hätten seelenruhig mitgespielt. Renate hielt es dann ebenso. Weil sie von Anfang an behandelt worden wäre wie ein Familienmitglied. „Wirklich unvergesslich, dieses Wochenende!", sagt Renate und versinkt.

Woran sie sich ungern erinnert, weshalb Mara auch das nie erfährt, ist jener Nachmittag im Wohnzimmer der eigenen Familie. Es war Herbst, Mitte der 1960er Jahre.

Renate hatte ihre Mutter am Glück teilhaben lassen wollen. Schwärmte wieder von ihrem Freund. Von dessen Eltern, bei denen sie gerade zu Gast gewesen war. So fröhliche Menschen.

„Stell dir das mal vor, Mutti. La Paz, das liegt in Bolivien. Fast einmal um die ganze Erde. Und dort ist James aufgewachsen. Du musst die Leute bald kennenlernen!"

Mutter Grete saß auf dem Sofa, die Wolldecke über den athrotischen Knien. Sie langte nach ihrer Tasse, dann nach der Zuckerdose auf dem Couchtisch. Knisternd versanken zwei Bröckchen Kandis im Tee. Tochterworte drangen fragmentiert zu Grete vor. Südamerika. Sie zuckte. Unruhe erfasste sie. Sie, die den Krieg nicht mit ihren Kindern an der Sonne hatte verbringen dürfen.

Das bedurfte einer Klärung. Eine Ahnung war da. Schon lange. Grete stellte die Tasse ab. Warum Renates Schulkamerad seine Kindheit in La Paz zugebracht hätte? Er wäre doch Deutscher. Oder nicht?

„Ja, Mutti, er ist Deutscher."

„Und Jude", fügte Renate hinzu, weil James das mal erwähnt hatte und weil Mutter Grete präzise Mitteilungen schätzte.

Grete zuckte nur kurz, sie war vorbereitet gewesen.

Grete kämpfte. War es denn nicht überstanden?

Dass der Hitler ein zum Volk übergelaufener Jude gewesen war, hätte selbst Renates Großvater erst nach der Kapitulation erkannt. Nein, Grete gab das nicht preis. Die Kinder durften es nicht erfahren. Auch nicht, dass der Großvater nach dieser Einsicht unverzüglich in den Keller hinabgestiegen war. Um seine Dienstwaffe zu putzen. Und dabei hatte sich die Kugel gelöst.

Zwei derartige Missgeschicke sollten keinem Großvater widerfahren.

Grete schwieg die Tochter an. Peilte nach ihren Zigaretten. Ließ das Etui dann doch liegen. Versuchte, eigenständig zur Ruhe zu kommen. Zu Renates Schulkamerad hatte sie sich schon vor Wochen äußern wollen. Immer, wenn Renate am Telefon schwärmte. Grete hatte gewartet. Hatte gewartet, dass man sie fragen würde. Doch weder diese Leute noch Renate hatten gefragt, ob Grete die Bekanntschaft erlaubte. Ein Gedankenspiel dazu: Vielleicht hätte sie es erlaubt, wenn man sie gefragt hätte. Ein Gedankenspiel, sonst nichts.

Die Einfalt der Tochter, wie sie da saß und plauderte, war erschütternd.

Plötzlich Milde. Auch Grete hatte sich vertan, damals, als dummes junges Ding. Kurt, Renates Vater, litt an derselben Deformation wie Renates Onkel. Aber das Problem mit Kurt hatte sich von selbst erledigt. Nachdem in den letzten Kriegstagen die Werkhalle der Möbelfabrik durch eine amerikanische Bombe kurz und klein geschlagen worden war und somit kein Erbe mehr in Aussicht stand, hatte Kurt sich davongemacht. War dann nach dem Krieg noch einmal aufgetaucht, hungrig und abgebrannt, wurde aufgepäppelt, zeugte Renates zwei jüngere Geschwister, Grete vermutete das zumindest, und war schließlich endgültig verschwunden.

Später hieß es, er wäre mit gewissen Subjekten gesehen worden.

Grete hatte es verschmerzt.

Und jetzt, während draußen der Herbstnachmittag zu Ende ging, griff Grete doch nach Kurts ledernem Zigarettenetui, das einzige, was er ihr hinterlassen hatte, abgesehen von ein bis drei Kindern.

Gegenüber im Sessel ließ Renate noch immer unbekümmert die Fransen des Kissens über ihre Handflächen gleiten. Grete nahm sich eine Zigarette aus dem Etui und spielte damit. Man wusste auch nicht im Entferntesten von den Plänen und Beweggründen dieses Geblüts.

Beklemmung machte sich bei Grete breit.

„Wie kannst du uns das antun, Renate?"

Renate starrt ihre Mutter an.

„Was antun?"

Grete schüttelte die Frage weg. Wollte auf den Punkt kommen. Wollte es hinter sich bringen. Sie zündete ihre Zigarette an und paffte.

„Mutti, du sollst doch nicht rauchen!"

„Lass mich." Grete sprach mit gesenkter Stimme, unnötigerweise, denn ihre zwei jüngeren Kinder Christoph, brav, und Monika, vorlaut, hatte sie aus einer Ahnung heraus mit ihrem zweiten Ehemann auf einen Spaziergang geschickt.

„Was tue ich euch an, Mutti?"

Endloses Schweigen nach Renates Gefühl.

Instinktiv begann sie, zu werben. Dass James' Vater Zahnarzt im Ruhestand war, jetzt junge Ärzte bei der Doktorarbeit betreute, und übrigens ein prominenter Zahnarzt mit namhafter Patientenschaft gewesen war, bevor er nach Bolivien gereist sei.

Grete atmete flach und zu schnell, eine Angewohnheit, von der ihr schwindelig wurde. Sie angelte im Lederetui nach einer neuen Zigarette. Ließ die dann doch stecken. Hielt für einen Moment die Luft an, wie ihr Doktor es demonstriert hatte. Es half. Grete konnte denken. Entschied sich, offen zu sprechen, die Tochter war erwachsen. Sagte, die Folgen der Verbindung mit diesem Mann wären nicht absehbar. Wollte sich verbessern, hinzufügen, dass die Folgen einer solchen Verbindung derzeit noch nicht absehbar wären, aber im letzten Moment konnte Grete an sich halten. Wenn sie auch mit sich ehrlich sein wollte, und daran war ihr gelegen, musste sie sich eingestehen, dass sie nicht an die vollständige Aufklärung der Vorkommnisse während des Kriegs glaubte. Nicht derzeit und nicht in Zukunft. Und es ging einfach weiter wie zuvor. Es praktizierten Ärzte, die man nicht erkannte.

Was malte ihre Tochter sich da aus? Sie war doch kein argloses Ladenmädchen, das meinte, zu Leuten habe man wegen des Berufs aufzuschauen und unbedingtes Vertrauen zu fassen.

Sie sprach das nicht aus. Renate würde es zuletzt fertigbringen, irrwitzige Zusammenhänge herzustellen. Der Mutter vorwerfen, die hätte nichts gelernt.

Nichts gelernt.

Diesen Vorwurf hörte Grete in letzter Zeit häufig, von Halbstarken, mit denen Renate ja offenbar auf dieser

Schule verkehrte. Halbstarke, die Kleinkinder waren, als es passierte, und die genau so wenig von den Hintergründen wussten, wie ihre Eltern. Ihr Überleben verdankten diese Halbstarken dem besonnenen Verhalten ihrer Mütter und Väter. Und jetzt meldeten sie sich zu Wort. Der sinnentleerte Anwurf, nichts gelernt zu haben, würde sich zu einer Epidemie auswachsen, befürchtete Grete. Zu einer Epidemie der Unverschämtheit. Als ob ein anständiger Mensch lernen müsste, dass man niemanden umbringt.

Grete brauchte noch eine Zigarette. Und weil Renate verstummt war, inhalierte sie hastig ein paar Züge und fuhr dann zu reden fort, wobei der Rauch ihr aus Nase und Mund zog.

Die Verbindung mit diesem Mann müsste aufgelöst werden. Andernfalls würde Renate nicht nur sich, sondern ihre gesamte Familie in Gefahr bringen. Dieser junge Mann und seine Eltern würden sich auch ihnen gegenüber nicht friedlich verhalten, erklärte Grete. Das könnten sie gar nicht, selbst wenn sie es wollten.

Renate riss die Augen auf.

Grete wiederholte:

„Diese Verbindung wird aufgelöst. Sofort."

Damit war die Unterredung beendet.

Grete drückte die Zigarette aus, trat zur Schrankwand, öffnete eine Klappe, dahinter die neue Hausbar. Grete knipste die Beleuchtung an, wählte eine Flasche Cognac, nahm sich ein Glas, schenkte sich ein.

Das Mädchen kam nach ihrem Vater. Und war dabei, den zu überbieten. Der hatte sich einst zumindest nur verrechnet, wenn auch zu Ungunsten des Familienunternehmens.

Grete trank. Ihre Kinder würde sie sehr sorgfältig im Auge behalten müssen. Sie stürzte noch ein Glas Cognac hinunter.

Renate stand aus ihrem Sessel auf. Fühlte sich plötzlich voller Leben. Meistens war sie bedrückt oder nervös, ängstlich oder matt. Aber in diesem Moment wusste sie, dass dem Leben beizukommen war. Gemeinsam mit James.

Dann beginnt die Weihnachtszeit.

Die Mutter wird James lieben, weiß Renate. Bald schon. James, der den Deutschen freundlich gesinnt ist.

Im Krieg wurden die Juden verfolgt, einige getötet, das hatte Renate bereits gewusst. Weil die Juden klüger und reicher sind als die Deutschen. Schrecklich, dass das ein Grund ist, jemanden zu töten, findet Renate. Für sie ist Klugheit und Reichtum ein Grund, jemanden zu bewundern. Aber natürlich machen James und seine Familie nicht Renate und deren Familie für die Vorkommnisse verantwortlich. Das wird Mutter Grete erkennen.

Die sitzt soeben auf der Couch vor dem neuen Fernseher. Es läuft eine Spielshow. Grete, ihr zweiter Ehemann und Christoph lieben sie. Renate ist die Show egal, aber sie schaut mit zu, wenn sie am Wochenende zuhause ist. Starrt auf den Bildschirm und denkt derweil an die Liebe. Die Familie versäumt keine Folge ‚Der goldene Schuss'. Knabbert Salzgebäck, ist glücklich, dass der Frieden hält. Renate beschließt, ein anderes Mal für James zu werben.

Den Heiligen Abend verbringt man in Renates Familie im Wohnzimmer am Kamin.

Der Kamin wurde Ende November gereinigt. Vom alten Ruß befreit. Das Feuer lodere jetzt wieder viel heller, wollte Grete sofort erkannt haben. Da könne Weihnachten kommen.

Renate, die sich und James per Telegramm für den Heiligen Abend ankündigt, wird kurzerhand und samt James wieder ausgeladen. Ebenfalls per Telegramm.

Mit Bitte um altersgerechte Vernunft.

Unterrichtsschluss für heute, und Renate muss das Telegramm mehrmals lesen. Steht im Schulflur, die Mappe unterm Arm, versteht nicht, was sie da liest und liest.

Die Mutter hat noch immer nicht begriffen, wer um Renates Hand angehalten hat?

Renate wird das klären, und zwar noch heute.

Am späten Nachmittag schließt der Schulhausmeister das Telefonier-Kämmerchen, ein fensterloses Kabuff hinter der Pförtnerloge, auf.

In dem Moment, da Renate den düsteren Raum betritt und die Deckenfunzel anknipst, durchschaut sie die Lage. Das Ganze ist ein Irrtum. Mutti hatte etwas falsch verstanden.

Renate hört sie bereits rufen: Aber natürlich, das hättest du mir sofort sagen sollen!

Grete ist gleich am Telefon.

„Mutti, wir haben uns falsch verstanden, entschuldige, das war meine Schuld!" Renate kündigt sich und James, der die Deutschen mag, wie sie betont, erneut zum Heiligen Abend an.

Und Grete lädt Renate und James erneut aus.

Renate, entgeistert: „Mutti, erkläre mir das!"

Am Heiligen Abend wolle man wie immer im Kreise der Familie am Kamin sitzen. Ohne Angst vor den bösen Gedanken fremder Menschen, mahnt Grete. Nicht jeder, der in der Nachbarschaft lebe, sei automatisch ein guter Mensch.

Angst wovor? Renate versteht das nicht. Dieser Störenfried, den die Mutter geheiratet hat, ist doch eingezogen. Er beansprucht einen Sessel vor dem Fernseher und einen Stuhl am Esstisch. Bringt Strenge ins Haus. Erklärte Renate, er sei Soldat. Gewesen und überhaupt. Na, bitte, was soll einem da passieren?

„James sorgt überall für Heiterkeit", sagt Renate jetzt zur Mutter.

Grete schweigt.

Dann eben so: „Mutti, James möchte mich heiraten. Ganz anständig."

Stille. Bis Grete Luft holt.

„Man bringt seine Familie nicht in Gefahr." Dass sie der Tochter das überhaupt sagen muss, ist beispiellos.

Renate weiß darauf nichts zu antworten. Legt wie ferngesteuert auf. Wie unter Wasser gezogen fühlt sie sich dabei. Dieses elende Gefühl, ohne Ufer in Sicht, ohne Boden unter den Füßen dahinzutreiben, ist da. In den letzten Monaten war es wie fortgezaubert, aber jetzt schlägt Angst in klatschenden Wellen über Renate zusammen. Bodenlosigkeit nennt Renate den Zustand, diesen Sprudel aus Beklommenheit und Ohnmacht, der zu perlen beginnt, sobald die anderen sich gegen sie wenden. Renates Leben ist lediglich ein Versehen, ahnt sie, denn richtig ist es, fröhlich zu sein. Die Mutter lobt stets Fröhlichkeit. Wo sie nur kann. Zum Beispiel, als es wieder Butter gab, so viel, wie man essen wollte.

„Jetzt dürfen wir endlich wieder fröhlich sein. Das lassen wir uns nicht mehr nehmen."

Christoph und Monika mampften und strahlten, Renate mahlte kraftlos. Sie mochte dick bestrichene Brote auch, natürlich. Aber fröhlich wurde sie davon nie. Nicht von der Butter und nicht von irgendetwas sonst. Die anderen spüren das. Und gehen deshalb gegen Renate vor. Soviel hat sie inzwischen begriffen. Sogar die Mutter, die doch selbst auch nie fröhlich ist, beäugt Renate daraufhin.

Wenig später sitzt Renate auf ihrem Bett im Wohnheimzimmer und versucht, einen gescheiten Gedanken zu fassen, denn sie ist eine erwachsene Frau. Kein Mädchen, wie die Mutter wohl meint.

Zu Ohnmacht und Tränen mischt sich Zorn. Auch das ist bekannt. Aber heute gesellt sich noch etwas dazu. Scham. Scham, weil Renate James bereits eingeladen hat, mit ihrer Familie Weihnachten zu feiern, und was für ein Fest das immer bei ihnen sei!

James Eltern, beide nicht religiös, feiern weder christliche noch jüdische Feste und werden über die Feiertage verreisen. Renate muss James Bescheid geben, damit er noch umplanen kann.

Aber wie?

Renate steht auf, geht ans Fenster. Gegenüber Glut-Pünktchen in der Dunkelheit. Klassenkameraden rauchen auf den Hof hinaus. Warum eigentlich soll nur James umplanen? Auch Renate ist soeben ausgeladen worden, aus welchem Grund auch immer. Sie werden gemeinsam umplanen. Gemeinsam könnten sie im Wohnheim bleiben. Es ist über die Feiertage geöffnet, hier kommt die Welt zusammen, alle Konfessionen und Nationalitäten, was ist dagegen das Wohnzimmer der Mutter mit einem hölzernen Soldaten im Sessel?

Renate ist heiter, nein aufgedreht. Mit einem Schlag, wie so oft. Sie und James werden gemeinsam mit ein paar Schulkameraden im Heim bleiben. Das dürfte vergnüglich werden!

Jetzt noch eine kleine Flunkerei und James wird denken, die Weihnachtsfeier zuhause sei für alle abgesagt worden.

Jeden Morgen nimmt Renate sich vor, es heute hinter sich zu bringen. Sie wird es James nebenbei sagen. Als sei es unwichtig. Es ist unwichtig. Was sind Mutter und Soldat und all die blassen Tanten und Cousins gegen die Schulkameraden? Hier spricht und riecht jeder anders. Zwei Mädchen sind sogar pechschwarz.

Renate beschließt, James zu erzählen, dass ihre Mutter überraschend unpässlich sei. Nichts Ernstes, aber eine Feier mit der gesamten Familie und Gästen wäre zu anstrengend.

Zwei Mal wird es Abend, und gegen einundzwanzig Uhr finden Renate und Mimi sich in ihrem Zimmer ein, ohne dass Renate es gewagt hätte, James auszuladen.

Bis eben saßen sie mit den Burschen aus dem Trakt gegenüber im Freizeitraum, hörten Musik, spielten Karten. Man trank Coca Cola, und es wurde viel gelacht. Renate lachte nicht mit. Sie dachte die ganze Zeit über an nichts anderes als an die vermaledeite Weihnachtsfeier. Und schwieg. Schlief später schlecht. Hatte doch unerschrocken sein wollen.

Der Heilige Abend ist fast da. Renate hat sich verkrochen. Irgendwo in ihr ist ein Winkel, der sicher scheint. In ihrer Familie ist man bleich bis grau, ja, leider. Aber es ist ihre Familie.

Und dann hat Onkel Rudolf von der Sache Wind bekommen. Gretes Andeutungen reichen aus, Rudolf reimt sich seinen Teil zusammen. Und er gehört ausnahmsweise dazu? Ihn weiht man ein? Rudolf freut das, aber nicht lange. Nicht unter diesen Umständen. Nach wenigen Minuten ist die Freude vorbei. Niemand soll sich ungeliebt fühlen. Und erst recht kein Jude. Und dieser Mann ist allem Anschein nach einer. Hat es nicht bereits genug Zwist gegeben? Seine Schwester muss verrückt geworden sein, mutmaßt Rudolf. Wenn er während des Krieges in seiner Nachrichtenstube, wo er als Funker saß, erfahren hätte, was in dem Lager nebenan vor sich ging – er hätte sich sofort für Versöhnung zwischen den Parteien eingesetzt.

Aber man wusste von all den Zerwürfnissen eben nichts, alles wurde verschwiegen.

Diesen jungen Mann aber trifft keine Schuld, weiß Rudolf. Davon muss man ihn überzeugen.

Es ist zehn Uhr morgens.

Rudolf steht am Fenster und schaut zu, wie Arbeiter ein Ölfass über den Hof rollen. Im Vorzimmer klappert eine Schreibmaschine.

„Fräulein Klein", spricht Rudolf gegen die Fensterscheibe. Im Vorzimmer ist es still. Fräulein Klein wartet auf Anweisung.

Sie möge ihn mit der Hotelfachschule verbinden.

Das wird rasch erledigt, die Sekretärinnen kennen sich, Fräulein Klein überweist monatlich im Namen des Herrn stellvertretenden Direktors das Schulgeld für dessen Nichte.

Renate wird aus dem Unterricht gerufen. Es handle sich um eine dringende Familienangelegenheit.

Die Klassenkameradinnen schauen ihr besorgt hinterher. Doch nicht etwa ein Todesfall? So kurz vor Weihnachten.

Als Renate zehn Minuten später wieder zurück in den Unterricht kommt, strahlt sie selig.

Aufatmen. Kein Todesfall. Familien-Nachwuchs?

In der Pause kann Renate dem Rätselraten ein Ende setzen. Es ging um äußerst wichtige Details der Weihnachtsfeier.

Es ging auch um die Vorgeschichte eines jungen Mannes. Renate berichtete wahrheitsgemäß, Onkel Rudolfs Ahnungen bestätigten sich. Ein Jude.

Die entsetzliche Schwester! Hatte offenbar noch nicht verstanden, dass ein anderer Wind durchs Land wehte.

Aber davon muss Renate nichts wissen. Ist ja noch jung. Und überhaupt stiftet Onkel Rudolf keinen Unfrieden in der Familie. Versucht stattdessen, soviel Liebe wie möglich einzusammeln.

Renates Mutter sei unpässlich, erfährt James endlich. Man werde beim Onkel Weihnachten feiern. Der freue sich schon, und wie.

James beschleicht ein Verdacht. Den verjagt er. Alles andere wäre Lamento, hat sein Vater ihm beigebracht.

Onkel Rudolf bewohnt sein zweistöckiges Haus allein, er beschäftigt eine Haushälterin, einen Gärtner und einen Fahrer. Sein Weinkeller ist gefüllt. Seine Garderobe, bestehend aus bodenlangen Nerzmänteln, Maßanzügen,

Goldketten und Ohrringen, wird nicht kommentiert. Die Familie befürchtet etwas. Das Umfeld ist zum Glück ahnungslos. Meint man.

Am dreiundzwanzigsten Dezember wird morgens der Tannenbaum geliefert.

Haushälterin Frau Ilse, Kriegswitwe ohne familiären Anhang, wird eingeweiht, dass man einen Juden zu Gast haben wird.

Frau Ilse hatte schon mal gehört, dass es im Krieg Zerwürfnisse zwischen den Juden und den Deutschen gegeben hatte. Ihr ist es im Krieg auch nicht gut ergangen, aber sie hörte, das Leiden der Juden wäre schlimmer gewesen als das Leiden der Deutschen. So wird es vermutlich seine Ordnung haben, dass ein Jude zum Heiligen Abend eingeladen wird. Der gnädige Herr weiß, was er tut. Frau Ilse erklärt sich bereit, am kommenden Abend zum Dienst zu erscheinen. Sie käme gern, bekräftigt sie. Was der Wahrheit entspricht, allein zu Hause würde sie trübsinnig werden.

Frau Ilse sei ja bestimmt im Bilde, was sich neuerdings in Bezug auf Juden gehöre, vergewissert sich der Hausherr noch.

Frau Ilse nickt. Sie wird den Juden behandeln wie jeden Gast im Haus.

Als das geklärt ist, fällt Rudolf ein, dass er sich für den Heiligen Abend noch nicht bei seiner Schwester abgemeldet hat. Wird sofort nachgeholt. Über die Gründe für seine Absage will er schweigen, auch darüber, dass er selbst ein Fest ausrichten wird. Grete wird ihn nicht vermissen. Wird nicht mal nachhaken.

Grete hakt nach. Weil eine Familie zusammenhalten müsse. Es heißt weiter von ihr, warum er denn um Gottes Willen nicht kommen wolle, und von ihm heißt es, er habe seine Gründe. Dann legt er auf. Hatte vorher nicht darüber nachgedacht, wie er seine Gründe darlegen könnte, denn mit einer Nachfrage war nicht zu rechnen gewesen. Also legt er auf. Nimmt den Hörer noch mal ab, legt wieder auf. Ohne sich zu fragen, ob die Schwester das kränken könnte. Rudel kränkt seine Mitmenschen normalerweise nicht. Er ist, wenn irgend möglich, freundlich. Man soll ihn gut leiden können. Aber heute beschäftigt es ihn nicht, ob seine Schwester ihm zürnt. Nein, es ist ihm sogar einerlei. Soll sie doch. Er legt auf. Fühlt sich trotzdem gut. Oder fühlt sich gerade deshalb gut. Er wird dem Juden einen wunderbaren Weihnachtsabend bereiten. Rudel spürt Tatendrang. Er lässt die Schwester sein, ruft Frau Ilse herbei. „Morgen ist Weihnachten, wir haben zu tun!"

Der Gastgeber empfängt im Satin-Hausmantel mit Zobel-Kragen. Breitet die Arme aus. Großartig, was an diesem Abend in seinem Haus geschehen wird. Es gibt sie, die Aufrechten, die, die keine Mörder sind. Die, die sich nicht haben verleiten lassen vom Juden Hitler.

Rudolf umarmt, schüttelt dem jungen Gast die Hand, klopft ihm auf die Schulter, will ihn erneut umarmen, aber nein, fürs Erste ist es genug, Weiteres kann später noch nachgeholt werden.

James findet den Aufzug und das Benehmen von Renates Onkel ungewöhnlich, lässt sich aber nichts anmerken. Lächelt. Der Herr undefinierbaren Alters wirkt bei aller Exaltiertheit doch sehr freundlich. James' Vater liebt freundliche Menschen. Weil er dann zu James' Mutter sagen kann: „Siehst du, Suse!"

„Siehst du", flüstert James jetzt sich selbst zu.

Nun aber erst mal Platz genommen! Die Würstchen sind heiß, Kartoffelsalat und feines Weißbrot werden aufgetragen. Scharfer Senf und süßer Senf. Ein Bier, junger Freund?

Sehr gern, James bedankt sich.

Gegessen wird schweigend, weil man unsicher ist, was das Gesprächsthema angeht. Im Radio läuft das Weihnachtsoratorium. Alle tun, als hörten sie aufmerksam zu. Man bemüht sich auch, nicht mit dem Besteck zu klappern. Man kaut und schluckt bedächtig. Hin und wieder äugt Rudolf zum Verlobten der Nichte hinüber. Der schaut den Onkel mit offenem Blick an. Rudolf nickt zufrieden.

Dann gibt es Fürst-Pückler-Eis mit heißen Kirschen, dazu einen Rotwein aus Onkel Rudolfs Keller. Frau Ilse sitzt dabei, sie soll heute nicht in der Küche essen, hatte Rudolf am Nachmittag entschieden. Frau Ilse war gerührt, auch ein bisschen unsicher. Jetzt bemüht sie sich, nicht zu viel Platz am Tisch einzunehmen, die Arme bleiben dicht am Körper.

Nachdem sie den Nachtisch serviert hat und wieder auf ihrem Platz sitzt, denkt sie darüber nach, ob dieser junge Mann, der aussieht wie alle jungen Männer seines Alters, was Frau Ilse nicht erwartet hatte, Alkohol trinken darf. Überlegungen, welche Konsequenzen es nach sich ziehen könnte, falls er es nicht dürfte, lässt sie wieder fallen. Es ist kein Kläger anwesend. Frau Ilse wird mit niemandem über den getrunkenen Wein sprechen. Über den Gast schon gar nicht. Und sie ist sich sicher, dass der Hausherr es ebenso halten wird.

Eis und Kirschen sind gegessen, Frau Ilse räumt ab.

Renate will helfen, soll es aber nicht. Also bewundert sie die geschmückte Tanne. Schön, das Grün, märchenhaft, das Leuchten! Endlich sprechen. Das Radio kann jetzt leiser gestellt werden. Renate kriecht aus ihrem Versteck.

Ja, Onkel Rudolf habe das Dekorieren eigenhändig übernommen, die dunkelroten und weißen Glaskugeln seien aus dem Nachlass von Renates Großmutter. Dafür einen Kuss von der Nichte. Dafür und für das, was sie noch nicht erfassen kann.

Auf der Baumspitze thront der Rauschgoldengel. Die Christbaumspitze mit Hakenkreuz hat Onkel Rudolf vorerst im Keller verstaut. Heute wäre sie so oder so völlig deplatziert. Aber echte Bienenwachskerzen gibt es, wie jedes Jahr. Jetzt, da sie herunterbrennen, verströmen sie einen Duft, der so süß ist, dass Renate plötzlich meint, weinen zu müssen.

Da streckt der Onkel schon seine Hand nach ihr aus. Sie soll mit ihm auf dem Sofa sitzen. James natürlich auch, das betont Rudolf. Der Junge ist anständig, das ist offensichtlich.

Frau Ilse ist in der Küche fertig, gesellt sich gleich wieder dazu. Wie aufregend dieser Abend ist! Feierlich und unheimlich zugleich. Und dazu wärmt der gute Wein.

Wie Herr James und seine Familie die Weihnachtstage denn bislang verbrachten, wagt Frau Ilse zu fragen.

Dieses dumme Weib! Rudolf fährt zusammen. Er hat der Dienstperson am Morgen doch genau erklärt, wie das bei den Juden sei. Dass sie auf Jesus nichts gäben.

Ja, sie hätte das schon mal gehört, beeilte sich Frau Ilse zu versichern. Aber warum dann so einer zu Jesus' Geburtstag mit am Tisch sitzen müsse, fragte sie sich still. Rudolf hatte genau diese Frage erraten. So erläuterte er, Jesus habe Nächstenliebe gepredigt. „Und deshalb bewirten wir den jungen Mann heute bei uns."

Das leuchtete Frau Ilse ein.

Und jetzt interessiert sie, wie die Juden Jesus' Geburtstag verbringen.

An Gott glaubt James nicht, aber das muss diese herzensgute Frau nicht wissen. Feste hat er ja von jeher trotzdem gern gefeiert.

„Weihnachten bei uns? Aber ja!" Es wurde während seiner Kindheit nach bolivianischer Tradition gefeiert. James berichtet, dass man in La Paz weniger Wert auf einen Baum lege, dafür viel Zeit und Geld in eine Krippe investiere. Sie sei der Mittelpunkt des Heiligen Abends. Umso reicher die Familie, umso prächtiger seien die Krippenfiguren. Bei ihnen zu Hause habe man handge-schnitzte Könige besessen und eine heilige Familie aus Wachs. Maria trug ein Samtkleid, verziert mit Blattgold.

Und Geschenke habe es natürlich auch gegeben. Dann, als sie nach Deutschland zurückgingen, hätten sie nicht mehr groß gefeiert, sondern wären am Heiligen Abend ins Restaurant eingekehrt.

Frau Ilse ist zufrieden. Dass die Juden nicht gläubig sind, wusste sie ja, aber ihren Brauch, dennoch eine Krippe aufzubauen, findet sie anständig. Den jungen Mann findet sie wohlerzogen. Ordentlich scheint er zudem zu sein. Er trägt einen ganz sauberen Anzug und eine so hübsche Fliege aus dunkelrotem Samt. Und bei Tisch hat er sich manierlich benommen. Hat sich beim gnädigen Herrn und bei ihr fürs Essen bedankt. Warum auch immer es Zerwürfnisse zwischen den Deutschen und den Juden gegeben hatte, an diesem Mann kann es nicht liegen. Frau Ilse nimmt James' Hand und drückt sie mütterlich.

Rudel atmet auf.

Renate kichert, denn sie stellt sich James' Vater im Restaurant vor. Wie er dasitzt, drahtig und ein bisschen verrückt. Kontrolliert er auch dort, ob die Leute ihr Essen ausreichend kauen? Verlangt er vom Kellner, dass das Trinkwasser abgekocht wird? Und sitzt Susanna auch im Restaurant ganz gelassen daneben, als würde ihr Mann sich benehmen wie jeder normale Mensch? Ach, wären die beiden doch heute dabei!

„Heilig Abend im Restaurant essen? Eine gute Idee", sagt Onkel Rudolf da und will noch hinzufügen, dass Weihnachtsfeiern zu Hause nur Familienstreit mit sich brächten, überlegt es sich aber anders. Dieser Abend ist doch bisher ausgesprochen friedlich.

„Und jetzt werden Geschenke ausgepackt!", ruft Renate und verscheucht die Sehnsucht nach ihren neuen Eltern.

Einverstanden! Alle springen vom Sofa auf. Man hat kleine Überraschungen füreinander, die jetzt aus Taschen und Beuteln geborgen werden. Ein Buch, einen Seidenschlips, Taschentücher mit Monogramm, bestickte Handtücher. Eine moderne Armbanduhr für Renate von ihrem Onkel. Man muss sie nicht mehr von Hand aufziehen, sie erledigt das sozusagen selbst. Und ein schickes silbernes Armband von James. Renates Wangen glühen vor Aufregung und von zu viel Wein.

Die Haushälterin bekommt außer neuen Geschirrtüchern vom Hausherrn ein Kuvert mit einem Fünfzig-Mark-Schein darin ausgehändigt.

Noch mehr Aufregung und Freude.

Nachdem alle beschenkt wurden, wird „Oh du fröhliche" angestimmt. Dass James den Text nicht kennt, ruft wohlwollende Heiterkeit hervor. Er darf mitsummen. Ausnahmsweise.

Der Heilige Abend geht zu Ende. Was zerbrechlich begann, endet munter. Man wäscht gemeinsam das Geschirr ab, ignoriert Frau Ilses Protest und räumt auch noch die Küche auf; die beiden Männer haben sich ebenfalls Schürzen umgebunden und machen tatkräftig mit. Für James ist das nichts Ungewöhnliches, er und sein Vater helfen der Mutter häufig bei der Hausarbeit. Für Onkel Rudolf ist es ein Spaß, in seinem Haus ist der Abwasch Aufgabe der Dienstperson.

Der Abend ist geschafft. Meisterhaft, befindet jede und jeder still für sich, während das Geschirr zum Abtrocknen weitergereicht wird.

Erstaunlich, wie wenig Blessur eine Revolte gegen Gemeinheiten des Schicksals verursacht.

Februar.

Eine langanhaltende Kälteperiode hat zur Folge, dass die Ostsee zugefroren ist.

In München liegt Schnee, und im Bezirk Schwabing halten die Freunde der Verfolgten im Gemeindehaus ihr wöchentliches Treffen ab. Vor sechzehn Jahren gründete Emil Wiener, Inhaber von Feinkost Wiener, seit 1912 im

Familienbesitz, den Verein. Fast täglich fuhren er oder seine Gehilfen zum Lager Föhrenwald, um sich davon zu überzeugen, dass es den Juden an nichts fehlte. Zu jüdischen Festtagen vergaß man nie, Leckereien von Feinkost Wiener mitzubringen.

Das Lager gibt es nicht mehr, aber Annäherungen sind entstanden über die Jahre, Bindungen, neue Bekanntschaften, Liebesbeziehungen möchte Wiener es fast manchmal nennen, aber er schweigt. Man darf diese Leute nicht überfordern. Lieben können sie noch lange nicht. Wiener versteht das. Weiß, wovon er redet. Sein Großvater hatte sich im Widerstand betätigt. Hatte ein jüdisches Ehepaar im Feinkost-Lager versteckt.

So heißt es.

Der Kaffee ist getrunken, gleich will man ausschwärmen, um nach einigen der Schutzbefohlenen zu sehen.

Ebenfalls im Bezirk Schwabing wurde gerade über eine Frage nachgedacht, auf die es keine vernünftige Antwort gibt. Gar nicht geben kann. In keiner Familie, egal welcher Abstammung. Es ist eine unbrauchbare Frage, zu dem Schluss kam Erich.

Ich schätze, du möchtest das Mädchen heiraten, Jakob. Aber warum gerade sie?

Warum gerade sie?

Die unbrauchbare Frage wollten Susanna und Erich sich schon seit Wochen stellen, eine dem anderen, weil sie es vor der Rückkehr nach Deutschland versäumt hatten, sich mit Unwägbarkeiten zu befassen.

Immer, wenn einer der beiden zu dieser Frage ansetzte, sich mit einleitenden Worten, dass Renate ein nettes Mädchen sei, langsam vorzuarbeiten versuchte, bedeutete der andere ihr, zu schweigen.

Der Krieg ist vorbei.

Wann lernen wir die Eltern kennen?, zumindest das war James von der Mutter gefragt worden.

Sie seien noch zurückhaltend, wurde der Mutter geantwortet, dann rasch Themenwechsel.

Erich hatte über die unbrauchbare Frage doch noch einmal nachgedacht. Man konnte den Jungen zumindest einmal anhören. Natürlich nur, um herauszufinden, ob er überhaupt schon etwas über seine neue Familie wusste.

Also Jakob, warum gerade sie?

Das hätte Erich seinen Sohn beinahe gefragt, während der, wie üblich beim Elternbesuch, mit gesegnetem Appetit erst Hühnchen mit Reis, dann Schokoladenpudding, dann ein Stück Marmorkuchen nach dem anderen verspeiste.

Erich variierte Worte und Betonung noch einmal, verwarf, trank einen Schluck Kaffee, konstruierte neu, hörte unaufmerksam zu, wie Suse Jakob zum Alltag in der Hotelfachschule befragte. Weihnachten war bereits Thema gewesen, Jakob hatte erzählt, dass bei Renates Onkel gefeiert wurde.

„Wer war sonst noch da?“, wollte Suse wissen.

„Alle“, hatte Jakob knapp geantwortet, ließ einen Moment den Kuchen sein und berichtete von Renates Onkel. Ein wenig exaltiert sei der, aber sympathisch. Sehr freundlich. Ach so … und Renates Mutter sei unpässlich gewesen und deshalb zu Hause geblieben.

Susanna wollte nachhaken, aber Jakob war schon zum Thema Schule gesprungen, und das zielstrebig. Er beantwortete jede Frage seiner Mutter plötzlich ungewöhnlich geduldig, soviel bekam Erich mit.

Ja, er würde dreimal täglich essen, ja, er würde morgens gut aus dem Bett kommen, kein Problem sei das, der Unterricht beginne doch erst um halb neun.

„Hör auf, dir Sorgen zu machen, Mamá.“

Sagte Erich mit verstellter Stimme.

James grinste und Susanna schwieg, um den beiden nicht den Spaß zu verderben. Und Weihnachten war vom Tisch.

Und jetzt ich, dachte Erich entschlossen. Bremste sich aber aufgrund einer plötzlichen Eingebung. Ja, warum wollte man ein Mädchen heiraten? Eines, das bildschön war und freundlich dazu. Und das einem zu all dem auch noch zugetan war. Ja, warum nur?

Wenn Jakob sie nicht heiraten würde wäre er ein Schmock. Ein Lamento-Bruder. Ein Lamento-Bruder wie du, beschimpfte Erich sich, während er zwei Scheiben Marmorkuchen vor Jakob rettete. Susanna legte den Kuchen auf einen Teller und stellte ihn beiseite.

„Emil Wiener im Anmarsch?", fragte James mit vollem Mund. „Papá, du hast ihm noch immer nicht verraten, dass Juden ihre Freunde nur jedes Vierteljahr sehen dürfen? Gut, dann ertrage ihn eben. Ich nehme den früheren Zug."

*

Der Frühling ist da.

Im Rheinland steigt die Karnevalsbegeisterung. Lange lag sie brach. Der Krieg. Die schrecklichen Dinge, die passiert sein sollen. Aber zum Glück ist es vorbei – es marschieren wieder im Gleichschritt Funkenmariechen, Jecken, Grete und ihr Soldat.

In Bonn schreibt Renate Einladungen. Ben Jakob Abendschein wird sie am zweiten Mai um elf Uhr auf dem Standesamt Bonn heiraten.

Beide sind jetzt staatlich geprüfte Fachleute für das Hotel- und Gaststättengewerbe. Susanna und Erich waren aus München angereist, um die bestandene Prüfung zu feiern. Im Speisesaal der Hotelfachschule gab es für achtzig Mütter und Väter Sekt und Orangensaft, dazu standen Platten mit Schnittchen bereit, hergerichtet von den jungen Hotelfachleuten. Verzückung und Lob dafür.

Grete und ihr Soldat lobten nicht, denn sie fehlten.

Das hatte Renate nicht für möglich gehalten. Das Einladungstelegramm an die Mutter, erster Kontakt seit Weihnachten, war rechtzeitig aufgegeben worden.

Grete hatte mit einer Blumenfotografie geantwortet, daran geheftet ein mit der Maschine getippter Zettel:

Wir gratulieren dir zur bestandenen Prüfung. Hast du bereits eine Anstellung in Bonn gefunden? Falls nicht, komm zurück nachhause.

Unterschrieben war handschriftlich: Mutti.

Was dachte die Mutter nur von ihr? Renate hat ihren ersten Arbeitsvertrag längst in der Tasche, und zwar vom Hotel Bonner Hof. James wird ebenfalls dort arbeiten. Der Bonner Hof ist das erste Hotel am Ort. Man suchte Empfangspersonal und hatte im Januar zwecks Rekrutierung eine Delegation in die Hotelfachschule geschickt. Renate und James wurden unter anderem ausgewählt. Beide waren außer sich vor Stolz. Renate hatte sich so darauf gefreut, der Mutter alle Neuigkeiten zu erzählen, doch Grete und ihr zweiter Ehemann erschienen nicht zur Abschlussfeier.

Wie konnte die Mutter ihr das antun? Wenn nur niemand der Klassenkameraden nach ihren Eltern fragte. Renate schmiegte sich an Susanna. Lächelte. Niemand sollte ahnen, wie sehr sie sich schämte.

Dann endlich ein Verdacht. Die Mutter hatte keine so gute Partie gemacht wie Renate. Musste sich mit einem unsympathischen Mannsstück herumplagen. Wenn Renate am Wochenende nach Hause kam, werkelte dieser Eindringling im Keller herum, reparierte oder bastelte. Erklärte, aus dem Krieg gestärkt hervorgegangen zu sein.

Renate nahm es zur Kenntnis. Sie mochte den Soldaten nicht. Am Abend saß er im Sessel und sah fern. Unter der Woche arbeitete er im Büro der städtischen Ölmühle; die Stelle hatte Onkel Rudolf ihm besorgt. Er tat das, was die Väter ihrer Freundinnen auch taten. Aber er war steinern.

Und jetzt wurde auch ihrer Mutter das bewusst. Renate hatte es besser getroffen, sie starrte sehnsüchtig sie in die Zukunft.

Niemand erwähnte ihre Eltern. Renate saß am Tisch ihrer neuen Familie. Zupfte am Blumengesteck herum, bis James sie unter dem Tisch anstieß.

Susanna bemühte sich um Heiterkeit. Erich war mit sich selbst befasst, wollte nichts essen oder trinken, wie so oft in letzter Zeit. Susanna nahm es hin, auch das wie üblich. Sie winkte ab, als Renate fragte, ob sie ihm in der Schulküche rasch etwas Spezielles zubereiten sollte, sie würde das gern tun.

Nein, vielen Dank. Gar nicht beachten, erklärte Susanna.

Erich ließ den Blick von Tisch zu Tisch wandern. Hotelfachleute? Warum die Manieren hätten wie Raubtierkinder? Das ginge ja gut los. „Und so etwas soll auf Urlauber losgelassen werden?"

„Papá, sei wenigstens heute einmal gnädig!"

„Lass ihn doch spotten!", flüsterte Renate James zu. Wie sie den kauzigen alten Herren ins Herz geschlossen hatte!

Später zogen das junge und das erprobte Paar in einen Weinkeller um. Hier aß Erich zwei Stück Speckkuchen zum Weißwein, ohne dass es von Susanna kommentiert wurde. Alles, was er tat, nahm sie stets gelassen hin, Renate bewunderte das. Ihre Mutter tadelte andere Menschen oft, wenn auch den Soldaten nur scherzhaft.

Kurz vor Mitternacht brachten Renate und James die Eltern ins Hotel. Hand in Hand und beschwipst gingen sie zu Fuß zurück ins Wohnheim, einmal durch die ganze Stadt. Unterwegs kamen ihnen Paare entgegen, die bestimmt erkannten, dass sie dazu gehörten, da war Renate sich heute sicher. Ab jetzt war sie eine von denen, die dahinlebten, ohne düstere Gedanken. Sie schmiegte sich an

James. So wie die anderen Frauen sich an ihre Männer schmiegten. Er legte seinen Arm um sie.

Als sie die Innenstadt verließen und ihnen niemand mehr begegnete, überlegte Renate, sich zu ihren Eltern zu äußern. Sie war James eine Erklärung schuldig, das quälte sie.

Aber wie sollte sie denn anfangen?

Renate beschloss nach einigen fruchtlosen Überlegungen zu schweigen. Ihre Mutter – was gab es zu der zu sagen? Sie war selbst Renate heute Abend völlig fremd. Ferner und fremder als Susanna. Ihre eigene Mutter schien ihr auf eine unheimliche Weise geheimnisvoll. Renate setzte das zu. Wenn das für immer so bleiben würde …

Ausgeschlossen. Wenn sie erst verheiratet wären, würde ihre Mutter wieder die sein, die Renate kannte – oft aufbrausend, aber immer rasch wieder versöhnlich. Mutti würde Enkelkinder herbeisehnen. Renate hörte Kinderlachen. Sah ihre Mutter gemeinsam mit einer Kinderschar bei der Weihnachtsbäckerei. Roch Plätzchen-Duft.

Ein Damm gegen dunkle Wellen waren diese Bilder. Und der Damm hielt.

Der Abend, den selbst Renate als schön empfand, klang in Sicherheit aus.

Eine Woche später schrieb Renate die Hochzeitseinladungen.

Nur ein kleines Fest soll es werden. Weder Renate noch James sprechen die Gründe dafür aus. Susanna auch nicht. Erich ist sowieso anderweitig beschäftigt.

„Eine Meinungsverschiedenheit zwischen Mutti und mir. Das wird wieder."

Susanna kommentierte nicht, was sie bei jedem Telefonat von Renate zu hören bekam. Zweifellos wünschte die Schwiegertochter keine Stellungnahme. Susanna schwieg auch noch beim letzten Telefonat einen Tag vor der Trauung. Während sie überlegte, welche Herzenseinfalt den Moment retten könnte, wurde ohne Unterlass aus dem Hinterhalt gefunkt.

Jetzt nicht. Susanna versuchte, Störgeräusche aus dem Hintergrund kurz und klein zu reden. Sie wollten zeitig in München abfahren. Lieber zu früh. Der Tisch fürs Mittagessen sei reserviert. Für acht – Brautpaar, zwei Trauzeugen, zwei Eltern.

„Dazu die, die sich noch anschließen möchten."

Susanna lauschte den Worten nach. Sie klangen unverfänglich.

Exzellent hingedeichselt.

Susanna befahl, dass die lästige Nachrichtenübermittlung aus dem Hinterhalt einzustellen sei. Weil sie sinnlos war. Weil sie an Dinge rührte, für die Susanna nicht zuständig war.

Erich übernimm du doch! Für solche Momente wirst du Notfallpläne geschmiedet haben. Oder aber: Verbiete es dem Jungen einfach.

Nicht? Nein? Da sitzt du in deinem Sessel, liest Zeitung und ahnst nicht mal, was sich soeben abspielt. Schlürfst lauwarmen Tee, meinst, die Dinge laufen wie geschmiert, weil du es so beschlossen hast.

Am Telefon freute sich Renate über die Wahl des Restaurants.

Erich blätterte die Zeitungsseite um.

Susanna funktionierte.

Auch James war ein paar Stunden später einverstanden mit dem, was seine Verlobte und seine Mutter verabredet hatten. Natürlich, das klang alles famos. Dass er seine Schwiegereltern noch immer nicht kannte, monierte er Renate gegenüber auch weiterhin nicht. Er hatte es so mit Susanna und Erich vereinbart. Ohne dass Mutmaßungen laut wurden.

Die Tochter ist plötzlich erwachsen. Renates Mutter ginge alles zu schnell. Das wäre der Grund für ihre Zurückhaltung, und es wäre Grund genug. Darauf einigten sich Sohn und Eltern. Susanna beteuerte, sie würde es ebenso halten, wenn sie eine Tochter hätte.

Erich steuerte bei: freundlich, unbeirrt und ohne Lamento, so würde man diesen Leuten entgegentreten, wenn es demnächst so weit sei.

Renate hatte in der Hochzeitseinladung an die Mutter noch vermerkt, wie sehr sie sich auf ein Wiedersehen freute.

Zwei Tage später, eine Einladung war soeben auch Rudolf überbracht worden, rief der im Schulheim an. Ließ die Nichte ans Telefon holen, die kam gelaufen. Ihre Familie ist blass bis grau. Aber es ist ihre Familie!

„Onkel!"

Der bedauerte, am zweiten Mai nicht nach Bonn kommen zu können. Er hätte Geschäfte in London zu erledigen.

London ist für Renate einmal um die Welt. Normalerweise wäre es aufregend, dass ihr Onkel dorthin reist. Heute nicht. Renate pfiff auf London, auch auf die zu erwartende Ansichtskarte und das Mitbringsel, den kleinen Zelluloid-Wachsoldat mit Pelzmütze, den sie sich so sehr wünschte, seit sie ihn in einer Illustrierten gesehen hatte.

Unwichtiger kleiner Kerl! Onkel Rudolf sollte zur Hochzeit kommen, er ist so lieb.

Er ist sogar der Liebste. Als im Iran Schah Reza Pahlevi die Studentin Farah Diba heiratete, verfolgten Renate, Onkel und Großmutter das Ereignis im Radio, und da Großmutter eine Stunde später alles wieder vergessen hatte, nahm Rudel die an Alzheimer Erkrankte bei sich zu Hause auf. Tagsüber saß sie fein angezogen, geschmückt mit Gold und Perlen in Onkels Wohnzimmer. Frau Ilse bewachte sie. Als Großmutter starb, weinte Onkel Rudolf am meisten. Aber die Geschäfte in London waren nicht zu verschieben, versicherte der ihr soeben. Es klang aufrichtig, Renate horchte sehr genau. Nein, der Onkel verstellte sich nicht, er hatte sich bestimmt nicht mit der Mutter gegen Renate verbündet, das würde ihm nicht einfallen.

Jetzt war die Nichte enttäuscht, gleich fürchtete Rudolf Gefahr für die Liebe. Sei nicht böse mit mir, mein Mädchen, buhlte der Onkel.

Es ist so großartig von ihr, dass sie diesen Mann heiratet, dachte es in ihm. Es ist überfällig, dass die guten Menschen im Land in Erscheinung treten. Rudolf wollte der Zeremonie zu gern beiwohnen. Eigentlich wäre es seine Pflicht. Aber die Dienstreise war ebenfalls Pflicht, und Arbeit ging nun einmal vor, selbst in diesem speziellen Fall.

Alles, was er Renate anbieten konnte, war, bald nach Bonn zu kommen, um mit den beiden nachzufeiern. Onkel Rudolf freute sich tatsächlich still und für sich schon jetzt darauf. Er sah bereits, wie er mit James durch die Stadt ging. Ein gut besuchtes Lokal betrat. Unüberhörbar würde er rufen:

„Ein Glas Bier für mich und natürlich ein Glas Bier für den Mann meiner Nichte, bitte schön. Ja, ganz richtig, der junge Mann gehört zu meiner Familie. Hat jemand etwas dagegen? Meint jemand, alle Juden wären wie der Hitler?"

Niemand meinte das, das Bier wurde gebracht. Wie Rudolf ahnte.

„Onkel Rudolf?"

Der schreckte aus seinem Tagtraum auf.

„Na, gut, dann feiern wir nach. Wenn du es partout nicht anders einrichten kannst." Aber dann der kleine Wachsoldat.

Der wurde versprochen.

Zwei Tage später kam ein Brief; ein Scheck über eine stattliche Summe lag bei. Sein Anteil an der Feier sei das, schrieb Onkel Rudolf. Die Brautleute sollten für sich und die Gäste im Restaurant das feinste Essen bestellen. Und ob Renate bereits die komplette Garderobe für diesen Tag beisammen hätte? In Gedanken sei ihr Onkel dabei.

Grete und ihr Soldat schwiegen wochenlang.

Ein gutes Zeichen, meint Renate. Die beiden werden vor dem Standesamt stehen, ein wenig beschämt, ob ihres Benehmens James gegenüber. Sie werden sich entschuldigen. Dann die Trauung. Dann das Glück.

Am Abend vor der Trauung, gleich nach der Tagesschau, wird Renate vom Pförtner aus dem Aufenthaltsraum gerufen. Dort spielt sie heute nur mit ihren Freundinnen Karten, die Männer sind zum Junggesellenabschied ausgerückt.

„Die Frau Mama am Telefon!"

Renate eilt. Jetzt wird alles gut, sie wusste es.

Sie stürzt ins Kabuff. Greift nach dem Hörer. „Mutti!"

Die Mutter weint. Oder versucht es zumindest.

„Die Trauung ist ja nun abgesagt, mein Mädchen." Es tue ihr so leid für Renate. Aber es gäbe Dinge im Leben, die nun mal nicht zu ändern wären.

„Jede Frau macht Fehler." Den letzten Satz wiederholt Grete, lässt ihn in Schluchzen übergehen.

Die Tochter versteht nicht, was die Mutter meint.

„Die Trauung findet morgen um zehn nach elf wie geplant auf dem Standesamt Bonn statt", versichert Renate schließlich. Spürt dabei ihre Stimme zittern. Wieso soll die Trauung abgesagt worden sein?

Stille.

„Mutti?", ruft Renate, meint, das Gespräch sei unterbrochen worden.

„Die Trauung findet morgen statt?"

„Aber ja!" Renate schüttelt sich. Ist das hier ein Traum? Sie war beim Spielen im Aufenthaltsraum eingenickt …

„Unser Gespräch …" Die Mutterstimme klingt jetzt zornig, „was besprochen wurde wird nicht eingehalten?"

Renate antwortet nicht, sie muss die Dinge sortieren, und das gelingt ihr nicht so schnell.

„Was hast du gegen James?", vermag sie schließlich zu fragen.

Sie hört die Mutter schwer atmen. Sie weiß, so kündigt sich Unheil an.

„… und wenn die anderen das nicht dulden …" lauten die Worte, die zu Renate durchdringen. Die schweigt.

Und Grete taumelt. Wie damals, als man Bomben auf sie schmiss.

„Die Trauung wird abgesagt", ordnet sie jetzt an. In so einem Fall wäre das auch morgen früh noch möglich. Jeder Standesbeamte hätte in diesem speziellen Fall Verständnis. Gleich um acht Uhr, wenn das Standesamt öffnete, müsse Renate …

Den Rest der Anweisung hört Renate nicht mehr, denn sie hat den Hörer aufgelegt.

Wie in Trance bedankt sie sich beim Pförtner und steigt in den Aufzug zum Frauen-Wohntrakt. Als die Tür zufährt beginnt in der westfälischen Kreisstadt der Krisenstab zu tagen. Und da der Soldat erfahren ist, was Katastrophenschutz angeht, übernimmt er die Leitung. Erstens: wie ist die Lage?

Grete erstattet Bericht. Die Trauung findet statt. Und wenn die anderen demnächst wieder anfangen, Juden zu morden? Was dann?

Selbstverständlich habe eine Eheschließung zwischen Stieftochter und diesem Mann zu unterbleiben, fasst der Soldat seine Lagebewertung zusammen. Bleibt dabei neutral, unterlässt es zu vermelden, wie verblüfft er sei, dass eine solche Trauung überhaupt stattfinden dürfe, ohne dass man die Brautmutter fragte. Oder ihn fragte.

Und nein, versichert er wie üblich, obwohl Grete nicht fragt, er habe auch nicht gewusst, dass Hitler ein Jude gewesen sei. Habe Hitler für einen von ihnen gehalten, schäme sich für diesen Trugschluss bis heute, und wie. Und wüsste bis heute keine einzige Antwort auf die Frage, warum der angebliche Führer zusammen mit dem Volk gegen sein eigenes Geblüt vorgegangen sei.

42

Der Herrgott hätte es verhindert, will Grete wie so häufig antworten. Nämlich dann, wenn es falsch gewesen wäre, hätte der Herrgott es verhindert. Grete schweigt jedoch auch heute. Will sich nicht versündigen. Eine Gottesentscheidung hat man nicht anzuzweifeln.

„Maßnahmen zu Renates Schutz?", fährt der Soldat da fort.

Grete weiß keine. Und kämpft mit den Tränen.

Der Soldat ist auch ergriffen. Obwohl er gelernt hat, die Dinge besonnen anzugehen. Aber jetzt kann er nur aus dem Sessel springen und im Zimmer auf und ab marschieren. Das Stanniolpapier der Schokolade, die er vorhin noch mit Appetit ob Ahnungslosigkeit verspeist hatte, flattert von der Armlehne zu Boden.

Grete, im Sessel kauernd, hält noch immer das Telefon umklammert.

Dass ihre Tochter die Familie in so eine Lage bringt – unfassbar ist das. Grete will heulen, aber es stellen sich keine Tränen ein.

Der Soldat hebt das Schokoladenpapier auf, zerknüllt es. Er setzt sich wieder hin, er hat jetzt einen Plan. Er wird seine Mutter, achtzigjährig und erfahren, zu Rate ziehen.

Er nimmt seiner Frau das Telefon aus den Händen, muss sanfte Gewalt anwenden, sie will den Apparat nicht gleich hergeben. Als er ihn sich erkämpft hat, atmet er ein paar Mal tief durch, um wieder Ruhe einkehren zu lassen. Wählt, als seine Hände nicht mehr zittern, die Nummer seiner Mutter.

Dem Bericht des Sohns folgt die schweigend. Sagt, um Fassung bemüht, dass sie es empörend finde, mit so einer Geschichte behelligt zu werden. Er wisse schließlich, dass sie ihre Fahne nicht nach dem Wind drehe. Auch nicht, wenn amerikanische Barbaren sie mit vorgehaltener Waffe zwingen würden, in ein Massengrab zu blicken, in dem angeblich tote Juden lägen. Base Heti hätten die Barbaren damit brechen können. Ja, die!

43

Das Gespräch ist damit beendet, ein Rat wird nicht erteilt.

Grete hat mitgehört. Ihre Schwiegermutter ist eine herzensgute Frau, aber inzwischen verwirrt. Meint es niemals böse. Grete nimmt ihrem Mann den Telefonapparat aus der Hand.

„Sie meint es gut!", wispert es aus Grete heraus. Es gibt ihr Kraft. Sie wählt abermals das Wohnheim an, lässt die Tochter ans Telefon holen, als die voller Hoffnung noch einmal gesprächsbereit ist, erklärt Grete ohne Gruß, ohne Vorrede oder Umschweife, dass ihr Mann, der sich mit Gefahren auskenne wie es nur Soldaten vermögen, darauf bestehe, die Trauung abzublasen. Seine Mutter, Zeugin der furchtbaren Zeit, ebenfalls. Grete, Soldat und Soldatenmutter wollten nichts anderes als Schutz für Renate.

Renate will noch immer nicht auf die Mutter hören. Auch nicht auf den Soldaten, schon gar nicht auf die alte Hexe. Stattdessen lacht sie schrill in den Hörer.

„James wird mich glücklich machen! Du hast noch immer nicht verstanden, wen ich heiraten werde!"

Grete hätte noch so viel zu sagen, aber die Verzweiflung bringt sie durcheinander. Irgendetwas heult aus ihr heraus.

Renate beeindruckt das so oder so nicht. Warum die Mutter denn nicht begreifen würde?, ruft sie so entschieden, dass der Pförtner vorne am Tisch zusammenfährt.

„Mutti, verstehe endlich, wen ich morgen heiraten werde!", wiederholt Renate ausdrucksvoll. Erregung und Freude auf das bevorstehende Leben jagen ihr einen wohligen Schauer nach dem anderen über den Rücken. Wie im Rausch fühlt sie sich. Morgen wird das Glück, das ihr doch noch zugeteilt wurde, besiegelt. Und was für ein Glück!

Der Mutter schwinden derweil die Sinne. Es gelingt ihr noch, zu vermelden, dass sie ab heute nur noch eine

Tochter habe. Daraufhin wird auf der anderen Seite aufgelegt.

Trauzeugin Margot und Trauzeuge Bert sind gut aufgelegt und schick angezogen. Sie im kniekurzen Etuikleid aus himmelblauer Seide, er im schwarzen Anzug. Die beiden waren gemeinsam mit Renate und James auf der Hotelfachschule und haben sich dort ebenfalls gefunden und verlobt. Hand in Hand stehen sie neben dem Bräutigam, der ebenfalls einen schwarzen Anzug trägt, und dessen Eltern, beide in gedeckten Farben. Man wartet auf die Braut.

James erfuhr letzte Woche, dass seine Schwiegereltern ihn kennenlernen wollen. Bald.

Renate hatte es berichtet. Und dann rasch das Thema gewechselt. James wird sich auch weiterhin so verhalten, wie mit seinen Eltern besprochen. Die sind gedämpfter Stimmung, zeigen das nicht. Es ist eine kleine Hochzeitsgesellschaft. Und die soll tapfer sein.

Das Taxi fährt vor, Renate steigt aus, wie zuvor in Gedanken durchgespielt, strahlend. Susanna klammert sich daran wie an eine Schwimmboje.

Stark würde sie sein, hatte Renate am Morgen nach schlafloser Nacht beschlossen. Stark und strahlend, eine Heldin. Die Mutter konnte ihr nichts mehr anhaben. Zum ersten Mal ist Renate sich sicher, dass sie lebt. James küsst sie. Die Farben leuchten tatsächlich. Wind weht. Überall duftet es. Es ist so, wie die anderen es immer beschreiben, draußen, vor der Tür des grauen Hauses der Mutter.

Renate stand vor dem Badezimmerspiegel, kämmte ihr schulterlanges Haar, steckte es auf. Dann das Make-up, heute durfte es etwas üppiger sein. Sie tuschte ihre Wimpern tiefschwarz. Dann schimmernder rosa Lippenstift, Renate küsste sanft den Spiegel. Würde sie an ihrem großen Tag hübsch genug für James sein, dem die Frauen dauernd hinterherschauten? Zwar war sie nicht vollkommen zufrieden mit der, die ihr im Spiegel noch immer zu elegisch entgegenblickte, aber die Aussicht, in wenigen Stunden Frau Abendschein zu sein, war überwältigend. Sie. Sie und James, das bildschöne Brautpaar, er dunkelhaarig, sie blond, beide groß und schlank. Renates Triumph gegen ihre füllige Mutter und deren hageren Mann aus Stein war das.

„Und auch du wirst bezaubernd aussehen!", flüsterte sie in Richtung ihres Bauchs.

Außer James weiß noch niemand Bescheid.

Renate stieg in den Rock ihres neuen Kostüms, ganz modisch ist es, schmal und tailliert. Sündhaft teuer war es, Renate bezahlte mit Onkel Rudolfs Scheck. Sie vergewisserte sich vor dem Flurspiegel ihres noch flachen Bauchs unter dem feinen Stoff, und da hupte vor dem Haus auch schon das mit Blumen und Schleifen geschmückte Taxi.

Susanna ist um Ruhe bemüht, denn man duldet sie hier wieder, wenn sie bescheiden ist. Lächeln soll sie. So lächelt sie, starr wie die Schaufensterpuppe bei Lodenfrey.

Der Standesbeamte spricht.

Erich drückt rhythmisch Susannas Hand. Das bedeutet, sie solle Gelassenheit an den Tag legen. Oder es bedeutet gar nichts, ist vielmehr ein Zeichen dafür, dass Erich wieder gegen die Zuckungen ankämpft, die ihn oft befallen, seit er nicht mehr als Zahnarzt werkelt.

Susanna lässt den Händedruck unbeantwortet. Ist bei Renate. Meint, deren Bedrückung hinter dem Brautstrahlen zu spüren. Die Mutter fehlt.

Susanna versucht, das geheimnisumwoben zu finden. Weiß, dass es das nicht ist. Die Mutter ist zu Hause geblieben, und ihre Delegierte, die Feindseligkeit, zeigt keinerlei Zurückhaltung. Hat sich an Renates Fersen geheftet, sich geräuschvoll mit ins Standesamt gedrängt. Steht jetzt wie eine Mauer.

Ruhe, du mutloses Weib.

Erich hat Lamento verboten. Womit er Recht hat. Man weiß doch, wie die Dinge liegen. Eine Mutter macht sich Sorgen, weil ihre junge Tochter einen Mann heiratet, den sie nicht kennt. James erwähnte es doch gerade gestern wieder. „Mamá, ich habe Renates Eltern immer noch nicht kennenlernen können."

Weil sie das nicht wünschen, hallte es am Telefon nach.

Aufgrund meiner Herkunft, tropfte es hinterher, ohne dass James etwas davon ausgesprochen hatte.

Aufgrund deiner Herkunft, so? Du bist nicht auserwählt, mein liebes Kind!, tadelte Susanna in Gedanken ihren Sohn für das, was der nie behaupten würde.

Die Schwiegereltern brauchten Zeit, um sich an den Gedanken zu gewöhnen, dass ihr Mädchen erwachsen ist, fuhr Susanna fort, ihren Sohn zu belehren. Wenn sie eine Tochter hätte, würde es ihr nicht anders gehen. Sie würde sich verrückt machen. Ganz bestimmt! Habt ihr das alle gehört, die ihr hier um das Brautpaar herum steht und versucht, Erbitterung zu konstruieren? Warum wollt ihr Mauern halluzinieren, wo es eindeutig um die Sorge einer Mutter um ihre Tochter geht?

Trost. Susanna atmet durch. Und jetzt Maßnahme.

Auf diese Leute zugehen. Das haben sie und Erich bislang nicht getan, und es war ein Fehler. Ihr Fehler, schilt Susanna sich. Manchmal ist es falsch, abzuwarten und Menschen zu viel Zeit zu geben. Man habe kein Interesse an ihnen, so werden es diese Leute deuten.

Susanna antwortet jetzt doch dem Händedruck ihres Mannes, indem sie in seinen Daumen kneift, und damit ist sie zurück im Standesamt und ganz bei ihrem Sohn und dessen schöner Frau im feinen zartrosa Kostüm, das blonde Haar raffiniert hochgesteckt, das ebenmäßige Gesicht gekonnt geschminkt. Die Augen funkeln fast fiebrig.

Und Erich? Was geht ihm durch den Kopf, fragt sich Susanna. Was denkt er gerade?

Susanna sieht, wie er nach vorne stürmt. Sie hört, wie er ruft: Wer kann denn noch Juden von Nichtjuden unterscheiden?

Susanna fährt zusammen. Schlimmer als diese Vision ist, dass sie Erich so eine Darbietung zutraut.

Erich steht ruhig da. Hatte nie Spaß an den Grotesken höherer Gewalten, das weiß Susanna doch. Irrsinnige Menschen wie er halten sich mit gezügelten Betrachtungen in Form. Warum konnte Jakob sich nicht für eine jüdische Frau interessieren?, wird er denken. Allerhöchstens. Erich hatte seinem Sohn vorletztes Jahr zwei Mädchen aus dem Bekanntenkreis, oder besser: aus dem kleinen Grüppchen, das vom Bekanntenkreis übrigblieb, vorgestellt. Die Töchter vom Hofman, der jetzt an der Chirurgischen Klinik Bogenhausen arbeitet. Mila und Lisa. Überlebt im privaten Versteck in Aalborg haben sie. Ist es das, was Erich gerade begrübelt? Vielleicht. Und was ist mit Inge, Luises großes Mädchen?, denkt Susanna für Erich weiter. Ach, was, Inge. Erich ist zufrieden. So wie es ist, ist es richtig, wird er denken. Nein, Erich, du machst hier nicht die Regeln, du hast nichts zu beschließen. Susanna erbebt. Gleicht wird sie umfallen. Mila und Lisa und Inge ergreifen sie am Arm. Gut, Susanna hat Halt. Inge ist nicht hübsch, zu herb ist sie. Aber all diese Mädchen haben Ähnliches erlebt wie James. Ganz bestimmt möchten sie sich über die Menschen austauschen, unter denen sie jetzt wieder leben.

Ach, was. Jakob will James sein, ein moderner Mann, der auf Probleme pfeift. Normalität will er, Normalität und Harmonie, und das um jeden Preis, die Mutter kennt ihren Sohn. Über andere Menschen zu konferieren, wer auch immer damit gemeint ist, wäre so ziemlich das Letzte, was James interessiert. Wenn man ihn mag, ist er völlig zufrieden, was gäbe es da noch zu bereden? James liebt den Alltag, wenn der ohne Scherereien dahinplätschert. Von klein auf liebte er Wohlklang und ein friedliches Familienleben.

Und so ein Leben wird er jetzt führen, atmet es in Susanna auf. Zusammen mit Renate. Bestimmt kommen Kinder. Das ist die Normalität, die Erich meint.

James schätzt die Lage falsch ein, schießt es sofort wieder quer. James verharmlost, meutert es. Er glaubt, man brauche nur den zerschossenen Anzug auszuziehen, schon herrsche Frieden. Und Anpassen kann er sich. Formvollendet kann er das. In Bolivien hatte er am liebsten mit den Kindern der Zinnminen-Arbeiter gespielt, deren Betriebsarzt sein Vater war. Er ertrug es, mitanzusehen, wie die Arbeiterkinder von ihren Müttern mit ihrem eignen Urin gewaschen wurden. Wasser war knapp, Seife und Desinfektionsmittel sowieso. Abends, wenn James zu Hause im Badezuber voll warmem Wasser und Schaum saß, erzählte er von den Indio-Kindern, die immer nach Urin rochen.

Nie sprach er von oben herab. Er fand den Geruch seltsam, erwähnenswert, aber er liebte die Kinder, die Kameradschaft mit ihnen. Sie hatten Spaß miteinander, einerlei, wer wie roch. James verriet den Arbeiterkindern nie, dass er abends im Schaumbad saß. Erzählte ihnen auch nicht, dass er vormittags, bevor er zum Spielen rauskam, in blauer Uniform und weißem Hemd auf eine Schule ging, zusammen mit anderen deutschen Flüchtlingskindern, bei denen zu Hause es auch Seife und Wasser aus einer Therme gab. Er verschwieg den Arbeiterkindern das, zog sich nach der Schule sofort Uniform und Schuhe aus und tobte wie sie, barfuß und nur mit Shorts bekleidet, übers Minengelände.

Susanna kann das Jubilieren all dieser Jungen noch hören.

Und kehrte dahin zurück, wo Löschkalk in Gräben voll Kinderleichen geschüttet wurde.

Vorne wird getraut und Susanna kämpft gegen Wut an.

Erich drückt ihre Hand. Erich, du törichter Mensch, dem die Straßen in La Paz zu viele Schlaglöcher hatten. Erich, der du Freitagabend nach Ende der Sprechstunde wieder durch München spazieren wolltest, und die feine Gesellschaft zieht den Hut vor dir. Erich, der du nicht bedacht hattest, dass die feine Gesellschaft gehängt wurde. Oder über die Rattenlinie floh. Oder sich eine Kugel durch den Kopf jagte. Oder aber den Hut nicht mehr ziehen wird vor dem Juden, jetzt erst recht nicht mehr.

„Und, wen hast du in der Stadt getroffen?", ist Susanna manchmal noch versucht, freitags zu fragen. Ohne Hintergedanken könnte sie fragen, ganz so wie früher. Sie fragt nicht mehr, sie könnte weder die ehrliche Antwort ertragen noch Erichs Ausflucht.

Vorne beim Standesbeamten sagt Renate soeben mit fester, lauter Stimme: „Ja, ich will."

Susanna stockt der Atem.

Erich drückt schon wieder ihre Hand, Susanna muss sich losmachen, um ein Taschentuch hervorzuziehen, falls Tränen fließen. Es fließen keine.

„Diese Ehe wird glücklich werden!" Erich flüstert das in ihr Ohr. Die Schwiegertochter sei ein tolles Mädchen, gehöre zu der Generation, die den Frieden einläute. Aber Jakob, Suse und er müssten eben auch dazu beitragen. „Und das werden wir. Nicht wahr?"

2.

James findet eine leistbare Wohnung am Stadtrand von Bonn: zwei kleine Zimmer, Küche, ein Bad, das winzig ist, aber dafür gibt es fließend Warmwasser. Renate meint, glücklich zu sein, und James ist stolz.

Zur Arbeit ins Hotel sind es nur zwanzig Minuten Fahrt mit dem Bus, ausschlaggebend war das. Der Vermieter sollte gleich wissen, wo man tätig sei, bevor er fragte. Und die ersten Gehaltsabrechnungen zeigten beide stolz vor.

Renate geht es seit Monaten prächtig, das Leben gelingt ihr. So, wie all den anderen. Ihren Bauch kann sie noch verstecken, sie wird sich niemandem anvertrauen. So hat sie es mit James besprochen. Man würde sie nur mit Ratschlägen eindecken.

Abends kurz vor dem Einschlafen meint Renate, ihr Kind zu spüren. Es strampelt. Sie überlegt dann immer, mit ihm zu sprechen, James dürfte das nicht stören, er schläft vor Renate ein, und ist dann nicht mehr wach zu kriegen.

Aber Renate weiß nie, was sie dem kleinen Etwas in ihrem Bauch erzählen könnte. Sie hat auch keine richtige Vorstellung von ihm oder ihr. Das Etwas in ihr ist vielmehr geheimnisvoll. Sie kann sich kein Leben vorstellen.

Bald ist Pfingsten.

In Amerika darf zum ersten Mal ein dunkelhäutiger Schauspieler einen Oscar entgegennehmen. Darüber spricht das Empfangspersonal im Bonner Hof. Die ganze Woche über. Man ist unentschieden. James freute sich mit Sidney Poitier, und wie. Aber schweigend.

Über die Feiertage haben er und Renate frei. Sie reisen nach München, Renate hatte es sich gewünscht. So oft wie möglich möchte sie bei den neuen Eltern sein. Als könnten die wieder verschwinden, wenn Renate sie auch nur für einen Moment aus den Augen verlöre. Nach der Familiengeschichte wird sie an diesem Wochenende fragen, hatte sie sich vorgenommen. Detailliert. Nach der Geschichte der Familie, die nun ihre ist. James hat ja weder Interesse an Gesprächen über den Krieg, den er doch sicher in La Paz habe verbringen dürfen, noch will er mit Renate über die Geschichte seiner Familie sprechen. Weil sie sich nicht groß von anderen Familiengeschichten unterscheiden würde. Sagt er. Interessanter sei, was die Zukunft bereithielte.

„Unsere Zukunft", sagt er, und Renate wärmt sich daran. Und hofft auf Auskunft von den Schwiegereltern.

Die Schwiegereltern hoffen, dass am Pfingstwochenende keine Geheimnisse offenbar gemacht werden. Renates Eltern und ihr Mädchen, das zu schnell erwachsen wurde, die Feststellung ist getroffen. Man will damit zufrieden sein.

Samstag und Pfingstsonntag vergehen störungsfrei.

Geführt werden Gespräche über die Arbeit im Hotel. Abwechselnd berichten Renate und James, glühend vor Stolz. Kaum zu glauben, wer im Bonner Hof übernachte, Diplomaten, Politiker; Leute, die man sonst nur in Illustrierten sähe. Renate ist beim Erzählen so aufgeregt, wie sie es hinter dem Empfang nicht sein darf.

Und wie es mit Nachwuchs aussähe?, will Susanna am zweiten Tag wissen, denn für all diese Leute kann sie keine so maßlose Bewunderung aufbringen wie die Schwiegertochter, was am Alter liegen mag oder daran, dass all diese Leute nach wie vor auch ihre Wertschätzung trennscharf einsetzen.

Wären in nächster Zeit Kinder eingeplant?

Renate errötet, und Erich meint verstanden zu haben, dass es der Schwiegertochter peinlich ist, sich im Beisein eines alten Mannes zu diesem Thema zu äußern.

Da rettet James den Moment. „Eine ganz moderne Heizung ...", die nächsten Monat bei ihnen zuhause eingebaut wird. Erich, der seine Wohnung noch mit Holz und Briketts beheizt, steigt ein. Susanna wohl oder übel ebenfalls.

Pfingstmontag beurlauben sich James und Erich nach dem Abendessen vom Abwasch. Im Olympiastadion wird gleich Handball gespielt.

Das Geschirr bleibt heute im Spülstein.

Susanna stellt ein Glas Salzstangen auf den Couchtisch. Holt eine Flasche Riesling aus dem Eisschrank.

Im Wohnzimmer läuft das Radio, der Bayrische Rundfunk sendet deutsche Schlager. Dazu eine kurzweilige Plauderei, plant Susanna. Über schöne Romane, von denen sie so einige im Bücherregal stehen hat, könnte man sprechen. Oder jetzt, wo die Männer nicht dabei sind, vielleicht doch noch über das Kinderkriegen.

Renate hat anderes im Sinn. Und als sie neben der Mamá auf dem Sofa sitzt, fasst sie endlich Mut. In Erichs Gegenwart ist sie eingeschüchtert. Will keinesfalls wie ein dummes Mädchen wirken. Man weiß nie genau, was er denkt. Er wirkt zerstreut und dennoch scheint ihm nichts zu entgehen. Susanna aber würde sie nie für töricht halten, auch wenn Renate gestände, nicht viel über die Juden und den Krieg zu wissen. Nicht viel mehr als das, was Mutter Grete erzählt, nämlich, dass die Juden fliehen mussten im Krieg, denn einer sei immer der Verlierer. Und dass niemand Genaueres dazu wüsste.

Susanna wird mehr wissen als die Mutter. Susanna ist Jüdin.

Aber wie soll man fragen?

Nervös greift Renate nach der Weinflasche und dem Korkenzieher.

Susanna möge ihr Fotos der Familie zeigen, bittet sie schließlich und versucht, den Korken aus dem Gewinde zu drehen. Sie muss neu ansetzen. Und die Fotos sollen vor der Reise nach Bolivien aufgenommen worden sein.

Das Licht flackert. Meint Susanna. Renate hat nichts bemerkt. Die Stehlampe wirft beständig einen warmen Schein auf die beiden Frauen.

Nur bei Susanna ist etwas aufgeglommen. Renate gießt Wein ein. Der duftet, macht den Moment jedoch nicht behaglich.

Soll Susanna dem Mädchen, von deren Eltern sie nichts weiß, erzählen, wie sich das Land der Mordlust ergab? Nein, mein Mädchen, hier sollst du ein unbeschwertes Wochenende verbringen. Kinderfotos des Liebsten anschauen. Über Ähnlichkeiten lachen. Zeitvertreib an den Abenden der Zivilisation. In einem deutschen Wohnzimmer?, raunt eine Stimme aus dem Hinterhalt.

Wenn schon sollte der heimgekehrte Sieger hier sitzen. Auf diesem Sofa neben seiner Schwiegertochter. Würde er triumphieren? Oder sich empören, dass die, die es überstanden hatten, lehren sollten, wie das Morden in Zukunft zu verhindern sei?

Nichts von beidem würde Erich tun.

Was dann?

Erich ist zu einer Sportveranstaltung gefahren.

Susanna zittert, fängt sich rasch. Erich nimmt an, sie komme zurecht. Oder nimmt gar nichts an, geht mit dem Sohn zum Handballspiel, wie das von jeher an den Abenden der Zivilisation üblich war.

„Gern, Liebes, schauen wir uns Fotos an!"

Hört Susanna sich sprechen, und sieht sich aufstehen. Schaltet das Radio ab, wo Peter Alexander ‚Wenn erst der Abend kommt' gluckst. Sie geht zum Regal und beginnt, einen Stapel Bücher abzutragen.

„Kann ich dir helfen, Mamá?"

„Nein, nein. Bleib sitzen."

Susanna hat die Fotosammlung freigelegt. Sie pustet ein paar Staubflöckchen fort und setzt sich mit dem Album wieder zu Renate aufs Sofa. Schlägt das Album mit den wenigen Fotos, die man retten konnte, auf. Ohne Lamento. Unbedingt ohne Lamento. Jeglicher Klagelaut ist verboten. Hat Erich angeordnet.

Erich ist wahnsinnig.

Was bezweckt er mit seinem Erlass? Will er die Bayerische Tapferkeitsmedaille verliehen bekommen? Was für ein elender Mensch.

Aber gleich hat Susanna sich wieder gefangen, eingefunden, in das, was beschlossen wurde.

„Die Bilder wurden Anfang der 1930er Jahre aufgenommen", hört sie sich sprechen. Susanna deutet auf Fotos ihrer Mutter und der jüngeren Schwester. Beide seien in Theresienstadt umgekommen. Nach Bolivien hätten die beiden nicht mitgewollt.

„Sie haben den Ernst der Lage nicht erkannt, sie glaubten, der Spuk wäre sehr bald wieder vorbei."

Renate zuckt. Verwandte von James sind umgekommen? Er hat das nie erwähnt. Sie starrt auf das Foto. Zwei Frauen, die strahlen. Sie haben einen Termin beim Fotografen ausgemacht. Anlässlich dessen sind sie schick angezogen, frisiert und geschminkt. Das dunkle Haar der beiden ist in Wellen gelegt, ganz im Trend der damaligen Zeit. Renate wendet den Blick ab. Warum hat James nichts gesagt?

Dein Vater hat keinem Juden etwas getan.

Ihre Mutter beteuerte das, als Renate vor wenigen Jahren fragte, ob ihr Vater, an den sie sich kaum erinnern konnte und über den nie gesprochen wurde, auch Soldat gewesen sei.

„Einige Juden sind ermordet worden, weil sie nicht geflohen sind", hatte Grete erklärt. „Aber dein Vater hat ihnen nichts getan. Nicht, weil er das nicht wollte, sondern weil er dazu nicht in der Lage war."

Renate verstand nicht, was die Mutter meinte. Weitere Fragen hatte sie aber nicht gestellt. Nicht nach ihrem Vater, nicht nach dem zweiten Mann im Haus der Mutter. Obwohl es so viele Fragen gab. Aber Renate fürchtete sich vor Antworten, die sie ebenso wenig verstehen würde und die alles noch verworrener erscheinen ließen. Also schwieg sie.

Und jetzt verschwimmt Susannas Wohnzimmer. Angst kriecht heran, Renate weiß nicht, wovor. Sie will das aufgeschlagene Album loswerden. Die Fotos im Album sind nur weitere Scherben, mit denen sich kein Mosaik legen lässt.

Susanna funktioniert. Nimmt das Album an sich. Unerschütterlich wirkt sie dabei.

Die Angst weicht zurück. Renate ist eine fröhliche junge Frau. Neuerdings. Dazu gehört, dass sie Nachsicht übt. Die Mutter hatte während des Krieges nicht gewusst, dass Juden getötet wurden, auch das versicherte sie, als Renate fragte. Wie auch, sie hätte genug damit zu tun gehabt, sich und ihr Mädchen vor den Bomben zu schützen. Und als die Mutter dann hörte, wen dieses Mädchen heiraten würde, schämte sie sich dafür, dass sie nichts gewusst hatte, begreift Renate jetzt in diesem Moment. Und das wird sich klären.

Renate schmiegt sich an ihre Schwiegermutter, die es sich gefallen lässt. So, und jetzt wird das Fotoalbum weggelegt, Susanna besteht darauf. Sie möchte nämlich den nächsten Tag planen. Sie wird ihrer Schwiegertochter morgen die schicke Kaufingerstraße zeigen, die feinen Modegeschäfte dort. Renate soll sich ein Sommerkleid aussuchen, das ist eines der Hochzeitsgeschenke von Susanna. Geschirr und Haushaltsgegenstände sind ja schön und gut, aber eine junge Frau möchte sich natürlich auch herausputzen.

Susanna schaltet das Radio wieder ein. Dort wird leichtherzig gesungen.

„Stört es euch, dass wieder so fröhlich gesungen wird?", wagt Renate noch zu fragen.

Hattet ihr nur einen Tag aufgehört, fröhlich zu singen, mein Mädchen? Susanna sagt es nicht, schüttelt nur den Kopf.

Nach dem Pfingstwochenende beantwortet Renate einen Brief ihrer Schwester Monika, die letzten Monat achtzehn Jahre alt geworden ist.

Es geht um die Mutter. Wie so häufig. Ihre Mutter, die manchmal ungerecht ist, oder ungehalten, weil sie im Krieg leiden musste, das haben die Töchter begriffen.

Monika erfuhr erst letzte Woche von Renates Trauung. Die Mutter hätte nicht darüber gesprochen. Kein Wort.

Monika musste es durch Zufall von Onkel Rudolf erfahren. Wie enttäuschend! Sie wäre zu gern dabei gewesen. Christoph auch, der liebe doch Familienfeste. Renate brächte ihre Familie in Gefahr, hätte die Mutter erklärt, als Monika sie zur Rede stellte. Einem solchen Wahnsinn dürfe man nicht beiwohnen.

Warum Gefahr?, so Monika.

Weil Renates Ehemann Jude sei. Natürlich müsste die Mutter ihren Kindern gegenüber nicht betonen, dass sie diesem Geblüt nicht grundsätzlich feindlich gesinnt wäre und sich nichts mehr wünschen würde, als dass endlich Frieden herrschte zwischen denen und dem deutschen Volk. Aber davon seien so einige weit entfernt.

Wer?, habe Monika gefragt, und die Mutter habe nicht gewusst wer, denn die, die es beträfe, würden schweigen.

Monika, nicht zufrieden mit der Antwort, ließ ihre Schwester wissen, dass sie inzwischen Bescheid wüsste, in der Bibliothek gebe es ein neues Buch, ‚Die Vernichtung der europäischen Juden‘, das habe sie sich ausgeliehen. Im Schulgeschichtsunterricht sei das Thema ja nicht behandelt worden. Dass ihr Entsetzen gigantisch sei, jetzt, da sie Bescheid wüsste, schrieb Monika. Aber zuhause würde nicht darüber gesprochen. Das Buch fände die Mutter wahnwitzig. Vollkommen absurd. Sie habe eine Stunde darin gelesen, und es dann sofort in die Bibliothek zurückgebracht. Wie es sein könnte, dass das Verbreiten einer solchen Abwegigkeit erlaubt sei?, habe sie von der Bibliothekarin wissen wollen. Die habe schulterzuckend geschwiegen …

Renate ist gerührt und erleichtert, dass zumindest die Schwester Anteil nimmt. Vielleicht wird Renate ihr später einmal erzählen, dass auch zwei Frauen in ihrer neuen Familie im Krieg sterben mussten. Später, wenn Monika verständiger ist. Renate ist stolz, in eine jüdische Familie einzuheiraten, sie braucht keine Bücher zum Thema, sie ist eingeweiht in das, was geschah.

Und sie, die ältere, weiß auch, dass ihre Mutter gewiss keine Gefahr wittert, sondern beschämt ist.

So antwortet sie der Schwester, erklärt der, dass es einen Grund gebe, warum die Mutter zaudere. Sie schäme sich. Sie schäme sich furchtbar. Man müsse ihr Zeit geben. Alles würde sich klären. Ganz sicher. Bald schon. Und jetzt etwas Schönes. Das Wochenende in München. Die neue Familie, Renate schwärmt. Die weise Mamá, grauer Pagenkopf, Brille, schlichtes Kostüm. Der kluge Papá, still, aber freundlich. Ebenfalls schon grauhaarig. Und meistens im schwarzen Rollkragenpullover. Kein Vergleich zu Mutters Soldat, diesem Tölpel. Dass Erich ein bisschen verrückt ist, schreibt Renate ihrer Schwester nicht. Sie würde es womöglich falsch verstehen.

Monika bittet um Susannas Adresse, sie möchte ihr schreiben.

Auch wenn Renate einen Anflug von Eifersucht verspürt – Susanna ist ihre Mamá – schickt sie der Schwester die Adresse, jetzt, da sie doch eine Familie sind.

Und Monika schreibt Susanna sogleich. Bedankt sich für das Verständnis. So viel Schlimmes sei geschehen, und Susanna mache die Familie der Schwiegertochter nicht dafür verantwortlich. Das sei großmütig. Ihre Mutter schäme sich, ja. Und werde ihre Scham überwinden.

Am Morgen ist Monikas Brief in der Post. Mittags nach dem Essen ist Susanna versucht, ihn Erich zu zeigen. Fast versucht, und ungefähr mit diesen Worten: Erich, Renates Eltern machen sich keine Sorgen um ihre Tochter. Sie schämen sich. Da hätten wir drauf kommen können. Natürlich, da hätten wir drauf kommen müssen, sie schämen sich furchtbar. So, wie alle Gojim sich bis ans Ende der Zeit dafür schämen werden, dass sie ihren geliebten Endzeitprediger hingerichtet haben. Ein überdrehtes Lachen schüttelt Susanna. Ein Jude muss mindestens mausetot sein, bevor er weiterleben darf.

Doch der verquere Frohsinn ist nach einem kurzen Spaziergang am frühen Nachmittag verflogen. Zum Glück hat Susanna Stillschweigen bewahrt, was den Brief angeht.

Erich hockt seit Stunden an seiner Schreibmaschine, und wie üblich entgeht ihm alles, was man ihm nicht direkt unter die Nase hält. Ausnahmsweise gut so. Susanna liest den Brief schon wieder und inzwischen verspürt sie Unwohlsein. Sie hat sich verrannt, erkennt sie. Das Mädchen ist blutjung. Hat aus besten Absichten geschrieben. Susanna hat Nachsicht zu üben. Aus dem Wissen heraus, dass sich diese Eltern nicht schämen, denn warum sollten sie? Es schämen sich Misshandelte, Gequälte, Verscheuchte. Die schämen sich stets, und die sollen sich entschuldigen. Bei denen, die wie Kinder in einer selbstgebauten Höhle aus Bettdecken und Kissen hocken, die vertraut nach Schlafschweiß riecht.

Susanna geht in die Küche und setzt Teewasser auf. Erich braucht sie mit dem Brief nicht zu belästigen, entscheidet sie endgültig.

Susanna brüht Tee auf, trägt Kanne und Tassen ins Wohnzimmer. Baut alles um Erichs Schreibmaschine herum auf. Eilt, einem plötzlichen Impuls folgend, zurück in die Küche, setzt sich an den Tisch und schreibt Monika jetzt gleich zurück. Sie habe sich über den Brief so gefreut. Jetzt wolle man das Schreckliche aber für immer hinter sich lassen und gemeinsam neu beginnen. Und Monika sei jederzeit willkommen in München.

Brief für Susanna, Brief für Monika, es geht rege hin und her. Über Malerei wird geschrieben. Und über die Pläne der jungen Frau, die bald die Schule abgeschlossen hat. Kunst will sie studieren. Also erörtert man, ob das vernünftig, weil doch brotlos sei. Susanna lenkt es dahin. Wird für die Normalität sorgen, die Erich meinte. Wie sollte man es sonst machen?

3.

Fünf Monate nach der Trauung kommt nachts um viertel vor drei im Krankenhaus am Venusberg Michael zur Welt.

James ist, als spiele in ihm ein großes Sinfonieorchester übermütig durcheinander. Jeder trompetet und geigt und trommelt für sich, alle jubilieren. Ordnung ist da nicht hereinzubringen. Zum Glück hat James zwei Tage frei bekommen.

Gleich am nächsten Morgen schreibt er Geburtskarten. Die Aufregung macht es ihm nicht leicht, am Küchentisch zu sitzen und sich zu konzentrieren. Aber schließlich liegt, wie von Geisterhand geschrieben, ein beachtlicher Stapel Karten auf dem Tisch. Auch Renates Eltern werden nicht übergangen. Jetzt wird James sie endlich kennenlernen, er weiß es. Kann ihnen zeigen, was in ihm steckt. In die moderne Bonner Wohnung wird er die Schwiegereltern einladen. Die neue Heizung ist eingebaut, man darf staunen.

Seine Eltern hatte James noch in der Nacht, keine Stunde nach Michaels Geburt, angerufen. Sie waren eben erst zu Bett gegangen. Emil Wiener hatte bis Mitternacht im Wohnzimmer gesessen, mit ihnen auf seinen 55. Geburtstag angestoßen und dem Herrn Doktor dargelegt, wie er, Wiener, es wieder gut gemacht hätte nach dem Krieg. Den Juden hätte er Deutschland übergeben, damit sie dort friedlich hätten leben können, sie und die Freunde der Verfolgten.

Aber das war jetzt vergessen, Susanna und Erich, fassungslos ob James' völlig überraschender Mitteilung, rissen sich immer wieder gegenseitig den Hörer aus der Hand.

Alles sei gut gelaufen, musste James mehrere Male versichern. Sein Sohn wiege 3020 Gramm. Ja, Renate gehe es gut. Ja, der Junge sei kerngesund. Alles dran.

James lachte, Susanna heulte. Erich übernahm das Gespräch, sobald Susanna sich die Wangen trocken tupfte. Ob James wüsste, dass nun der Ernst des Lebens beginnen würde? Der bejahte das. Mehrere Male. Amüsierte sich, denn er hatte noch nie erlebt, dass sein Vater so dermaßen aus dem Häuschen war.

Susanna verlangte, sofort nach Bonn kommen zu dürfen. Und warum die Kinder denn bisher kein Wort gesagt hätten? Susanna wäre doch schon längst angereist, um bei allen Vorbereitungen zu helfen. Aber jetzt, jetzt dürfte sie doch kommen?

James bat sie, erst einmal abzuwarten. Er würde mit Renate besprechen, ob Besuch in den ersten Tagen anstrengend oder hilfreich sei.

Das verstehe sie, behauptete Susanna. Sie wolle natürlich keine Umstände machen, sondern Renate eine Hilfe und Beraterin sein. James brauche nur anzurufen, sie sei jederzeit reisebereit.

Er würde sich melden. Sie würde warten.

Die Geburt verlief unkompliziert, die Mutter erholt sich rasch.

Renate hat bei der Früh-Visite erfahren, dass sie mit Michael übermorgen die Klinik verlassen darf. Dem sieht sie bange entgegen. Kommt sie allein mit dem Kind zurecht? Stellt sich zu Hause die Bodenlosigkeit ein, der Strudel aus Angst, Zorn und Sinnlosigkeit? Nach der Geburt erwischt es sogar Frauen, die wissen, wie man fröhlich ist; Renate hat das schon gehört. Sie will darauf vertrauen, dass ihr das erspart bleibt. Weil Angst und Zorn in ein früheres Leben gehören.

Sie ist erschöpft, aber glücklich. Überglücklich, wie sie zu fühlen meint.

Renate wird wieder halbtags arbeiten, das hat sie beschlossen. Wenn Michael in den Kindergarten geht. Und

James ist damit einverstanden. Will ihr das Arbeiten natürlich erlauben. Sie werden in einem schicken Hotel Anstellung finden und viel Geld verdienen. Natürlich werden sie ein Auto haben. Und moderne Möbel. Wundervoll wird ihr Leben sein. Und die Angst, der Zorn, die Müdigkeit, diese niederträchtigen Regenten, werden keinen Zutritt zu diesem Leben mehr haben.

Die Schwester trägt das Mittagessen-Tablett heraus. Da geht die Tür mit Schwung noch einmal auf. Renate liegt mit Michael, der in ihrem Arm schläft, im Bett.

Hereingestürmt kommt Grete. Renate durchzuckt es, Michael ist augenblicklich wach. Strampelt mit den kurzen Beinchen.

„Da ist er ja, der kleine Spitzbub!" Und den will Grete jetzt sofort ganz genau in Augenschein nehmen. Für den Moment will sie alle Bedrängnis vergessen. Will gute Miene machen. Einen ganzen Abend lang hatten Grete und der Soldat beratschlagt, wie jetzt, da aus dieser Verbindung ein Kind hervorgegangen war – ein Ereignis, das man befürchtet hatte – mit der Tochter umzugehen sei. Zwei Möglichkeiten standen zur Wahl. Man beließ es beim Bruch. Oder man übernahm Verantwortung. Führte Aufsicht. Grete und ihr zweiter Ehemann hatten sich am Vorabend zu ihrer Verantwortung bekannt.

„Sollst sehen, das geht nicht für immer so weiter", rief der Soldat verzweifelt. „Lange bleiben solche Ehen nicht mehr erlaubt. Das Volk wird es nicht dulden."

Renate dürfe man zwischenzeitlich aber nicht im Stich lassen, forderte er. Mädchen machten Fehler. Ganz normal sei das. Weshalb er die Maßnahmen gegen deutsche Frauen, die einst Fehler machten, auch nie befürwortet hätte. Das wichtigste bei einem Kind würde durch die Mutter vererbt. Genlehre sei das.

Grete stimmte zu.

Ruhe bewahren, beschlossen sie und der Soldat.

„Und hoffen, dass die anderen stillhalten", ergänzte Grete bange.

Was aber, wie der Soldat anfügte, nicht hieße, dass man mit dem Kindsvater und dessen Eltern in Kontakt treten würde. So ein Verhalten Juden gegenüber wäre widersinnig, weil gefährlich. Wenn das Volk wieder zuschlüge …

Grete hatte geschwiegen. Ängstlich geschwiegen.

Nach kurzer Besinnungspause hatte der Soldat erklärt, dass tagtäglich überall auf der Welt unzählige Menschen starben, was die verschiedensten, zumeist ungeklärten Ursachen hätte. Und dieses Sterben würde, wenn nicht von Juden veranlasst, von ihnen geduldet werden. Gegen das Sterben überall auf der Welt unternähmen Juden nichts.

Grete nickte.

Das war gestern, und heute will Grete Großmutter sein. Will ihren Enkelsohn halten. Muss ihn halten, sie ist doch die Omama. Renate kann nicht verhindern, dass die Mutter nach dem Säugling greift. Ihn hochnimmt. Das Köpfchen hält sie geübt. Hat doch selbst drei Kinder groß gekriegt. Michael beginnt zu brüllen. Grete lacht herzhaft. Gut los ginge es mit dem kleinen Mann. Ein kräftiges Organ habe er. Schon mal nicht schlecht sei das. Sie schaukelt den Jungen ein bisschen in ihren Armen. Betrachtet ihn. Die fehlende Familienähnlichkeit ist dazu angetan, die Großmutter gleich wieder aufzuwühlen. Die Großmutter bleibt tapfer. Redet auf das Geschöpf in ihren Armen ein. „Na, es fühlt sich fein an, auf der Welt zu sein, wie?"

Welche Umstände zu Michaels Erscheinen auf der Welt führten will Grete jetzt nicht bedenken. Sie will es gut sein lassen für den Moment, es ist gestern Abend genug geredet worden. Jetzt will Grete so tun, als habe alles seine Ordnung, wie in einer ganz normalen Familie.

Sie legt Michael, der kräftig brüllt, zurück in den Arm der Tochter, die dem Schauspiel verwirrt zusieht.

Michael ist still. Die Lider über seinen dunklen Augen, mit denen er noch nichts erkennen kann, flackern nach.

Grete macht Platz auf dem Nachttisch. Modemagazine und Konfekt-Schachteln schiebt sie beherzt beiseite, platziert ihre Tasche prominent, packt hellblaue Frottee-Strampelhosen, bestickt mit Obstmotiven, weiße Wolljäckchen und eine winzige Mütze aus. Hält es der Tochter nacheinander hin.

Schön?

Die Tochter nickt matt.

Eine Spieluhr in Form einer lachenden Sonne kommt zum Vorschein, wird sofort von der Omama aufgezogen und Michael ans Ohr gehalten, worauf das Brüllen erneut einsetzt.

Was Grete zum Strahlen animiert. Weil der Kleine sich später durchsetzen könne.

Und damit ist die Versöhnungsfeier beendet.

Grete kommt aufs Organisatorische zu sprechen. Sie habe sich ein paar Tage freigenommen von ihren Pflichten. Für den Mann vorgekocht, alles eingeweckt und im Eisschrank verstaut, auch die Wohnung gründlich geputzt. Eine Woche könne sie in Bonn bleiben, danach müsse Renate ohne sie zurechtkommen.

Renate bedankt sich. Und James arbeite übrigens hart, werde ganz bestimmt demnächst zum Empfangschef ernannt.

Grete nickt. Für den Moment soll es gut sein.

Der angehende Empfangschef zieht Stunden später aus. Bevor Grete einen Fuß in seine Wohnung setzt. Sie hatte es so selbstverständlich angeordnet, wie Renate überbrachte, da meinte er, es sei ihr gutes Recht. Im Personaltrakt des Bonner Hofs kommt er unter, ganz unkompliziert, will nicht klagen, es ist doch nur vorübergehend. Seine Eltern müssen es deshalb nicht erfahren.

Im frisch bezogenen Ehebett neben der Tochter wacht sieben Tage Grete.

*

Fast zwei Jahre ist Renate fröhlich. James sowieso. Ihr Sohn hat rote Bäckchen. Ist prall und rund, rüttelt jauchzend am Gitter des Laufstalls.

Dann ist Renate wieder schwanger.

Kaum hat sie es erkannt, will das Kind auch schon auf die Welt. Oder will es vermeiden, auf die Welt zu gelangen, die Ärzte wissen es nicht. Renate soll liegen.

Susanna holt Michael nach München, den Haushalt erledigt James.

Grete hat für die Tochter keinen Trost parat.

Warum so ein Kind nicht auf die Welt will weiß Grete doch. Hätte eine Absage schon vom ersten Kind erwartet. Aber Grete will schweigen, es wird nicht mehr lange dauern. Die anderen werden zunehmend unruhig.

Und was die Tochter angeht: „Du kannst nicht sechs Monate liegen, Renate. Sowieso wird der Herrgott entscheiden."

Renate entscheidet selbst, bleibt tapfer liegen. Zwei Monate lang. Dann ist die Gefahr gebannt.

Und im Sommer kommt Mara.

Die Großeltern des Mädchens kennen sich noch immer nicht.

Renate bleiben auch dieses Mal die Heultage erspart.

Doch jetzt, da sie mit dem Säugling zu Hause ist und es Michael nicht mehr im Laufstall hält, ihn vielmehr jedes Möbelstück, unter das man kriechen kann, interessiert, ist Renate bereits am frühen Abend erschöpft. Und benommen. So war es früher, bevor dunkle Wellen anrollten.

James kommt abends spät nach Hause. Für einen Empfangschef in einem Hotel wie diesem seien Überstunden ganz normal. Er müsse da sein, wenn man ihn braucht. Man braucht ihn oft.

Aber das reicht noch lange nicht.

Renate erstattet der Mutter Bericht, wöchentlich. James sei dabei, sich zu verbessern.

Renate verspricht es der Mutter fest. Ob die Mutter dann zu Besuch käme? Ob James dann in der Wohnung bleiben dürfe? Dann, wenn.

Grete schweigt.

Der Sommer geht zu Ende.

Monika steht im großen Zimmer. Samtiger Teppichboden unter den Füßen. Monika hat ihre Sandalen ausgezogen, steht auf Socken da, Renate hatte sie darum gebeten, so fein ist der Teppich. Die Heizung ist modern. Rauscht nur leise. Im Bad steht eine Duschkabine mit Klapptür aus Kunststoff. Der neueste Schrei.

Monika gefällt das alles gut.

Ob sie das kleine Erkerzimmer beziehen dürfe?

Renate und James haben nichts dagegen. Die neue Wohnung ist groß genug.

Mit der Polizei könne sie die Tochter aus der Wohnung holen lassen, weiß Grete. Monika lässt sich von der Mutter doch nichts sagen. Viel gemütlicher als im Studentenwohnheim ist es bei der Schwester. Und die Schwester träumt, dass es auch ihrer Mutter hier gefalle.

Grete stellt die Unterhaltszahlungen an Monika ein. Onkel Rudolf zahlt.

James und Monika kabbeln sich, täglich aber liebevoll.

Warum Juden so ordentlich seien?, neckt sie ihn. Sie weiß inzwischen, dass auch Juden zu behandeln sind, wie alle anderen. Findet den jüdischen Ordnungsfimmel besonders lustig. Zu gern zieht sie ihren Schwager damit auf.

„Dein Juden-Spießertum …"

Jeden Sonntagvormittag nach dem Frühstück greift James jedoch unbeirrt zu Lappen und Wischmopp und putzt. Renate mag nicht putzen. Monika kann nicht putzen. Sie hat keine Zeit, muss Kunst studieren.

Aber wenn der Schwager putzt, kann sie ein paar Minuten entbehren. Lugt hinter der Küchentür hervor, zieht Grimassen, bis James sie mit dem Wischmopp durch die Zimmer jagt.

Und dann noch diese Vorliebe für Krawatten und Fliegen und Anzüge! Monika kann nicht verstehen, dass James diese Tracht, wenn schon zur Arbeit, auch noch freiwillig zum gemeinsamen Sonntagsspaziergang trägt.

„Jude trägt Fliege", lacht sie gut gelaunt.

Ist das ein Spaß? James weiß es nicht. Aber er wehrt sich. Spottet über Monikas vorlaute Reden. Und dann noch das kurz geschnittene Haar seiner Schwägerin! Sie sei ein Blaustrumpf, was?

Das gäbe es nur bei Schicksen, will er zu gern schmähen, aber nein, das unterlässt er, das steht ihm nicht zu.

Von hinten könne man Monika mit einem hoch geschossenen Schuljungen verwechseln, neckt er statt-dessen zurück.

Monika lacht. Das trifft sie überhaupt nicht. Im Gegen-teil. Wie stolz sie ist, zu den Frauen zu gehören, die es wagen, auf die Erziehung ihrer Mütter zu pfeifen. Soll der ordentliche Jude spotten!

Renate schweigt zu all dem.

Oft wirkt sie jetzt rätselhaft auf Ehemann und Schwester. Als schlafwandle sie.

Neu ist das nicht. Seit Monika denken kann, scheint Renate zeitweise unerreichbar zu sein. Und warum?

Grete, von Monika mutig darauf angesprochen, ist empört.

Was mit Renate los sei? Die Frage könne Monika sich selbst beantworten. Sie lebe doch mit in diesem unglückseligen Bund.

„War Renate nicht schon immer so?"

Worauf ziele diese Frage ab? Wolle die aufsässige Tochter der Mutter etwas vorwerfen? Womöglich, dass sie Fehler bei der Erziehung von Renate gemacht hätte? Geradezu impertinent sei Monikas Benehmen.

„Renate war ein fröhliches Mädchen", gibt Grete spitz zurück. „Vor dieser Ehe." Verträumt, auch ein bisschen ängstlich sei sie immer gewesen, räumt Grete ein. Hätte ja im Krieg gelitten. Aber wer frage da heute noch nach? Wo nur die Juden hätten leiden dürfen. Ängstlichkeit stünde einer Frau aber besser zu Gesicht als Impertinenz.

Monika versucht es kein zweites Mal.

Seine geliebte Frau benimmt sich zeitweise sonderbar, auch James entgeht das nicht.

Ihr fehlt doch nichts? So glücklich wie sie sind. Abgesehen davon, dass ihre Eltern sich noch immer aus dem Weg gehen, ist ihr Leben doch großartig. Ein Auto haben sie jetzt, einen himmelblauen Opel Kadett. Und wenn es ab dem neuen Jahr die angekündigte Gehaltserhöhung gibt, muss sofort eine Putzfrau eingestellt werden, beschließt James. Und Renate wird es wieder gut gehen.

Susanna, anderntags am Telefon zu Rate gezogen, schweigt zunächst. Dann bestätigt sie. Ganz richtig, eine Haushaltshilfe müsse her.

Im Mittelzimmer steht neben Michaels Bettchen die Wiege und Wickelkommode seiner Schwester.

Am Abend bringt Renate ihre Tochter zu Bett. Da richtet Michael sich auf, hält sich an einem Bein der Wiege fest und betrachtet Mara durch das ausgestanzte Herz im Holz. Dass Michael dasteht, sieht Renate. Aber es dringt nicht zu ihr durch.

Am folgenden Abend wiederholt Michael sein Kunststück.

Monika kommt ins Zimmer. Stößt einen freudigen Schrei aus. Na, so was, das Männlein steht!

Ihr Kind kann stehen. Und auch gestern hat Michael ja schon gestanden. Zum ersten Mal? Renate erschrickt. Sie weiß es nicht.

Die Tage haben keinen Anfang und kein Ende. Renate verliert das Gefühl für Zeit. Verliert das Gefühl für sich und für die, die sich um sie herum bewegen. Der Horizont zieht zu, Renate spürt es. Wie kann das sein? Das neue Auto, die hübschen Kinder – wie kann es da dunkel werden?

Morgens nach dem Erwachen ist es am schlimmsten. Renate setzt sich auf die Bettkante, blickt durch das große Zimmer, das als Schlafzimmer für sie und James und tagsüber als Wohnzimmer für alle dient. Die Tapete ist weiß mit lindgrünen Blumenranken. Das erstaunt Renate jeden Morgen. Immer wieder neu. Als sähe sie es endlos zum ersten Mal.

Durch einen Spalt des Rollos drängt sich der Tag ins Zimmer. Es riecht nach Kuchen; unter der Wohnung liegt die Backstube der Konditorei im Vorderhaus. Monika mag den Geruch, der sich auch im Sommer nicht aus der Wohnung lüften lässt, Renate war der Geruch bislang egal. Jetzt verursacht er Kopfschmerzen.

James ist schon im Bad. Renate lauscht dem Rauschen der Wasserrohre und zuckt zusammen, wenn James den Rasierer am Waschbeckenrand ausklopft. Vor ein paar Monaten las sie ein Buch, das in der Tageszeitung empfohlen worden war. Um den Mord an Juden im Krieg ging es. Um den Mord an sechs Millionen Juden. Renate war fassungslos gewesen. Sie versteckte das Buch vor James. Sie sprach mit niemandem darüber. Weiß James Bescheid? Wenn der Rasierer auf die Emaille nieder geht, zuckt Renate. Sie will vergessen, was sie da gelesen hat, und kann es nicht.

Schließlich meldet sich eines der Kinder, Renate gelingt es, aufzustehen und Michael und Mara zu versorgen. Es gelingt ihr, die Bettdecken der Familie auszuschütteln. Auch hat sie um diese Zeit noch genug Kraft, das Ehebett in ein Sofa zu verwandeln, auf dem die Erwachsenen sich am Abend vor dem neuen Fernsehapparat versammeln, dessen Bildschirm Renate jetzt leer anstarrt. Sie fühlt sich wie dieser Bildschirm. Ausgeschaltet.

Onkel Rudolf hat das riesige Gerät liefern lassen. Ihr lieber Onkel Rudolf. Der nicht einmal etwas ahnt von dem, was Renate weiß.

Renate ist müde. Wünscht sich, aufzuwachen, und alles ist anders. Dem Leben ist beizukommen.

Renate wacht auf und alles ist wie am Vorabend. Quälendes Tapetenmuster. Kuchengeruch, der den Kopf schmerzen lässt. Der Traum von der Anstellung im schicken Hotel ist verblasst. Unzählige tote Menschen, und nur wenige wissen es. Renate wünscht sich, sie wüsste es auch nicht.

Sie drapiert die neuen bunten Kissen auf dem Sofa, zieht ihren Morgenmantel an und bewegt sich mechanisch aus dem Zimmer.

So vergehen einige Wochen. Dann plötzlich hellt sich der Horizont auf. Renate versinkt wieder in ruhiger See.

Christoph ist vorgestern siebzehn Jahre alt geworden. Er ist Gretes Verständiger. Ihr Schatz, weil er der Mutter nie Kummer bereite. Immer folgsam sei.

Das schickt Grete auch dem Gespräch am Sonntagabend voraus.

Christoph hatte sich zum Geburtstag gewünscht, endlich seine Schwestern zu besuchen.

Den Wunsch kann Grete ihm nicht erfüllen.

Ein Fahrrad war gekauft worden. Christoph hatte sich gefreut. Und wollte seine Schwestern besuchen.

Jetzt die Unterredung.

Seine Schwester Renate habe einen Fehler begangen, erklärt Grete. Der alle in Gefahr bringe.

Vermutlich ist sie nur Christophs Halbschwester, geht es der Mutter durch den Kopf, aber sie spricht es nicht aus. Sie will sich stillschweigend am Glück, das ihr dieser Junge beschert, erfreuen.

Also der Fehler der Schwester. Oder Halbschwester.

Christoph lauscht gespannt.

Der Soldat sitzt einen Sessel weiter, hat bisher das Fernsehprogramm für den Abend studiert, jetzt lässt er das Heft sinken.

Renate habe diesen Mann nicht heiraten dürfen, fährt Grete fort. Weshalb sie Christoph nicht zu den Schwestern reisen ließe.

„Was hat er getan?", will Christoph wissen.

„Man weiß es nicht", so Grete.

Christoph versteht das nicht.

Man wisse nicht, was geschehen könne, so der Soldat.

„Aber was hat er getan?"

Der Soldat versucht es erneut. Erklärt, man habe Ähnliches bereits einmal erlebt.

„Was erlebt? Und warum wohnt Moni auch dort?"

„Du kennst deine Schwester. Sie ist frech. Und sehr gefühlig, immerhin, das ist gut für ein Mädchen." Grete seufzt, „Aber nun mal nicht immer richtig."

Christoph hat noch immer nicht begriffen, warum er seine Schwestern nicht besuchen darf. Will aber jetzt nicht weiter bohren. Will die Mutter nicht enttäuschen. Er ist ihr Verständiger.

Was er aber noch fragt, ist, warum seine Mutter mit Renate weiterhin Umgang pflege. Wo die doch die Familie in Gefahr bringe.

Grete kann das nicht beantworten. Auch der Soldat nicht. Er langt nach kurzem, fruchtlosem Überlegen den Kugelschreiber vom Couchtisch und kreuzt im

71

Programmheft die Sendungen an, die man in den kommenden Tagen anschauen wird.

Grete kämpft derweil mit den Tränen.

Und Christoph ist jetzt wütend auf die Schwestern. Sie lieben die Mutter doch auch, was hecken sie da aus? Renate weiß doch, dass Mutti ihnen nie lange böse sein kann, wenn sie etwas falsch machen. Was denkt Renate sich nur dabei? Und Moni? Warum spielt die bei Renate mit? Na, gut, Moni war schon immer böse und gemein. Hat früher seine Blechautos im Nachttopf der Mutter versteckt. Christoph musste sie morgens hervorfischen.

Christoph beschließt, dass er Renate ab sofort aus dem Weg gehen wird. Und Moni auch. Ihn werden die Schwestern nicht einwickeln.

4.

Wieder Frühling.

Zum ersten Mal wird eine Frau zur Strafrichterin gewählt, und zwar im Schweizer Kanton Basel-Stadt.

In Deutschland heiratet Rudolf, soeben fünfzig Jahre alt geworden, seine acht Jahre ältere Jugendfreundin Hermine, eine glücklose Oberstudienrätin mit grauem Haarknoten. Hermine ist jetzt im Vorruhestand, sie trinkt seit dreißig Jahren und hat ein Gallenleiden. An Gott glaubt Hermine nicht, und das macht Grete Sorgen.

Schwerer wiegt nur noch, dass in der westfälischen Kreisstadt über Rudolf geredet wird. Er habe sich einem Stallburschen im örtlichen Reitverein genähert. Angeblich unsittlich genähert. Die Geschichte machte die Runde, denn der junge Mann hatte Geld fürs Schweigen gefordert und Rudolf wollte ihm keins zahlen. Hatte stattdessen abgestritten, den zwanzigjährigen Kerl überhaupt zu kennen.

Also machte der Junge seine Drohung wahr und redete. Und zwar auf der städtischen Polizeiwache, wo er auch gleich Anzeige gegen den warmen Bruder, der ihm auf die Pelle gerückt sei, erstattete. Der Beamte Kellermann konnte den Jungen nicht davon abhalten.

Der Beschuldigte wurde einbestellt, erschien geschmückt wie üblich: bodenlanger Nerzmantel, Pomade im Haar, goldene Ringe im Ohr. Sein Parfüm erfüllte augenblicklich das kleine Wachbüro.

Kellermann verzog keine Miene. Innerlich erschauderte er. Auch das wie üblich.

Es wurde die Anschuldigung des Stallburschen verlesen. Rudolf stritt alles ab. Er würde jenen jungen Mann nicht einmal kennen.

Kellermann glaubte dem stellvertretenden Direktor der städtischen Ölmühle. Die Anzeige wurde eingestellt.

Die Kunde, dass der stellvertretende Direktor der örtlichen Ölmühle Unzucht mit jungen Männern treibe, verbreitet sich dennoch in der Stadt.

Rudolf zeigt sich ab sofort in der Öffentlichkeit nur noch zusammen mit Hermine.

Und als er sich dann noch für den Posten des ersten Direktors der Ölmühle bewirbt, ist die Zusage des Inhabers an die Pflicht zu heiraten gekoppelt.

Rudolf pariert. Hermine sagt ja.

Das Paar plant, zu diesem Anlass eine Feier auszurichten, an die Familie, Kollegen und Freunde nebst Gattinnen und Kindern noch lange und mit Freude denken sollen. Das wird Rudolf sich wie immer etwas kosten lassen. Weil man ihn als Dank dafür lieben wird.

Man liebt ihn. Als Dank dafür, dass er heiratet.

Und Rudolf plant noch mehr. Auch James' Eltern dürfen mitfeiern. Es soll endlich Frieden sein zwischen den Juden und den Deutschen, und Rudolf findet, dass man damit am besten in der eigenen Familie beginnt.

Die erste Begegnung zwischen Schwester Grete, deren Mann und James' Eltern wird das. Schwester Grete muss endlich begreifen, dass die Zeiten sich geändert haben. Es ist zur Gewohnheit geworden, dass zu Festen bei Renate und James immer nur entweder ein deutsches oder ein Juden-Großelternpaar erscheint. Aber Rudel darf jedes Mal dabei sein, das macht ihn glücklich. Immer hat er auch Blumen für Frau Susanna dabei. Und so soll die Schwester es in Zukunft auch halten.

Susanna und Erich nehmen die Hochzeitseinladung an. Er gern, sie ungern.

Es ist gleich elf Uhr. Am Altar wird das Paar getraut und im Kirchenschiff ist man noch friedlich.

Durch die bunten Glasfenster schillert die Sonne.

Vorfreude, denn nach Pastor-Worten und Orgelmusik soll es ins beste Gasthaus der Stadt gehen. Für achtzig Leute ist reserviert. Ein Festmahl wird erwartet. Und Grete hatte es sich nicht nehmen lassen, ihren westfälischen Kastenpickert zu backen, auch wenn Rudel ihr die Arbeit ersparen wollte, denn an diesem Tag würde er schließlich das Restaurant fürs Kochen und Backen bezahlen. Die Schwester sollte den Kuchen im Restaurant in Auftrag geben, zur Not dem Küchenpersonal ihr Rezept verraten.

Ihr Rezept verraten? Undenkbar. Um diesen Kuchen hinzukriegen, brauche es viel mehr als das bloße Rezept. Grete wollte natürlich selbst backen. Mit Liebe. Ihr Mann und die Kinder, ganz besonders ihr Christoph, mögen den Kuchen schließlich genauso, wie sie ihn macht.

So backte sie am Vorabend, und am Morgen der Hochzeit, noch vor der Kirche, fuhr sie ins Restaurant und lieferte ihre fünf Kuchen fürs Buffet ab.

Pünktlich zur Zeremonie sitzt Grete auf ihrem angestammten Platz, zwei Reihen vor dem Altar.

Das Gotteshaus ist voll, alle Geladenen sind gekommen, dazu ungeladene Bürger der westfälischen Kreisstadt. Der Pastor hält eine Rede, die vor allem kurz ist; der Bräutigam hatte es so gewünscht. Wegen der Kinder.

Dann zieht die Hochzeitsgesellschaft ins Gasthaus um. In der Küche stehen Hummersuppe, Ragout fin, Kalbsbraten, Prinzessbohnen, Kartoffelkroketten bereit. Die Eisbombe zum Dessert wird als kunstvolle Überraschung angekündigt. Man ist vergnügt. Die Vorwürfe gegen den Bräutigam sind vergessen. Höchstens kommt bei diesem und jenem Bürger noch ein Schimmer Ärger auf – Ärger über das, was so ein Stallbursche aus schwierigen Verhältnissen um ein Haar angerichtet hätte. Der Junge hat letzte Woche mitsamt Eltern und zahlreicher Geschwisterschar die Stadt verlassen, was allgemein für vernünftig befunden wurde. Rudolf ließ der Familie diskret und mittels seines Anwalts eine finanzielle Starthilfe für das Leben in der neuen Heimat zukommen. Er ist ein guter Mensch.

Und heiratet heute. Mit Streuengeln, Hochzeitstorte und allen Schikanen.

Das Essen wird aufgetragen, zehn Kellnerinnen sputen sich, der Gastgeber hatte es so gewünscht, niemand soll warten oder gar grollen, weil vor dem Tischnachbarn schon das Essen dampft.

Die Verteilung klappt reibungslos, man speist, und alle sind noch friedlich.

Behaglichkeit macht sich breit. Die Kellnerin trägt ein Tablett mit Schnäpsen herbei.

Füße vertreten, und da wird auch schon die Hochzeitstorte in den Festsaal gebracht. Ein dreistöckiges Monument aus Buttercreme ist das, verziert mit einhundert Marzipan-Rosen. Der städtische Konditor liefert höchstpersönlich an. Kellnerinnen schenken Champagner und Mokka aus.

Hermine und Rudolf – sie im knielangen weißen Spitzenkleid, er im Smoking – schneiden die Torte an, da beginnt die Kapelle zu spielen.

Und der Zauberer für die Kinder trifft ein. Er trägt einen Zylinder auf dem Kopf; im Gepäck hat er einen Käfig voll echter Kaninchen, die Michaels Aufmerksamkeit für den gesamten Nachmittag fesseln.

Mara verschläft das Fest in einem Korb, um dessen Rand Monika Rosen geflochten hat. Nur einmal wird sie wach, bekommt ein Fläschchen Milch, wird herumgereicht. Alle Frauen möchten die Kleine einmal halten und drücken. Grete aber lässt sich nicht täuschen vom unbekümmerten Kinderlachen. Sie betrachtet das Mädchen, das nicht auf die Welt kommen wollte, mit Sorge. Schließlich nimmt Monika sie ihr ab und legt sie wieder in den mit Satin ausgeschlagenen Korb. Onkel Rudolf hat ihn letzten Monat erstanden. Bei jeder sich bietenden Gelegenheit wird der Inhaber der örtlichen Babyboutique mitsamt einer Auswahlkollektion in Rudolfs Haus einberufen und zumeist wird alles gekauft, was mehrere Angestellte in den Salon geschleppt haben.

Onkel Rudolf ist dann immer zufrieden.

Heute aber will sein Plan nicht aufgehen.

Schwester Grete und die Juden trinken sich nicht zu, wie von Rudolf erträumt. Susanna und Erich plaudern mit den Kerns, er Zahnarzt, sie hilft ihm, wo sie kann. Erich und Doktor Kern tanzen abwechselnd mit ihren Frauen. Trinken Champagner, scheinen vergnügt zu sein. Rudolf macht es glücklich, den Paaren zuzusehen, das ja, aber er hatte für heute Größeres vor. Er beschließt, zunächst nicht einzugreifen. Der Tag ist noch lang.

Und für Grete bereits jetzt verdorben. Mit den Kuchentellern wurde auch das letzte bisschen Glück, das dieses Fest zu bieten hatte, abgeräumt. Was wäre es für eine Hochzeit geworden, wenn man unter sich hätte sein dürfen! Grete stiert auf die Tanzfläche. Doktor Kern ist ein angesehener Mann. Seine Frau ist eine wohl beleumundete Person. Worüber sprechen sie mit den Juden? Fordern die Juden? Nein, die Juden werden schweigen. Vor Doktor Kern und Gattin haben sie Respekt.

Vor ihr, weiß Grete, haben die Juden keinen Respekt. Auch nicht vor ihrem Mann. Als Aschenputtel mit Hauswirtschaftsschule werden die Juden sie sehen. Mit Pudding-Abitur. Und er? Sachbearbeiter? Hat im Krieg das Land verteidigt? Man sieht ja, was dabei herausgekommen ist, werden die Juden spotten, weiß Grete. Und ihre Renate ist wie ein dummes Ladenmädchen zu ihnen hingelaufen. Eine Kern-Tochter, wenn es eine gäbe, hätte das unterlassen. Weil Doktor Kern es ihr verboten hätte. Mit Juden für ein paar Stunden auf einem Fest Umgang zu pflegen ist statthaft. Die Tochter hinzugeben nicht. Renates Vater, wo immer er jetzt sein mag, ist nicht fähig, es zu verhindern. Wäre am besten im Krieg geblieben. Dafür sind Kriege da.

Grete ist plötzlich müde, ganz müde vor Traurigkeit. Und jetzt kommt ihr auch der Vorfall vom Morgen wieder in den Sinn. Vor der Kirche war es. Grete grüßte freundlich. Alt sieht diese Frau aus, war ihr gleich aufgefallen. Alt, wie auf den Fotos. Man kannte sich ja bislang nur von diesen Fotos, die Grete immer bei der Tochter anschaut. Dass ihr Haar noch nicht so grau ist wie das der Judenmutter, stellte Grete heute morgen erneut fest. Obwohl sie so viel durchgemacht hatte war ihr Haar abgesehen von ein paar grauen Strähnen noch blond. Zudem schick frisiert – toupiert und mit Haarspray in Form gebracht. Die Jüdin aber, die den Krieg hatte im Warmen verbringen dürfen, wirkte, als sei sie die Gezeichnete. Und gleich waren die Juden Grete wieder aus dem Weg gegangen. Grete wollte noch rasch die anderen Gäste begrüßen und hatte sich nur wenige Minuten entfernt, und als sie zurückkam, sprachen die Juden mit Monika. Die drei scherzten miteinander wie Vertraute, und Grete, ausgeschlossen, zog sich zurück.

Die Juden gingen dann mit in die Kirche. Hatte Renate nicht erzählt, die beiden seien ungläubig? Was trieb einen in die Kirche, wenn man nicht an Gott glaubte, ja, noch nicht mal an seinen eigenen Gott glaubte?

Wenig später bei Tisch hatte Gretes zweiter Ehemann ein paar Mal unauffällig zum Judenpaar herübergeschaut, mit unbestimmter Miene, dann kaum merklich den Kopf geschüttelt. Der Jüdin schmeckte es. Sie aß reichlich, besonders vom feinen Fleisch. Grete war das nicht entgangen. Sie hatte ihren Mann verstanden, sie kennt ihn, liest seine Gesten. Die Fleischplatte wurde zweimal angereicht.

Was bezweckte ihr Bruder mit dieser Einladung?

Grete spekuliert jetzt. Rudolf will seine Familie demütigen. Na, der riskiert etwas, wo er sonst hasenherzig ist. Aber für einen Frevel kriegt man die Quittung sofort. Der Judenvater aß bei Tisch nur wenige Bissen und trank ein Glas Wasser. Grete war das nicht entgangen. Das Essen der Deutschen schmeckt dem Herrn Doktor nicht mehr. Das zeigte er dem Gastgeber ruchlos.

Grete lässt sich ein weiteres Glas Champagner geben, trinkt hastig. Der Alkohol hält die Angst still. Grete zündet sich eine Zigarette an und pafft, bis Christoph ihr die Zigarette im Vorbeigehen wegnimmt und sie im Aschenbecher ausdrückt. Ach, ihr Bubi hat ja Recht, die Raucherei ist furchtbar.

Und auch das älteste Kind, Renate, hat heimlich ein Auge auf die Mutter. Die ganze Zeit schon. Gleich … sie wird … jetzt, jetzt wird Mutti sich zu Susanna setzen. Schön, jetzt noch nicht. Aber heute noch. Angeschaut haben sie sich schon. Vor der Kirche. Renate hat rote Hitzewangen vor Aufregung und vom Champagner. Heute werden Mutter und Schwiegermutter zusammenfinden.

Die Juden können nichts dafür, dass sie hier sind, entscheidet Grete da. Sie haben es nur ausgenutzt, dass der Gastgeber seiner Familie einen Denkzettel verpassen wollte. Instinktlos ist er. Er war es immer.

Frau Kern und Erich tanzen an Grete vorbei.

Sie tanzen. Grete greift nach ihrem Glas. Vor ein paar Jahren haben sie Millionen von Glaubensbrüdern verloren. So sagt man. Jetzt tanzen sie. Grete würde Mitgefühl zeigen. Wenn die Juden nicht tanzen würden.

Grete arbeitet sich zum Tresen vor, lässt sich da einen Schnaps einschenken.

Am Tisch lässt Susanna sich noch ein Glas Champagner reichen. Sie ist erleichtert, ein bisschen zumindest. Die Gesellschaft der Kerns ist nicht nur erfrischend, auch hat das Ehepaar sie aus einer Lage gerettet, in die sich Susanna freiwillig niemals begeben hätte.

Gehorsam mitgespielt hatte sie, so wie verlangt. Mit einer Nuance Widerspenstigkeit, Letzteres nur für sich.

„Es ist rührend, dass Rudolf an uns gedacht hat. Aber wir werden auf der Feier nicht bei allen willkommen sein", hatte sie Erich letzte Woche zu bedenken gegeben, „Renates Eltern dürften sich bestenfalls gestört fühlen, wenn wir auf einer Familienfeier erscheinen, ohne dass wir sie vorher kennengelernt haben."

Er war anderer Meinung als sie. Fand es sogar außerordentlich wichtig, die Einladung anzunehmen.

„Wie lange wollen wir schon auf diesen Teil unserer Familie zugehen? Die beiden erscheinen nicht zu Geburtstags- und Weihnachtsfesten bei den Kindern, wenn wir da sind? Gut, also kommen wir jetzt zu ihnen. Offen, freundlich und ohne Lamento." Die beiden seien doch keine schlechten Menschen. Und schon gar nicht seien sie Susanna und ihm feindlich gesinnt.

Teil unserer Familie? Nicht feindlich gesinnt? Oh, aber ja, das waren die Lehrsätze. Renates Eltern wären ein bisschen verunsichert und ein bisschen verärgert, weil die Tochter zu schnell erwachsen geworden war und dann gleich geheiratet hatte.

Susanna wurde erneut klar, dass sie nicht im Geringsten an das glaubte, was sie sich immer noch einredete. Einreden sollte. Und wenn der Lehrmeister es laut aussprach, klang es nicht nur arglos, sondern töricht.

Susanna gab ihm Recht, mit fester Stimme. Was blieb ihr denn übrig? Sie hatte seit der Rückkehr keinen Führerschein mehr für dieses Land. Erich lenkte, und sie konnte nur daneben sitzen und musste vertrauen. Musste diesem törichten Menschen vertrauen.

„Meine Frau geht nicht mehr vor die Tür. Naheliegend. Aber gewiss, unter Verrückten wie Ihnen nicht als naheliegend gehandelt." Das wären Sätze, wie Erich sie an andere Menschen richten würde, wäre er nicht töricht.

Susanna war widerwillig ins Auto gestiegen. Hatte sich unterwegs alles Mögliche gewünscht, eine Reifenpanne, eine Streckensperrung, selbst einen harmlosen, aber die Weiterfahrt verhindernden Schwächeanfall ihres Mannes hätte sie in Kauf genommen. Weil der nicht aussprechen konnte, dass sie nichts gutzumachen hatten.

Die Fahrt verlief ohne jeden Zwischenfall.

Eine Person, die ihre Feindseligkeit kaum im Zaum halten konnte, begrüßte sie knapp. Ließ sie dann stehen. Susanna hätte wieder ins Auto steigen und nach Hause fahren sollen. Hätte den Lehrmeister ebenso stehen lassen sollen. Hätte ihn schimpfen lassen sollen.

Aber sie blieb und lächelte. Starr wie die Schaufensterpuppe bei Lodenfrey.

Und da stellte ihnen Monika Herrn und Frau Kern vor. „Vielleicht haben die Zahnarztpaare Lust, sich kennenzulernen?"

Susanna musste die Feier nicht mit Zahnärzten verbringen, dieser Berufsstand war ohnedies überproportional vertreten in Erichs und ihrem Bekanntenkreis.

Um Zahnmedizin war es dann aber zum Glück nicht gegangen. Man fand kurzweiligere Themen. Die Kinder und die Enkelkinder, Fußball, Erichs und Herrn Kerns Leidenschaft. Die Flucht und die Heimkehr von Frau Kerns Familie. Währenddessen die Jahre in Bolivien.

Susanna trinkt ihren Champagner, sie ist ein bisschen beschwipst und ein bisschen erleichtert, weil es nicht so schlimm gekommen ist, wie erwartet. Sie beobachtet die Gäste. Dass man sie anlächelt, sobald sich die Blicke begegnen! Groteskes Schauspiel. Diese Leute sind doch zu einer Überzeugung gelangt, einst.

Drüben am Tisch hat Renate soeben James überredet. Er steht auf, demonstriert Mut. Marschiert zur Schwiegermutter. Und fordert sie zum Tanzen auf. Die zögert, aber nur kurz. Der Champagner stimmt sie milde, lässt sie leichten Schrittes dem Parkett zustreben. Während des Tanzes entspannt sie sich ein bisschen. Ach, was für ein Jammer, dass ausgerechnet dieses Subjekt, das so einen schicken Anzug trägt und zudem ausgezeichnet tanzt, so ein Kreuz mit sich herumzutragen hat! Grete bedauert es in den Champagnernebel hinein. Ein wohliger Schauer geht ihr über den Rücken, unerhört, was sie hier tut. Und dann, als James sie an den Tisch zurückbringt, sich leicht verbeugt und endlich Renate aufs Parkett führen darf, muss Grete über die Bezeichnung Kreuz doch schmunzeln. Unpassend, hier ausgerechnet das Kreuz ins Spiel zu bringen, geradezu obszön unpassend, schilt Grete sich und trinkt durstig ein weiteres Glas. Und während die Kellnerin ihr nachschenkt, wird Grete klar, dass die Angelegenheit mit dem Kreuz lange her ist. Ja, es ist sogar sehr lange her, dass dieses Geblüt den Jesus ans Kreuz geschlagen hat. Und macht sie dieser Familie deshalb Vorwürfe?

Nein. Nicht dafür. Die drei waren doch nicht dabei. Der Champagner prickelt im Glas.

Auch für das, was der Hitler getan hat, können die drei nichts.

Und wenn es so wäre – Grete ist eine Christin. Sie muss verzeihen können. Egal, was die anderen denken.

Sie trinkt. Was sie hingegen nicht verzeihen kann, und auch nicht verzeihen will, ist, wenn man sie und andere Christen dafür belangt, was dieser abscheuliche Jude Hitler getan hat.

Was hält dieses Geblüt eigentlich von ihr? Diese Frage tauchte noch nie auf. Aber jetzt hat sie abrupt das Prickeln und Schweben beendet.

Grete erschrickt. Sie ist eine Christin. Ist den Juden das klar?

Nächstenliebe ist Gretes Pflicht. Etwas fordert in ihr. Etwas fordert, dass sie auf diese Frau zugeht. Aus christlicher Nächstenliebe. Die Jüdin ist Mutter eines Sohnes. Fast wie Grete.

Gretes Blick geht Richtung Buffet. Der letzte ihrer selbstgebackenen Kuchen steht stramm auf dem Schlachtfeld zwischen zerknüllten Servietten und Blumen mit zerknicktem Stiel. Grete steht auf, schwankt zum Buffet. Lässt sich von der Kellnerin eine frische Serviette geben, umwickelt den Kuchen, steuert wieder die Festtafel an. An Susannas Platz macht Grete Halt. Hält ihr den Kuchen hin. Er sei eine westfälische Spezialität, das Rezept würde von einer Generation zur nächsten überliefert. Deutsche Tradition sei es, Sitten und Gebräuche zu überliefern. Ob sie den letzten Kuchen Susanna mitgeben dürfe, zum Probieren?

Susanna erstarrt. Sie kann nicht rechtzeitig reagieren, fährt zusammen, wendet sich reflexartig ab. Grete ist ihr zu schnell zu nah gekommen, hielt etwas Großes in der Hand. Etwas Gefährliches.

Dann endlich entschlüsselt Susanna Gretes Worte. Sie begreift, will sich herzlich bedanken, will das Geschenk gern annehmen, aber da ist Grete auch schon mitsamt des Kuchenpakets aus dem Festsaal gestürmt. Im Vorraum reißt sie ihren Mantel von der Garderobe und verlässt, ohne sich noch einmal umzudrehen, die Hochzeitsfeier. Den Kuchen im Arm.

Die Krisensitzung beginnt keine fünfzehn Minuten später im Taxi auf dem Weg ins Hotel.

Susanna war in Tränen ausgebrochen. Erich, der getanzt hatte, als die geplatzte Kuchenübergabe stattfand, führte seine Frau jetzt aus dem Saal, geistesgegenwärtig, auf alles gefasst. Sie bestand darauf, sofort ins Hotel zu fahren, Erich winkte ein Taxi herbei.

Als sie im Auto sitzen, berichtet Susanna. Sie ist aufgelöst, die Worte kommen unsortiert. Der Kuchen, etwas Gefährliches, Grete, schnellen Schrittes. Dennoch – ihre Reaktion sei unverzeihlich gewesen. Was nun?

Erich fragt nach. Jetzt wird der Ablauf sortiert.

Erich hatte eine Tragödie erwartet. Aber das? Ein Versehen. Etwas unglücklich, sicher, aber mehr nicht. Die Sache ließe sich gewiss klären. Und Suse solle das Gute daran beachten – Grete sei auf sie zugegangen. Kurz lächelt Erich sogar zufrieden.

Am nächsten Morgen nach durchwachter Nacht wird Susanna bei ihrem Sohn Gretes Telefonnummer erfragen. Sie will sich bei Grete entschuldigten. Sie war voreilig, was diese Frau angeht. Die Erkenntnis ist beglückend.

Ihre Reaktion sei vollkommen unmöglich, jedoch ganz unbeabsichtigt gewesen, heißt es kurz darauf am Telefon. Der Trubel im Saal habe womöglich eine Rolle gespielt. Natürlich habe sie sich sehr über das Geschenk gefreut. Man solle sich doch bald treffen, gern bei ihr in München.

Grete hört sich das schweigend an. Nie zuvor ist sie brüskiert worden wie am Vortag. Das sagt sie jetzt aber nicht, sondern nimmt Susannas Entschuldigung an und beendet das Gespräch mit kurzem Gruß.

„Bis ganz bald!", will Susanna noch rufen, aber Grete hat aufgelegt. Muss überdenken, was gesagt wurde. Zorn kommt auf. Da hat sie sich gestern zermartert, sich allen Ernstes gefragt, ob sie ein guter Mensch wäre.

„Wir werden uns nicht treffen", führt Grete das Telefonat für sich fort. Sie muss sich jetzt entlasten, sonst platzt sie. „Ich würde euch einladen, natürlich. Ich bin eine Christin. Ich würde euch einladen, wenn ich sicher sein könnte, dass das Gerede unterbliebe." Grete pocht das Blut in den Schläfen. Sie weiß, dass die Juden keinen Respekt vor ihr haben. Und reden würden.

Grete würde sich melden. Susanna hatte daran geglaubt. Hatte daran glauben wollen.

Grete meldet sich nicht. Grete sagt Besuche bei Renate und James ab, wenn Susanna und Erich ebenfalls eingeladen sind. Kein Geblüt der Welt wird ohne Grund von Gott und Menschheit gemieden. Mit welchem Recht sollte Grete so ungezogen sein, sich gegen diese Regel aufzulehnen.

„Geh auf sie zu!", rät Erich seiner Frau. „Ruf sie an. Lade sie zu uns ein."

Bereits beim Versuch, lediglich in Gedanken Kontakt zu Grete aufzunehmen, schlägt Susanna Aversion entgegen.

Am Samstag nach dem Abendessen hat Erich eine Idee: „Grete wollte dir ein Geschenk machen? Mach du ihr jetzt eins!"

Ein Geschenk? Was denn noch? Susanna sieht schweigend zu, wie Erich eine Flasche Mosel entkorkt.

„Wie wäre es mit einer der Botero-Zeichnungen?"

Das ist nicht Erichs Ernst. Er will diesen Leuten die Zeichnung eines Künstlers schenken?

„Du meinst eine der Zeichnungen, mit der die peruanische Familie damals in La Paz die Behandlung ihres Sohns bezahlte?"

„Haben wir noch andere Zeichnungen von Fernando Botero?"

„Nein." Susanna trinkt langsam ein paar Schlucke Wein, was ihr Zeit zum Nachdenken verschafft.

„Suse, wir haben drei dieser Bilder, sie sind schön, aber wir können eines entbehren, meinst du nicht?"

Susanna will erwidern, dass es darum nicht ginge. Selbstverständlich würde sie sofort eines der Bilder von der Wohnzimmerwand nehmen und verschenken, wenn sie wüsste, dass die Beschenkte Freude daran hätte.

„Du meinst, das ist ein zu kostbares Geschenk für diese Frau, Suse?"

Susanna stellt ihr Glas ab. Aha, es sollen wieder Bilder die Wohnungen verlassen. Wie bestürzend würdelos Erich sein kann.

Dass das Bild in der Familie bliebe, schickt er noch hinterher.

Susanna erschaudert. Und willigt ein. Sie muss. Weil alles, was sie zu entgegnen hätte, nicht belegbar wäre.

Anderntags wird ein wohlbeleibtes Pferd für passend befunden, unverfänglich soll das Geschenk sein. Das Bild wird sorgfältig verpackt und als zerbrechliches Postgut in die westfälische Kreisstadt geschickt.

Eine Karte liegt bei: Susanna und Erich hofften, dass die Zeichnung Grete so viel Freude bereite wie ihnen. Eine peruanische Familie, deren Sohn Erich einst in La Paz von zwei vereiterten Weisheitszähnen befreite, habe damit bezahlt. Zehn Bilder hätten sie abgeben wollen, sie seien durch Tausch in ihren Besitz gelangt. Man wusste damals noch nicht, wie berühmt der Maler werden würde. Erich habe drei Zeichnungen als Bezahlung ausgewählt. Die ganze Geschichte würde er Grete gern bei einem Treffen erzählen.

Der Paketbote überbringt Grete wenige Tage später Geschenk und Geschichte.

Grete packt aus. Ein dickes Pferd. Sonst nichts. Kein bisschen Fröhlichkeit. Scheußlich. Grete ist ungehalten. Will man sie beleidigen? Vermutlich eine Kinderzeichnung aus dieser peruanischen Familie. Ihre Monika konnte es als Schulkind besser. Hat das künstlerische Talent von ihrem Vater geerbt, der während des Krieges herrliche Landschaftsgemälde anfertigte. Gretes Eltern gefielen seine Werke zwar schon, dennoch trauerte damals nur Grete ihrem Mann nach, dem Künstler, der unter berufsbedingten Qualen litt. So hatte sie vor Jahren als dummes Ding gedacht. Hatte weggeschaut, wenn er Männern hinterher gestiegen war. Immerhin, seine Werke retteten ihr und Renate während des Krieges das Leben.

Während Grete das scheußliche Juden-Geschenk in den Keller trägt, gedenkt sie dem Vater ihrer Töchter. Sensibel war er, gut, das ja, war während der Musterung einem Anfall von Durchfall erlegen, was ihn davor bewahrte, an die Front zu müssen. Er konnte sie und Renate vor Hunger bewahren, weil er über Land radelte und seine herrlichen Gemälde auf Bauernhöfen gegen Speck, Eier und Obst eintauschte.

So etwas Wertloses hätte er gar nicht zeichnen können … Grete hält die peruanische Kinderzeichnung noch einmal unter die Kellerleuchte. Dafür hätte es nicht einen Apfel gegeben. So ein Bild verschenkt man nicht. Oder man verschenkt es doch, aber mit Hintergedanken.

Grete überlegt, während sie die Kellertreppe hochsteigt, ob sie sich bedanken soll. Sie entscheidet, dass sie sich bedanken wird. Weil sie Anstand hat.

Sie wählt eine Ansichtskarte mit einer schönen bunten Fotografie, ganz bewusst. Geranien auf dem Balkon eines Bauernhauses.

Ich bedanke mich für das Bild, schreibt sie. Mehr bringt sie nicht über sich. Muss sie auch nicht, wenn Juden sie mit einem hässlichen Geschenk demütigen wollen.

Susanna liest am nächsten Tag die Karte. Legt sie wortlos Erich hin. Der schweigt auch.

Hermines und Rudolfs Ehealltag lässt wenig von der Heiterkeit des Hochzeitsfestes erkennen.

Spät wurde geheiratet, niemand in der Familie erwartet Nachwuchs.

Und dennoch stimmt irgendetwas nicht. Hermine schweigt. Lange Zeit.

Bis zu diesem Tag. Sie hat getrunken, so wie üblich.

Nach dem Frühstück gab es drei Gläser Sekt. Um den Kreislauf in Gang zu bringen. Das Wetter ist zu schwül, wie Hermine Frau Ilse erklärt, die aber gar nicht mehr fragt, nur manchmal überlegt, ob sie mit dem Hausherrn über die Trinkgewohnheiten seiner Frau sprechen soll. Sie lässt es sein, obwohl sie es so schön fände, wieder mit dem gnädigen Herrn allein zu sein. Die neue Dame des Hauses tut zu viel von dem, was Frau Ilses Aufgabe gewesen war. Sie kocht manchmal für den gnädigen Herren, wäscht, bügelt und geht auf den Markt. Frau Ilse grollt, aber schweigt, was die Trinkerei angeht. Der Herr könnte es ihr als unangemessene Einmischung ankreiden, statt sich von seiner Frau scheiden zu lassen.

Zum Mittagsessen genehmigte sich Hermine eine Flasche Wein. Zum Nachtisch, einem, wie sie fand, zu trockenen Apfelstrudel, trank sie ein Gläschen Anislikör.

Am Nachmittag kommt Grete mit einem selbstgebackenen Kuchen zu Besuch. Hermine weist Frau Ilse an, Kaffee zu kochen, im Salon zu decken und den guten Cognac auf den Tisch zu stellen.

Grete genehmigt sich ein Gläschen davon. Der Cognac schmeckt ihr hervorragend, aber ein zweites Glas lehnt sie ab, denn sie ist mit dem Auto da.

Hermine braucht ein zweites Glas Cognac.

Da kommt das Gespräch auf Rudel.

Dass er momentan auch am Wochenende arbeite, beklagt Grete. Sie sähe ihren Bruder ja kaum mehr.

Hermine hat den rechten Alkohol-Pegel erreicht, um das alles hier ertragen zu können. Diese Ehe hatte sie sich anders vorgestellt. Zwar war sie vorher noch nie verheiratet, doch dass entweder mit ihrem Ehemann oder mit ihr etwas nicht stimmt – soviel weiß sie. Aber sie konnte bisher mit niemandem darüber sprechen. Und das quält sie. Und deshalb wird sie es jetzt versuchen. Wird erzählen, wie alles anfing. Grete wird mit niemandem darüber sprechen, da ist Hermine sich sicher. Niemals würde die ihren Bruder in schlechtes Licht rücken.

Hermine steht auf und schließt die Wohnzimmertür, was für Frau Ilse bedeutet, dass sie keinen Zutritt hat, bis die Tür von der Dame des Hauses wieder geöffnet wird.

Hermine setzt sich aufs Sofa, streicht den Rock ihres samtigen Hauskleids glatt, schenkt sich ein weiteres Glas Cognac ein. Sie stellt die nun leere Flasche zurück auf den Couchtisch, trinkt und erklärt Grete dann ohne Vorrede, dass etwas auf der Hochzeitsfeier vorgefallen sein müsse. Aber was? Rudel habe sich direkt nach dem Fest und ohne ein Wort mit seiner Frau zu wechseln allein im Gästezimmer eingeschlossen, auf Klopfen und Anfragen seiner Frau, ob es ihm gut gehe, habe er knapp geantwortet, alles sei in Ordnung, er wolle nun aber schlafen. Mucksmäuschenstill sei er daraufhin gewesen. Hermine wäre schließlich ins Schlafzimmer gegangen und hätte auch ein paar Stunden Schlaf gefunden. Über den Vorfall wäre nie mehr gesprochen worden, und Rudel sei ab dann ins Gästezimmerbett umgezogen. Bis heute.

Grete hat gehört und verstanden. Und verzieht keine Miene. Sagt kein Wort. Offenbar erwartet Hermine auch keine Antwort, also legt Grete ihr noch ein Stück Kuchen vor, der ihr fabelhaft gelungen ist. Das bestätigt jetzt auch Hermine und isst ein Eckchen davon. Grete tätschelt die zitternde Hand der Schwägerin.

„Jetzt ist's gut", beschwichtigt sie und Hermine nickt. Man wechselt das Thema.

Und Grete hat keine Geheimnisse vor der Familie. Die getrennten Schlafzimmer im Hause ihres Bruders, die Hochzeitsnacht, ach, die Hochzeitsnacht! Das macht ab dem nächsten Tag die Runde. „Hermine und der Alkohol – da mag der Herrgott helfen! Wenn Hermine ihn ließe!", meldet Grete. Den Ehemann habe das gottlose Geschöpf aus dem Schlafzimmer vertrieben.

Heimliche Heiterkeit macht sich unter den Eingeweihten breit. Und die bleibt, erhellt den Familienalltag.

Man hatte zu wenig zu lachen in den letzten Jahren.

5.

Bürgerrechts- und Studentenbewegungen machen von sich reden.

In Bonn scheren sich Renate und James darum nicht. Ihr eigenes Leben ist aufregend genug. Renate ist zum dritten Mal schwanger.

Monika aber gefällt die neue Bewegung. Inzwischen lebt sie in einem Zimmer zur Untermiete in der Innenstadt. Hier kann sie stundenlang mit Kommilitoninnen zusammensitzen und diskutieren, ohne missbilligende Blicke ihres Schwagers zu ernten, weil sie seine Spießer-Wohnung angeblich vollqualmt.

Demnächst wird sie ihr Studium abschließen, um als Lehrerin für Kunsterziehung zu arbeiten. Als moderne und emanzipierte Lehrerin, die vor wenigen Wochen Mutter geworden ist. Und nach und nach zu erkennen meint, dass ihre Eltern Täter ohne Reue sind. Täter, die sich eben nicht für das, was im Krieg mit den Juden geschah, schämen, wie die große Schwester einst behauptete. Ihre Eltern haben den Judenmord nicht verhindert und sie haben das nie bereut. So, wie die meisten ihrer Generation. Von Scham keine Spur. Noch schwappt das alles ungeordnet bei Monika auf und ab. Einmal versuchte sie mit Renate darüber zu sprechen, aber die wollte nicht. Oder konnte nicht, wechselte mit zitternder Stimme das Thema. Mit Kommilitone Holger, dem Vater ihres Sohns, spricht Monika manchmal darüber. Die meisten Gespräche aber handeln von der Bewältigung des Alltags, der kompliziert genug ist. Um die vermeintlichen Täter müssen sich vorerst andere kümmern. Abends kehrt sie in ihr Zimmer zur Untermiete und er mit Sohn Ernesto in sein Zimmer im Elternhaus zurück.

Den Bund der Ehe wollen die beiden keinesfalls eingehen. Solche muffigen Machenschaften überlassen sie dem Establishment.

Mutter Grete und ihr Soldat konferieren.

Der Sachverhalt rund um Tochter, Freund und Kind wird Abende lang beleuchtet. Stets wird beschlossen, Ruhe zu bewahren. Der Kindsvater, ebenfalls Kunststudent, stammt aus einer Arbeiterfamilie. Aus diesem Grund ist es ein Geschenk der Vorsehung, dass die beiden keinen offiziellen Bund eingehen wollen, hat Grete erkannt. Sie schätzt rechtschaffene Menschen, natürlich, das ja. Aber in ihre Familie passen die eben nicht. Alles hat seinen Platz. Monika wird diese verrückte Lebensphase überwinden. Dazu gehört ein Mann ohne Hintergrund. Der Soldat sieht das ebenso.

Proteste und Emanzipation hin oder her – Ernesto wird getauft, Monika wünscht es sich. Ganz hat sie sich noch nicht losgeeist von dem, was ihr als Kind Freude bereitet hatte, zum Beispiel der Gottesdienst. Und wo Renate die evangelische Taufe ihrer Kinder nur mit den Großeltern väterlicherseits feierte, wünschen sich Monika und Holger sehr wohl ein Fest mit allen Familienmitgliedern, die bisher nur in der Theorie Täter sind.

Unschön kann so ein Zusammentreffen mit ungebildeten Menschen werden, weiß Grete. Wird sich aber nicht wiederholen, hofft sie.

Am Tag der Taufe ist sie recht gut aufgelegt. Ein paar Stunden kann sie solche Leute ertragen. Es sind ja anständige Menschen. Menschen, die sich mühen, um es auch ein bisschen schön zu haben. Das kann man ihnen nicht vorwerfen.

Die Zeremonie findet in der evangelischen Lutherkirche zu Bonn statt. Der Spruch für diesen Tag lautet ‚HERR Zebaoth, wohl dem Menschen, der sich auf dich verlässt!' (Psalm 84,13), und das wertet Grete als gutes Omen.

Am Taufbecken kann Grete dem Pastor nicht aus vollem Herzen zustimmen. Ein Kind bringe immer Glück mit auf die Welt, spricht er. Grete sieht das nuancierter. Aber sie bleibt munter.

Ja, es sind anständige Menschen, dessen ist Grete sich sicher, als Holger und sein Vater nach der Zeremonie auf dem Kirchhof stehen – neben James, der zum ersten Mal zu einem von Grete organisierten Fest eingeladen wurde. Grete beabsichtigte damit, den neuen Familienmitgliedern James ganz offen zu präsentieren. So werden Gerüchte verhindert. Holgers Eltern sind dumme Menschen. Grete ahnt, was diese Leute sich zusammenreimen und weiterverbreiten würden, wenn es in der neuen Verwandtschaft jemanden gäbe, den man versteckte. Es hieße, Grete würde diesen Mann aus Habgier schützen.

Bekennend gläubig sind Holgers Eltern zudem. Eine hilfreiche Information, die Holger da an Grete weiterleitet. Das veranlasst sie endgültig, mit diesen Leuten vorübergehend nicht nur Waffenstillstand, sondern Frieden zu schließen.

Und dann wendet man sich den diesseitigen Freuden zu.

Gefeiert wird nach dem Kirchgang in einem Bonner Café, bezahlt wird das von der Familie der Kindsmutter.

Die Familie des Kindsvaters wurde eingeladen, alle, die kommen möchten. Es treffen noch eine Tante und eine Großmutter ein.

Grete nimmt auch diese beiden Frauen in Augenschein; in der Tat, es sind anständige Leute. Dass die beiden nicht mit in die Kirche gegangen sind, ist ihrem hohen Alter geschuldet, da ist Grete sich sicher. Zu einfach angezogen sind diese Frauen allerdings, ihre grellbunten Kleider schmerzen in den Augen, das kann Grete, die heute ihr elegantes blaues Kunstseidenkleid trägt, beim besten Willen nicht verhehlen. Aber gut, Arbeiterfrauen sind eben nicht perfekt ausgestattet, sie kommen ja kaum zum Vergnügen aus dem Haus, da lohnt sich eine aufwendige Garderobe natürlich nicht. Nicht bei anständigen, ehrlichen Menschen.

Und im Laufe des Nachmittags erfolgt ein weiterer Beweis, dass Holgers Verwandtschaft tatsächlich redlich, nämlich dankbar ist. Sie wollten sich ja schon im Vorfeld an den Kosten für das Fest beteiligen, aber das lehnten Grete und ihr zweiter Ehemann ab. Holgers Familie sei eingeladen. Und Schluss. Die Juden werden das erfahren, oh ja, da ist Grete sich sicher. James wird seinen Eltern berichten, dass man in einer gut situierten christlichen Familie arme Menschen einlädt.

Und dafür bedanken sich im Laufe des Nachmittags Holger und seine Eltern bei Grete und dem Soldaten. Mit Händedruck und aufrichtigem Blick in die Augen.

Grete ist zufrieden, der Soldat auch. Dass Rudolf seiner Schwester das ausgelegte Geld für die Feier wieder zusteckte, bevor er vorgestern auf Dienstreise ging, ist jetzt unwichtig. Wichtig ist, dass man diese Leute bald wieder los ist. Sehr bald schon, flüstert Grete ihrem Ehemann zwischen zwei Bissen Bienenstich zu. Der nickt. Man ist sich wie üblich einig.

Monika reicht stolz ihr Baby von Arm zu Arm. Ein Prachtkerlchen sei er, wird allgemein befunden.

„Meine blauen Augen hat er", verkündet Grete. Und der blonde Schopf sei auch schon zu erahnen. Wie ihr Bubi werde er aussehen, freut sie sich. Nur mit diesem ausgefallenen Namen war sie von Anfang an nicht einverstanden, er klingt zu fremd, aber Monika bestand darauf. Gut, Grete will Frieden. Jetzt drückt sie Christoph, der ein Stück Kuchen nach dem anderen futtert, um nicht mit seiner Tischnachbarin zur Rechten sprechen zu müssen, kurz, aber innig an sich. Renate versteht zwar nicht, warum ihr Bruder kein Wort mit ihr spricht, nimmt es aber hin. Die Pubertät vermutlich.

Holger verschwindet zwischendurch immer wieder mit Ernesto zum Windelwechsel im Herrenwaschraum.

Ein Vater wechselt seinem Kind die Windeln? Gretes zweiter Ehemann reagiert verstört.

„Ja, und er macht das ganz hervorragend", lobt Monika.

„Holger ist also einer dieser modernen Männer", stellt Grete mit einer Mischung aus Skepsis und Humor fest. Es wird gelacht. Wohlwollend. Diese Mode werde auch wieder vorbeigehen.

Dann kommt man zu den praktischen Fragen.

Die beiden jungen Eltern pendeln jetzt noch zwischen Monikas kleiner Studentenbude und Holgers Elternhaus, sind aber auf der Suche nach einem eigenen Heim. Nicht einfach, wenn man unverheiratet ist.

James bietet Hilfe an. An seinem Empfang des ersten Hotels der Stadt erfährt er alles und kann so manches erfragen.

Monika und Holger nehmen das gern an.

„Euer Onkel Rudolf wird helfen, sobald er von seiner Geschäftsreise zurück ist", ordnet Grete an und ist froh, dass es soweit gar nicht kommen wird.

Und da wird die Kuchenplatte noch einmal herumgereicht. Erledigt, weiß Grete und tut sich noch ein Stück Marzipan-Torte auf. Den Kleinen wird sie nach der Trennung zu sich nehmen, bis Monika zur Vernunft gekommen ist.

Doch nicht nur Monika, Holger und Ernesto, sondern auch der hochschwangeren Renate galt heute die Aufmerksamkeit der Gäste.

Als Renate mit James, Michael an der Hand und Mara in der Kinderkarre die Kirche betrat, ging ein Raunen durch das heilige Haus.

Kaum saßen alle eine Stunde später auf ihren Plätzen im Café, erhob sich Grete von ihrem Platz am Kopf der Tafel. Und ließ es sich nicht nehmen, herzlich nach westfälischer Art, wie sie ankündigte, die Dinge beim Namen zu nennen. Ob James seiner Frau denn nicht zumindest eine kurze Verschnaufpause gönnen könnte, gellte sie, um ein Lachen bemüht, über die festlich geschmückte Kaffeetafel. Doch ihre Augen lachten nicht mit, sondern waren zornig geweitet. Sie schnappte nach Luft, sie wollte deutlicher werden. Da legte der Soldat beruhigend seine Hand auf ihren Arm. Zischte ihr leise etwas zu. Nur sie und Christoph verstanden ihn. Es sei nicht ratsam, sich weiterhin die Gesundheit zu ruinieren wegen des Juden-Lümmels.

Grete nickte. Setzte sich wieder hin. Christoph blickte verstohlen zu James hinüber, der den Kopf gesenkt hielt. Nie würde Christoph diesen Mann grüßen oder sich gar mit ihm unterhalten.

Betretenes Schweigen am Tisch. Renate war unentschlossen. Wenn Mutti wüsste, was wirklich im Krieg mit den Juden geschah … sie würde anders reden. Doch Renate will die Mutter nicht belasten, nicht nach all dem, was die im Krieg erdulden musste. Und da wurde schon der Kuchen aufgetragen. Großes Ah! und Oh!

Der Vorfall ist schnell vergessen, auch James tut sein Bestes. Um ihn herum Geschirrklappern, Lachen, gesegneter Appetit. Er schweigt, will niemandem das Fest verderben. Nach Lamento steht den Gästen heute sicher nicht der Sinn.

Monika ist zu Besuch bei Mutter Grete. Um ihre Sachen zu holen. In einem Täterhaushalt soll aber auch gar nichts, das ihr gehört, lagern. Sie muss jetzt konsequent sein. Es wurde so beschlossen unter den Kommilitonen.

Monika steigt in den Keller hinab. Hatte die Täterin soeben kühl begrüßt, deren Umarmung über sich ergehen lassen, sich dabei steif gemacht. Sie wird ihre Mutter ins Verhör nehmen, bald schon. Aber im Moment gibt es Wichtigeres zu erledigen.

Grete hatte Kisten mit Monikas Büchern und Kleidern, für die bisher kein Platz in den Studentenbuden war, im Abstellkabuff hinter der Heizanlage gestapelt.

Monika, die mit Holger und Ernesto nächste Woche in eine Wohngemeinschaft ziehen wird, durchstöbert die Kartons. Da fällt ihr Blick auf ein Bild, das an der Kellerwand lehnt. Monika kniet vor dem Bild nieder, betrachtet es. Einen Moment meint sie, zu träumen. Ihr entfährt ein Schrei.

Gleich kommt Grete die Treppe herunter galoppiert.

„Moni, hast du dir was getan?"

Monika kann nicht antworten, so perplex ist sie. Sie hält das Bild in den Händen, starrt es an. Das kann nicht wahr sein.

Grete steht jetzt neben der Tochter.

„Ja, das ist grauenhaft, nicht wahr? So etwas schenkt mir …"

„Mutti, wo hast du einen Fernando Botero her?", stammelt Monika.

Grete schweigt abrupt.

„Mutti?"

Grete weiß nicht, wie weiter.

„Mutti, wo hast du so ein kostbares Bild her?"

Grete geht in Betrieb. Nimmt ihrer Tochter das Bild aus der Hand. Ganz vorsichtig fasst sie es jetzt an. Ein Geschenk sei es, sagt sie, noch verwirrt. Ein Geschenk von James' Eltern.

„Susanna und Erich schenken dir so ein Bild? Und du stellst es in den Keller?" Monika ist fassungslos. Niemals hätte das jüdische Ehepaar dieser unkultivierten Täterin so ein Bild anvertrauen dürfen.

Aber Grete habe das Bild hier doch nur vorübergehend abgestellt. Damit es in Sicherheit sei. „Letzte Woche waren Handwerker im Haus. Da weiß man ja nie." Natürlich käme das Bild sofort wieder ins Wohnzimmer, diese Woche noch.

Monika hört staunend zu, was die Mutter da sagt. Und weiß nicht, was sie denken soll. Später, wenn ihr Zimmer eingerichtet ist, wird sie das Bild verlangen, beschließt sie endlich.

Die Mutter weiß auch noch nicht, was sie denken soll.

Als Monika sich verabschiedet hat, nicht ohne das Bild noch einmal mit versonnenem Blick zu bedenken, fassungslos ob der Geste des jüdischen Ehepaars, holt Grete eilig einen Lappen aus dem Küchenschrank. Den, den sie immer für die Scheiben der teuren Vitrine benutzt. Sie putzt den Rahmen des Bildes sorgfältig blank. Was ist das für ein Bild, was sagte Monika? Grete hat es sich nicht gemerkt. Aber ihre Tochter kennt sich mit Kunst aus. Wenn sie sagt, das Bild sei wertvoll, die Mutter solle es pfleglich behandeln, ist das so.

Grete poliert noch ein bisschen am Glas herum, dann trägt sie das Bild ins Wohnzimmer und sucht einen Platz dafür. Man soll es gleich sehen, wenn man den Raum betritt. Grete holt Nagel und Hammer aus dem Werkzeugschrank und bringt das prächtige Pferd an die Wand.

Währenddessen packt sie die Wut.

Wie kommen die Juden an so ein wertvolles Bild? Als Dank für eine Zahnbehandlung? Verlangt Gretes Zahnarzt etwa ein kostbares Bild für die Behandlung?

Und warum verschenken die Juden es jetzt? Weil genug wertvolle Bilder an ihren Wänden hängen? Weil sie meinen, Grete besäße keine teuren Bilder?

Weil sie uns mit diesem wertvollen Geschenk demütigen wollen, erkennt Grete.

6.

Während eines Konzerts der Rolling Stones auf dem Altamont-Speedway in der Nähe von San Francisco haben für den Ordnungsdienst angeheuerte Hells Angels einen achtzehnjährigen Zuschauer erstochen.

Christoph schaltet das Radio aus.

Wenn in seiner Familie das Unheil doch auch so leicht zu durchschauen wäre.

Abends, wenn er im Badezimmer seine Zähne putzt, hört er im Wohnzimmer Mutter und Stiefvater miteinander sprechen. Wenn Mutters Stimme aufgeregt klingt, hält Christoph inne, um dem Gespräch zu lauschen. Es geht um die Abendscheins. Wie könne der Herrgott es zulassen?

Christoph spuckt geräuschlos die Zahnpasta ins Becken. Lauscht weiter, versucht herauszuhören, was genau die Eltern von Renates Mann vorhaben. Er weiß nichts von ihnen, die Mutter schweigt, wenn er fragt.

Christoph glaubt nicht an einen Herrgott, aber warum ist jemand wie sein Stiefvater machtlos gegen diese Leute? Der Stiefvater war im Krieg.

Heute ist Mittwoch und Grete ist zum Frisör gegangen, Christoph beschließt, endlich zu handeln. Er möchte die Mutter wieder so unbeschwert lachen hören wie früher.

Nach kurzem Zögern schließt er ihren Sekretär auf und klappt die Schreibplatte herunter. Das kleine Regal im Schreibtisch kommt zum Vorschein. Im vorderen Fach steckt Gretes Adressbuch. Christoph blättert es durch und findet die Adresse der Abendscheins. Aus der Schublade holt er eine Postkarte und adressiert sie. Ins Mitteilungsfeld schreibt er: „Wir wissen über Sie Bescheid!"

Auf einen Absender verzichtet er. Die Leute machen sich sicher nicht nur eine Familie zu Feinden. Und die Karte wird sie sehr vermutlich nicht von ihren Plänen abbringen. Aber sie wird ihnen immerhin zeigen, dass man nicht blauäugig darauf vertraut, dass sie Frieden halten.

Wie ein Held fühlt Christoph sich nicht, kann die Mutter ja nicht beschützen. Trägt die Karte dennoch gleich zum Postamt.

Am Samstag ist Ella zu Besuch bei Susanna und Erich. Sie wohnt mit ihrer Mutter im zweiten Stock. Erich hat Ella geholfen, die mittlere Reife zu bestehen. Zu Hause konnte ihr niemand helfen. Ellas Vater lebt wieder in Amerika, er war nur wenige Jahre hier stationiert. Ellas Mutter versteht nichts von Mathematik, Rechtschreibung und Geschichte.

Seit Kurzem besucht Ella eine Fachschule, sie wird Kindergärtnerin. Und so oft es ihre Zeit zulässt, schaut sie bei den Abendscheins vorbei und erzählt, wie gut es voran geht.

Gerade gönnten sich die drei ein zweites Frühstück. Susanna hatte Weißbrotscheiben geröstet und mit gesalzenen und gepfefferten Tomatenscheiben belegt. Erich schenkt Tee nach.

Unten im Hausflur klappern die Briefkästen.

„Ich hole Ihnen rasch die Post", ruft Ella und steht auf.

Sie fischt den Briefkastenschlüssel aus der Schale auf der Kommode; im Hausflur springt sie die wenigen Stufen mit einem Satz herunter.

Dem Briefkasten der Abendscheins entnimmt sie eine Sportzeitschrift für Erich sowie eine Postkarte. Ellas Blick fällt auf den Text.

„Wir wissen über Sie Bescheid!"

Kurzentschlossen faltet Ella die Karte zusammen und steckt sie in ihren Rockbund. Sie wird sie später bei sich zu Hause im Ofen verbrennen.

Zurück bei den Abendscheins gibt sie Erich das Sportmagazin, setzt sich wieder an den Tisch und trinkt ihren Tee.

Es ist nicht die erste Mitteilung dieser Art, die Ella im Rockbund verschwinden lässt oder vom Briefkasten wischt, weil es keinen Grund gibt, dass Erich und Susanna sie lesen. Aber es ist mit Abstand die bislang höflichste Mitteilung dieser Art.

Butler Herr Martin reicht am Ende jeder Fernsehshow ‚Einer wird gewinnen' dem Quizmaster Kulenkampff Mantel, Hut, Schal und Schirm und beendet die Sendung mit einer Pointe. Frau Friedel gefällt das. Gute Manieren mag sie. Erst viel später, wenn Herr Martin tot ist, wird sie sich betrogen fühlen. Weil die anderen sich betrogen fühlen werden. Weil Herr Martin im Krieg Oberscharführer und Mitglied der NSDAP war und es später niemandem verraten hat. Die Hinterlassenschaften in der Wohnung des Herrn Martin ließen darauf schließen, dass er bis zu seinem Tod nicht abschwor, wird Frau Friedel im Fernsehen erfahren. Wenig, was dazu berichtet wird, versteht sie, aber empört ist sie. So empört wie die anderen, die im Fernsehen über ihre Empörung sprechen. Herr Martin war mit dafür verantwortlich, dass Juden getötet wurden. Das wird Frau Friedel verstehen. Man tötet keine Menschen, egal welche.

Aber noch lebt Herr Martin, und Frau Friedel kommt mit dem Bus um sechs Uhr zwanzig von der Arbeit. Wie immer, außer an Sonntagen. Samstagsarbeit bringt Extrageld. Ein Fernseher wurde angeschafft. Man kann am Samstagabend die Quizshow gucken.

Um halb sieben schließt Frau Friedel die Wohnungstür auf. Ella hat gekocht.

Mutter und Tochter sitzen am Küchentisch und essen. Meistens gibt es Eintopf, manchmal schwimmt für jede ein Würstchen zwischen Bohnen, Sellerie und Karotten. Der Fernseher läuft. Die Mutter verdient nicht viel beim Putzen, und der Fernseher war teuer. Ella muss gut haushalten. Die Mutter kann nicht rechnen, auch nicht lesen. Einkaufen ist Ellas Aufgabe. Und Kochen auch.

„Warst du wieder bei den Juden?", fragt Frau Friedel wie jeden Abend zwischen zwei Löffeln Suppe. Dass die Juden Teufel sind, weiß sie. Jeder weiß das schließlich.

Damals, vor der Abschlussprüfung, sagte Ella manchmal die Wahrheit. Ja, sie wäre bei den Abendscheins gewesen. Zum Lernen.

Der Mutter gefiel das nicht. Aber sie konnte Ella nicht bei den Schulaufgaben helfen; sie hat keine Schule besucht. Im Krieg war das nicht möglich und später musste sie arbeiten. Also duldete sie, dass ihre Tochter zu den Juden ging. Notgedrungen. Aber nur zum Lernen. Sonst nicht.

„Hast du mich verstanden?"

Ella nickte.

Neuerdings lügt sie auf die Frage ihrer Mutter. Dann, wenn sie doch bei Susanna und Erich war, um mit ihnen Tee zu trinken und zu plaudern.

„Wir brauchen nicht noch mehr Ärger. Dass du schwarz und kraus bist reicht mir schon", sagt die Mutter, und zwar vorsorglich.

Ella isst schweigend weiter.

Wenn am Ende des Monats das Geld knapp wird und kein Gemüse für die Suppe mehr gekauft werden kann, stattdessen nur noch ein paar Kartoffeln, sinniert Frau Friedel häufig:

„Ella, ich frage mich, ob die Juden auch hungern müssen. Nein, sie müssen das nicht, wie ich weiß. Sie bekommen zu essen, was sie möchten. Umsonst."

Ganz ehrlich ist Frau Friedel nicht zu ihrer Tochter. Verschweigt der, dass das, was sie verkündet, nicht das Ergebnis ihrer Nachforschungen ist. Dass Juden umsonst speisen, und zwar reichlich, wurde ihr auf der Arbeit berichtet. Von den Kolleginnen.

Ella isst schweigend weiter.

„Die Juden ziehen den Schmutz an." Auch das berichten Kolleginnen, die schon bei Juden geputzt haben.

„Sag das bitte nicht, Mami", flüstert Ella. „Es stimmt einfach nicht."

„Ach, was weißt du dummes Mohrenkind schon." Frau Friedel ist ungehalten, steht auf, stellt ihren Teller ins Spülbecken. Dreht den Fernseher lauter.

Ella schweigt.

Susanna schwieg auch, als sie letzte Woche erfuhr, dass sie den Schmutz anzöge.

Sie schwieg schon weit vorher und bei anderer Gelegenheit. Gleich, als sie vor einigen Jahren ins Haus einzogen, gewöhnte sie sich das Schweigen an. Erich posaunte, Susanna schwieg.

Wen ginge es etwas an, dass sie Juden seien?, lautete ihr Argument, und seines: „Es ist so unwichtig, dass wir es jedem sagen können."

Und er sagte es jedem.

Dann, letzte Woche, lag die tote Ratte unten im Hausflur vor dem Kellerzugang. Susanna klingelte gegenüber beim Hausmeister. Er möge die Störung entschuldigen. Aber das tote Tier im Hausflur … Ob es womöglich eine Rattenplage im Keller gäbe? Ob Gift gestreut werden müsse?

Der Hausmeister zog Gummistiefel und seine Arbeitshandschuhe an, nahm eine Schippe aus der Besenkammer neben der Etagentür und folgte Susanna, um sich ein Bild von der Angelegenheit zu machen.

Da kam Frau Friedel nach Hause. Der Hausmeister war soeben dabei, die tote Ratte mit Hilfe der Schippe in eine Papiertüte zu verfrachten.

Frau Friedel sah ihm mit düsterer Miene dabei zu.

Warum denn er die Ratte beseitigen würde, fragte sie, als das tote Tier in der Tüte lag. Frau Friedel deutete auf Susanna. „Die Ratten kommen doch wegen den Juden ins Haus."

Der Hausmeister brummte etwas Unverständliches.

Susanna stockte der Atem. Aber nur einen Moment. Dann atmete sie ruhig weiter. Erstaunlicherweise ruhig, wie ihr durch den Kopf schoss. Ihre Glieder wurden schwer. Aber sie atmete. Ganz regelmäßig.

Im Hof klapperte der Deckel der Mülltonne, der Hausmeister schimpfte vor sich hin.

Ellas Mutter stapfte die Treppe hinauf.

Susanna wartete, dass die Friedel-Haustür zuschlagen würde. Aber nichts tat sich. Stille. Schließlich beugte sich oben Frau Friedel übers Geländer und rief die Treppe hinunter, dass sie den toten Juden immer gedächte. „Sie, Frau Abendschein, denken Sie nicht, ich bin nicht anständig."

Susanna schloss ihre Wohnungstür auf.

Die Freunde der Verfolgten wollen nicht nur reden, helfen und trösten. Sie wollen auch spüren, am eigenen Leib. Deshalb war ihr neuer Plan bald in die Tat umgesetzt worden. Die Frauen hatten das Schneidern übernommen. Einen Anzug für jeden, aus Streifenstoff, es war nicht einfach gewesen, den richtigen zu kriegen. Der in der Kurzwarenabteilung bei Hertie war zu knallig. Zu fröhlich leuchtend, fand Emil Wiener, und seine Gehilfen stimmten ihm zu. So etwas Buntes, Lichtes habe es im KZ nicht gegeben.

Nein, bedauerte Wiener, fröhliche Stoffe habe man den Juden missgönnt.

Ein Freund der Verfolgten hatte schließlich die Idee. Man müsste den Hertie-Stoff einfach nur schinden. Zu heiß waschen, verbrühen, knüllen. Gegen das Balkongitter schlagen.

So machte man es.

Und tatsächlich, der Stoff war danach wie überliefert.

Die Anzüge wurden genäht, mit gelbem Stern verziert.

Sonntag sollte es passieren. Man traf sich nach dem evangelischen Gottesdienst im Gemeindehaus Schwabing. Man trank ein Glas Sekt, für den Mut. Man zog seine Sonntagskluft aus und den Judenanzug an. Als der geschundene Stoff die Haut streifte spürte man den Schrecken. Am eigenen Leib.

Man trank noch ein Glas Sekt, für den Mut, verließ das Gemeindehaus, Stimmung: entschlossen. Für die Büßer-Fahrt wählte man Stadtbuslinie 130. Stieg am Gemeindehaus ein, die Fahrgäste kreischten. Husteten. Schimpften. Oder schwiegen.

Der Busfahrer rief über Funk Polizei.

Am Marienplatz stieg Streife zu, nahm die Häftlinge fest.

Die Freunde der Verfolgten litten. So wie einst ihre Schützlinge gelitten hatten.

Aber den Fahrgästen habe man die Botschaft verständlich übermittelt, befanden Emil Wiener und seine Gehilfen, während auf der Wache bei einem Erfrischungsgetränk ihre Personalien aufgenommen wurden.

7.

Ulrike Meinhof und Gerhard Müller von der Roten Armee Fraktion werden in der Wohnung eines Lehrers verhaftet.

Ein paar Kilometer weiter lebt und lehrt Monika, die den Kontakt zu ihrer Familie abgebrochen hat. Ihre Mutter und ihr Stiefvater sind Täter, weil sie den Judenmord nicht verhindert haben. James, Susanna und Erich sind Täter, weil sie ihre Leute nicht daran hindern, Palästinenser auszurotten. Aber direkt mitteilen wird Monika das Susanna noch nicht. Sie wird auf eine passende Gelegenheit warten. Sie will der Sache den gebotenen Rahmen geben. Den Briefverkehr mit Susanna hat sie aber schon mal eingestellt, mit der Begründung, ihre Zeit sei bis auf Weiteres zu knapp bemessen.

Renate sei ebenfalls Täterin, erklärt ihr Monika. Weil sie sich nicht vom Täter scheiden ließe.

Dass ihre Schwester ahnungslos sei über das, was im Krieg mit den Juden geschah, weiß Renate. Sie beschließt, es dabei zu belassen. Wie sollte sie ihrer Schwester das, was geschehen war, erklären? Monika ist so gefühlig. Sagt die Mutter.

Morgens im Radio hört Renate von der Verhaftung der Terroristen Meinhof und Müller. Es interessiert sie nicht. Vor zehn Jahren hat sie ihr Revolutionspulver verschossen. Beim Kampf mit der Mutter. Aber die wird ihr wieder gut sein. Bald schon, wenn sie begriffen hat, wer James ist. Ein Jude. Ein Jude, dessen Volk Schreckliches widerfahren ist. Nur weil es klug und reich ist. Die Mutter kann es unmöglich gutheißen, dass aus diesem Grund Menschen umgebracht wurden. Renate wird der Mutter erklären, was geschah. Wenn sich die Gelegenheit dafür ergibt. Bislang ergab sie sich noch nicht. Der Alltag fordert alle.

Renate, James und die Kinder leben jetzt in Bad Salzuflen. James ist dabei, aufzusteigen. Eine weitere

Etappe ist geschafft. James ist stellvertretender Direktor des Kurhotels am Ort.

Renate hat ihre Pläne von einer Stelle im Hotel aufgegeben. Längst. Sie ist froh, wenn sie es schafft, den Tag zu überstehen. Den ewigen Tag. Unüberwindbar scheint er am Morgen. Renate räumt die Wohnung auf und befüllt die Waschmaschine. Zäh ziehen sich die Stunden hin. Angst ist wieder Renates Begleiterin, manchmal auch Erschöpfung oder Zorn. Renate bewegt sich langsam. Wie ein defekter Roboter. Ein schneller Schritt kann starke Erschütterung auslösen. Unfassbar Schreckliches geschieht auf der Welt. Und die Menschen sind trotzdem fröhlich. Renate aber will das nicht gelingen.

Gegen Mittag wird es besser. Die Angst lässt nach, die Hälfte des Tages ist fast gemeistert. Renate bereitet das Essen vor. Um eins kommen Michael und Mara aus der Grundschule und Benjamin aus dem Kindergarten gegenüber. Manchmal unternimmt Grete eine Spritztour zu den Kindern und bleibt zum Essen. Oder die Nana, Großmutter Susanna, ist zu Besuch. Nie sind beide da. Sie gehen sich mustergültig organisiert aus dem Weg.

Renates Eltern und ihr Mädchen, das zu schnell erwachsen wurde − die Feststellung ist getroffen. Susanna will damit zufrieden sein.

Das Volk wird wieder zuschlagen. Auch diese Feststellung ist getroffen. Grete will abwarten.

„Warum tust du uns das an?", sagt Grete und tupft sich mit der Serviette Soße vom Mund.

Renate weiß keine Antwort, weiß sich nicht zu helfen und versinkt, bis die Mutter wieder nach Hause fährt.

Michael ist seinem Vater wie aus dem Gesicht geschnitten. Schiebt auch genau wie der die verrutschte Brille an beiden Bügeln zurück auf die Nasenwurzel. Schlurft genau wie der ins Badezimmer, sobald er aus der Schule kommt, seift sich gründlich die Hände ein, ohne dass man ihn dazu auffordern muss. Vor dem Mittagessen steckt er sich die Serviette in den Kragen, nach dem Essen rollt er sie sorgfältig zusammen und schiebt sie in seinen Serviettenring. So, wie er es sich bei seinem Vater abgeguckt hat.

Aber die beiden Kleinen kommen nach ihrer Familie, möchte Renate meinen.

„Schau, Großmutter hatte doch auch so dunkles dichtes Haar wie Mara", sagt Renate zu Grete. Und: „Mara ist auch so friedlich wie Großmutter einst."

Grete erbebt. Dieses Kind, das nicht auf der Welt sein wollte, hat nichts von ihrer seligen Mutter. Es ist ein Trug-Kind. Durchdringend schaut es Grete mit den dunklen Augen an. Bekommt keine Süßigkeiten von ihr. Weint nicht mal deswegen. Schaut Grete nur mit seinen dunklen Augen an. Das wird so nicht weitergehen. Das Volk wird es nicht wollen.

„Und mein frecher Benjamin hat das herzhafte Lachen von Onkel Rudolf."

Wenn es nur sein Lachen ist, betet Grete.

Wenn die Großmütter nicht zu Besuch sind, schweigt Renate beim Mittagessen. Niemand verlangt Antworten von ihr, die Kinder plaudern untereinander. Renates Zwölf-Uhr-Hoch ist verflogen. Manchmal ist Renate um diese Uhrzeit krank. Leidet an Migräne. Oder an Unter-temperatur. Oder die dunklen Wellen haben sie wieder überrollt. Renate geht nach dem Essen ins Bett und bleibt liegen, bis um drei die Putzfrau klingelt.

Wenn sie weder an Migräne noch an Untertemperatur leidet, sitzt Renate nach dem Essen auf dem Sofa im Wohnzimmer. Blickt aus dem Fenster. Ein Tag so quälend wie der andere. Warum? Warum ist das Leben mit James nicht außergewöhnlich? Oder zumindest erträglich? Renate kann es sich nicht erklären. Aber die Mutter wird ihr bald wieder gut sein, das macht Renate Mut. Die Mutter, der der Krieg alles abforderte. Renate will geduldig sein, sie liebt die Mutter doch.

Nachmittags klingeln Spielkameraden der Kinder. Um drei die Putzfrau. Renate späht in den Flur, wen Benjamin, der den Gästeempfang zu seiner Aufgabe gemacht hat, hereinlässt. Dann setzt sie sich wieder aufs Sofa. Ihr Leben hatte sie sich anders vorgestellt.

Warum tut James ihr das an? Er will sie bestrafen. Stellvertretend. Renate verjagt den Gedanken sofort wieder. James ist den Deutschen wohlgesinnt. Er kennt nicht das Ausmaß dessen, was geschah.

Mara erzählte Renate neulich, dass die Mutter ihrer besten Freundin Cora oft singen würde. Beim Kochen, bei der Gartenarbeit, beim Bügeln. Dann wollte Mara wissen, warum ihre Mutter nie sänge. Renate antwortete knapp, es gäbe nicht den geringsten Grund zu singen. Und wusste dann nicht, wie sie der Tochter erklären sollte, warum.

Mit dem Achtzehn-Uhr-Glockenläuten steht Renate vom Sofa auf, geht in die Küche und schmiert einen großen Teller Käse- und Wurstbrote für Michael, Mara und Benjamin. Sie stellt den Brotteller und drei Gläser Limonade aufs Tischchen vor dem Fernseher, schaltet den ein, ruft ihre Kinder herbei, verabschiedet die Kinder anderer Leute für heute. Sie setzt sich wieder aufs Sofa, nicht ohne Michael, Mara und Benjamin vorher zu ermahnen, nicht zu krümeln. Die beiden Jungen ermahnt sie außerdem, sich nicht zu streiten oder gar zu schlagen.

Das Gewaltmonopol in der Familie hat allein Renate. Die beiden Jungen dürfen sich nicht schlagen, James und Mara wollen und werden nie jemanden schlagen.

Michael wird häufig geschlagen. Von Renate. Er bringe sie zur Weißglut. Womit genau der ruhige Junge sie zur Weißglut bringt, weiß sie selbst nicht.

8.

Renate ist nicht gläubig. Hat keine Idee von dem, was sich Gott nennt. Aber sie wagt nicht zu bekunden, ungläubig zu sein. Wer weiß, was ihr dann passieren würde. Für so allmächtig, dass er ihre Zwiespältigkeit auch ohne Bekundung erkennt, hält Renate Gott nicht.

Dabei hat Grete ihre Kinder früh an Gott herangeführt. Als Säuglinge wurden sie evangelisch getauft. Später konfirmiert. So, wie es in anständigen Familien üblich sei.

Jetzt werden auch in Renates Familie christliche Traditionen gepflegt.

Zum Beispiel die Adventswochen.

Wundervolle Tage seien das früher bei ihr zu Hause gewesen, schwärmt Renate jedes Jahr Anfang Dezember. Es fährt Leben in sie. Sie spürt jetzt so etwas wie Freude, wo für den Rest des Jahres schöne Gefühle selten sind, immer seltener werden, und Renate stattdessen oft zum Heulen ist.

Aber früher ... Nachmittags, sobald die Dämmerung anbrach, habe ihre Mutter die Kerzen auf dem Adventskranz angezündet und Geschichten aus einem Weihnachtsbuch vorgelesen, erzählt sie Michael, Mara und Benjamin. Auch während des Krieges. Kerzen habe man allerdings nicht immer gehabt oder aber nicht anzünden dürfen.

„Warum nicht?", wollen die Kinder wissen.

„Damit der Feind vom Flugzeug aus nicht sehen konnte, wo Wohnhäuser stehen, um Bomben darüber abzuwerfen", erklärt Renate. Wegen der Bomben habe sie als Kind während zahlloser Abende oder Nächte in den Keller flüchten müssen. „Eure Großmutter musste mich aus dem Schlaf reißen."

Von den Gestalten im Keller erzählt Renate ihren Kindern nie. Weil sie bis heute selbst nicht weiß, wer von diesen Hexen und dunkel gekleideten Männern und Feen wirklich lebte und wer nicht. Wenn es zu viele wundersame und bedrohliche Wesen wurden, hatte Renate unten im Keller einfach die Augen zugemacht und versucht, weiter zu schlafen. Manchmal war ihr das gelungen, aber meistens hielten die lauten und leisen und bösen und freundlichen Stimmen der Wesen sie davon ab. Renate war immer müde. Bald war immer Nacht.

„Konnte man im Keller die Bomben hören, wenn sie in Häuser krachten?", fragte Michael einmal während der Adventsstunde. Renate musste einen Moment nachdenken. Ja, so war es. Sie hatte das ganz vergessen. Es knallte und donnerte, die Kellerwände vibrierten.

„Ja, die Bomben machten Krach", antwortete sie Michael mit abwesendem Blick.

Bomben? Mara und Benjamin können sich nicht richtig vorstellen, was Bomben sind. Aber sie müssen jedes Jahr zu Advent automatisch an diese Krachmacher denken. Es stellen sich Bilder von diffusen Gegenständen ein, die durch den vorweihnachtlichen Himmel sausen und schließlich mit Donnergetöse niedergehen.

Auch sonst werden die vier Advent-Wochen so verbracht, wie früher bei Renate zu Hause. Mit dem Unterschied, worüber sich Renate Jahr für Jahr freut, dass immer Kerzen da sind, und man die auch anzünden darf. Und bei ihrem Anblick manchmal feuchte Augen bekommt, als schwappe eine Emotion hoch. Ganz kurz. Und vorbei.

Michael, Mara und Benjamin dürfen ausnahmsweise eine Stunde mit Renate auf dem Sofa sitzen, was sie sonst nicht dürfen, weil der empfindliche helle Polsterstoff schnell schmutzig wird. Ausnahmsweise dürfen auch auf dem Sofa Plätzchen gegessen werden, nicht ohne die Ermahnung, auf keinen Fall dabei zu krümeln oder mit der Schokoladenglasur zu schmieren. Das Sofa war teuer, der Teppich ebenfalls.

„So viel Geld, dass man beides täglich neu kaufen kann, verdient euer Vater noch nicht", erklärt Renate den Kindern.

Die Kinder haben verstanden und passen auf. Renate holt das dicke Buch voll Weihnachtsgeschichten aus dem Regal und liest daraus vor. Immer geht es um kleine Jungen und Mädchen, die brav und fromm sind. Ihre Mütter mühen sich redlich. Der Vater fehlt oft, ist in einer Schlacht gefallen. Auch wenn Mutter und Kindern Unschönes widerfährt, machen sie Gott dafür nicht verantwortlich. Am Heiligen Abend werden die frommen Kinder für ihren unerschütterlichen Glauben belohnt und beschenkt. Falls die Mütter zu arm sind, Geschenke einzukaufen, übernimmt das eine mildtätige Seele aus dem Umfeld. Renate liest die Geschichten, zumeist geschrieben im letzten Jahrhundert, mit monotoner Stimme vor. Auf Kinderfragen gibt sie die immer gleiche Antwort.

„Das war früher eben so."

Dass es nie so war wie in den Geschichten, wird Renate klar, wenn sie zwischendurch einen lichten Moment erlebt. Frömmigkeit und Glaube wurden auch früher nicht von höherer Stelle belohnt. Aber sie weiß nicht, wie sie Michael, Mara und Benjamin Glaube erklären soll, sie glaubt ja selbst nicht, oder vielleicht glaubt sie doch, sie weiß es nicht. Also sollen sich die Kinder selbst das Gute aus den Geschichten ziehen. Schaden können die Geschichten jedenfalls nicht, haben ihr selbst auch nicht geschadet, als sie ein Mädchen war. Im Gegenteil, Geschichten wie diese haben bewirkt, dass manchmal eine tröstende Gestalt neben ihr im Keller saß, während die Bomben fielen.

Michael, Mara und Benjamin sind über die Ereignisse in den Geschichten ein bisschen verblüfft, aber nicht sehr. Die Kinder in den Erzählungen sind schließlich seltsame Wesen, was soll man da erwarten? Im Leben von Michael, Mara und Benjamin gibt es dreimal am Tag ausreichend zu essen, es gibt Fahrräder, Skateboards, Barbie-Puppen.

Getrunken wird mit bunten Plastikhalmen Capri-Sonne. Es gibt eine Großmutter Grete, die für Michael und Benjamin Gummibärchen und Matchbox-Autos mitbringt. Es gibt eine Nana, die für alle drei Kinder Schokolade und Bilderbücher mitbringt. Die beiden Großmütter vertragen sich nicht, ganz normal sei das. Es gibt einen Sonntagsvater und es gibt eine Mutter, die auf dem Sofa sitzt. Von Gott ist nicht die Rede. Dass zu jeder Mahlzeit genug zu essen auf dem Tisch steht und für zwischendurch immer Kekse und Obst bereit liegen, hat nach Meinung der Kinder nicht Gott, sondern der Sohn des Supermarktbesitzers, der die Lebensmittel liefert, zu verantworten. Michael, Mara und Benjamin befassen sich bald nicht mehr näher mit den Weihnachtsbuch-Kindern. Hören sich die verrückten Geschichten schweigend an. Die Zeit vor diesem Fest ist doch sowieso ein einziger Ausnahmezustand.

Benjamin, jetzt auch Schulkind, darf beim Vorlesen auf Renates Schoß sitzen, manchmal auch Mara, aber die will meistens gar nicht. Michael wird nicht gefragt. Er weiß schon Bescheid, setzt sich auf die Kante des Sofas, wagt kaum, mit dem Kopf die Lehne zu berühren. Ganz vorsichtig mümmelt er ein Weihnachtsplätzchen. Er weiß genau, dass er noch mehr aufpassen muss, nicht zu krümeln, als seine Geschwister. Ihm lässt die Mutter nichts durchgehen. So sitzt er ganz steif da und lauscht den Geschichten, die er bereits auswendig kennt.

Und dann kommt Großmutter Susanna im Advent zu Besuch.

Am Nachmittag vertritt sie Renate beim Vorlesen. Ihre Enkelkinder kennen ja alle Geschichten im Weihnachtsbuch bereits auswendig. Da wäre doch Abwechslung gefragt!

Zurück in München führt Susannas erster Weg in eine Buchhandlung. Sie wählt einen Sammelband mit heiteren jüdischen Kinder-Geschichten aus, in denen es um das Warten auf den Messias geht.

Für frischen Wind beim Advent-Vorlesen, schreibt Susanna im Brief, den sie dem Buchpäckchen beilegt.

Zwei Tage später hält Renate das Buch in den Händen. Blättert es durch. Ist entsetzt. Den Juden gebührt ihre Bewunderung, ohne Frage. Und ihre Ehrfurcht. Und ihr Mitleid für das, was geschah. Aber zu Weihnachten? Zu Renates geliebtem Weihnachtsfest können die Juden nicht einmal zurücktreten? Auch wenn die Juden es töricht finden, dass man Jesus' Geburt feiert, auch wenn es sicher töricht ist, aber einmal im Jahr darf man sich doch unbedarft an etwas freuen.

Warum gesteht Mamá ihnen das nicht zu? Renate versteht das nicht, ihre Schwiegermutter ist doch sonst so großzügig. Renate ist ratlos, schließlich vergräbt sie das Buch in der Schublade unter den Familienfotoalben. Mit schlechtem Gewissen.

Für James holt sie es am Abend noch einmal hervor. Er sei doch auch der Meinung, dass so ein Buch nicht zum Advent passe? Ja, Renate wisse, dass es töricht sei, Weihnachten zu feiern. Aber einmal im Jahr …

„Weihnachten ist doch nicht zu beanstanden", findet James. Jeder und besonders Kinder liebten Weihnachten. Wie könne so etwas töricht sein?

Aber das Buch ist ebenso wenig zu beanstanden, wie er beim Durchblättern für sich feststellt. Ihm ist es einerlei, ob die Menschen auf Jesus, einen Messias oder sonst wen warten. Hauptsache, sie benehmen sich währenddessen. Er sagt das nicht. Renate solle das Buch weglegen, wenn sie das für richtig halte. Es ist so bequem wie beschämend, dass ihm Fragen seiner Kinder erspart bleiben.

Doch die Angelegenheit lässt ihm keine Ruhe. Nicht über Nacht, nicht am nächsten Tag. Am Mittag verzichtet er aufs Essen, bleibt im Büro, ruft Susanna an.

„Das Buch für die Kinder ist angekommen. Danke schön." James' Ton ist eisig, wie immer, wenn er sich gegen die, die er am meisten liebt, zur Wehr setzen muss. Und wie unentschlossen er noch immer ist. War es richtig, das Buch seinen Kindern nicht zu zeigen? Die Unsicherheit ärgert, ja, quält ihn geradezu.

„Wie konntest du ohne vorherige Absprache mit Renate so ein Buch für die Kinder schicken? Wozu?", schimpft er auf seine Mutter ein.

Wozu? Ja, wozu schenkt man Kindern ein Buch? Susanna ist perplex, aber sie schweigt.

Sie ist zu weit gegangen. Sie meint, es einzusehen. Womit sie zu weit gegangen ist, weiß sie nicht. Aber James hat sich vermutlich etwas dabei gedacht. Etwas, was sie übersehen hat.

„Es wird nie wieder vorkommen!", verspricht sie. Wagt es nicht, noch einmal nachzufragen. Fürchtet doch die Antwort.

Oder dürfte man im Advent jüdische Geschichten vorlesen?, hatte Renate gestern noch gefragt, als sie James' Unsicherheit bemerkte. Sollte man es gar tun, weil es Jesus ja nicht gegeben hätte, zumindest nicht so, wie die Christen glaubten, hatte Renate hinzugefügt.

Entscheide du, hatte James sich heraus laviert. Die Worte seiner Frau hallen nach, während aus dem Telefonhörer die Entschuldigung seiner Mutter tönt und das Gespräch damit beendet ist.

Aber Renate wollte gestern nicht entscheiden, zumindest nicht sofort. Erinnerte James daran, dass die Juden Jesus ans Kreuz geschlagen hätten. Das wollte sie natürlich nicht überbewerten, nein keinesfalls. Andere Völker seien schließlich auch blutrünstig gewesen im Lauf ihrer Geschichte, wenn man diesen Vergleich überhaupt anstellten dürfte, aber ausgerechnet vor Jesus' Geburtstag etwas über jüdischen Glauben vorzulesen …

James war jetzt doch erschrocken gewesen. Meinte Renate das ernst? Renate, die auf Religion doch gar nichts gab.

Und da hatte sie schon versichert, wie sehr sie ihre Schwiegermutter liebte. Aber was die sich dabei gedacht hätte, für die Adventsstunde dieses Buch zu schicken, wäre Renate ein Rätsel.

„Unbedacht wird es von Mamá gewesen sein", fügte sie rasch hinzu. „Aber das kann selbst einer gebildeten Frau passieren. Vergeben und vergessen!"

James beschlich ein unangenehmes Gefühl, ein bisschen wie Gliederreißen war es, Gliederreißen, das aber nicht zu lokalisieren war. Und weil es nicht zu lokalisieren war, schüttelte und streckte er sich ein paar Mal, und damit musste es gut sein.

Renate aber nahm das Dilemma mit zu Bett.

War es ein Zeichen von Hochmut, ihren Kindern zum Advent so ein Buch zu schicken? Renate drehte sich auf die andere Seite, verscheuchte diesen Verdacht rasch. Er war dazu angetan, ihr die Nachtruhe zu rauben. Nein, sie hatte das missverstanden, ihre Schwiegermutter machte kein Aufhebens um ihr Jüdischsein. Im Gegenteil. Alle Menschen waren für Susanna gleich. Ein Telefonat fiel Renate ein. Sie hatte in der Zeitung gelesen, dass ein Hochschulprofessor forderte, Juden müssten endlich aus Deutschland verschwinden. Renate war fassungslos gewesen. Berichtete Susanna davon. Die aber fand, man dürfte das nicht dramatisieren. Falls der Mann es tatsächlich so gesagt hätte, sei es immer noch so, dass jeder Mensch hin und wieder Beleidigungen ertragen müsste. Somit auch Juden.

So? Renate hatte sich über ihre Schwiegermutter gewundert. Eine derartige Beleidigung nahm sie hin? Dann aber kam Renate zu dem Schluss, dass Susanna vermutlich Recht hatte. Sicher war alles ein Missverständnis. Ganz bestimmt war es so. Man hatte den Mann falsch zitiert. Ein Hochschulprofessor wusste schließlich, wer die Juden waren. Bestimmt meinte Susanna es damals so, wusste

Renate auch jetzt, während sie in den Schlaf hinüber segelte.

Es ist ein bisschen so, als gehe ein Haushaltsgerät kaputt. Der Warmwasserboiler zum Beispiel. Das Wasser muss jetzt im Kessel auf dem Herd warm gemacht werden. Soll man den Handwerker rufen, soll man die Erkenntnis, dass er nicht mehr kommen wird, riskieren? Oder soll man sich mit dem kaputten Boiler abfinden? Man hat doch einen Herd. Also muss man trotz des kaputten Boilers nicht auf warmes Wasser verzichten.

Dann brennt ein Heizstab in der Backröhre durch. Und man backt eben nichts mehr. Aber man hat dennoch zu essen, nämlich Gekochtes.

Dann geht eine Fensterscheibe zu Bruch und man nagelt ein Brett davor. Licht fällt noch immer in die Wohnung. Ein bisschen zumindest. Und wie lange soll man jetzt so leben? Damals packte man ein paar wenige Habseligkeiten ein und verschwand.

Und wann bahnte sich heutzutage die Wirklichkeit einen Weg in Erichs Kopf?, fragt Susanna sich fast täglich.

James bezieht eine Gehaltserhöhung. Dafür hat er gearbeitet, zehn Stunden am Tag, zumeist auch an den Samstagen. Seiner Frau und den Kindern soll es an nichts fehlen. Und seine Schwiegereltern werden alsbald erkennen, was in ihm steckt. Noch begegnen sie ihm mit Zurückhaltung. Das wird sich ändern, James weiß es. Er wird es schaffen, die beiden von sich zu überzeugen. Schon häufig malte er sich aus, wie es sein würde: Er und Grete telefonieren, sie schweigt beeindruckt, sobald er berichtet. Gehaltserhöhung. Aufstieg. Schließlich hält Grete den Hörer zu und wispert in Richtung ihres Mannes, dass beim Schwiegersohn wieder eine Gehaltserhöhung fällig sei. Bei Renates Stiefvater war schon lange keine mehr fällig. Natürlich will James vermeiden, dass der Mann ihm aus

115

Neid zürnt. Weshalb ist es ihm noch nicht gelungen, ein zufriedenstellendes Ende für dieses Telefonat zu entwerfen.

Sonntagnachmittags gehen Grete und ihr Soldat im Wald spazieren. Beide tragen Kniebundhosen und rustikales Schuhwerk. Sie gehen strammen Schrittes, das ist gesund.

Ihrer Renate würden Waldspaziergänge ebenfalls guttun, weiß die Mutter und teilt das ihrem zweiten Ehemann mit. Aber, fährt Grete mit trüber Miene fort, ein gewisses Geblüt meide den Wald nun mal, aus welchem Grund auch immer.

Der Soldat gibt seiner Frau Recht, was Renate angeht. Warum ein gewisses Geblüt den Wald meide, weiß aber auch er nicht, noch dürften sie ihn ja betreten.

Ja, noch dürften sie im Wald spazieren gehen, wenn sie wollten, bestätigt Grete.

Beide marschieren schweigend weiter. Der Soldat atmet geräuschvoll die frische Waldluft ein.

Grete denkt über das nach, was er soeben gesagt hat. Und weil auch ihr die frische Waldluft guttut, kommt ihr etwas in den Sinn. Natürlich soll dieses Geblüt bestimmte Rechte genießen, Grete ist sehr dafür. So wie unter dem angeblichen Führer soll es nicht mehr werden. Es soll dieses Mal anders werden. Weniger blutrünstig. Nein, nie wieder wie damals. Das Trug-Mädchen würde man Renate ja zuerst nehmen, Gott bewahre. So soll es nicht mehr sein. Und so ist es auch nicht mehr. Es ist jetzt andersrum, weiß Grete.

Ihr werden Rechte nicht mehr zugestanden. Und das dürfte nicht sein.

Es knackt. Unter dem rustikalen Schuhwerk des Soldaten zerplatzen zwei Eicheln, die ihm in die Quere kollerten.

Und da wird Grete schmerzlich bewusst, dass sie niemals ihren Schwiegersohn anrufen dürfte, um ihn zu fragen, was er in Zukunft zu tun gedenke, damit es seiner Frau endlich besser gehe. Einmal hatte Grete ihre Renate gefragt, ob James auch anständig arbeite und vor allem, ob hart genug. Ob er ein richtiges Bankkonto habe. Renate war sofort empört gewesen.

Grete hatte geschwiegen. Weil sie schweigen musste. Grete wird das Recht, sich um ihre Tochter zu kümmern, nicht zugestanden.

Sie hätte doch längst beim öffentlichen Gesundheitsdienst vorgesprochen. Wenn sie dürfte. Hätte doch längst vorgetragen, ihre Tochter befinde sich in einem elenden Zustand. Wie Grete prüfen könnte, was bei der Tochter zuhause vorginge?

Der Beamte würde Schritte einleiten. Wenn er dürfte. In einer Welt, die nicht verrückt geworden wäre, dürfte er.

Aber weder dem Beamten noch Grete wird das Recht zugestanden, sich um Renate zu kümmern, in dieser Welt, die verrückt geworden ist.

Renate trägt Pelzmäntel und im Sommer luftige Seidenkleider. Aufs Geld muss sie nicht achten. Sie darf James' Gehalt verwalten und davon kaufen, was sie für richtig hält.

Trotzdem ist sie von James enttäuscht.

Warum Renate von James enttäuscht ist, weiß sie nicht so genau. Sie weiß es eigentlich gar nicht, weshalb sie es James auch nicht sagt. Er soll es selbst erkennen.

James gibt alles. Arbeitet sechs Tage die Woche. Immer sehen ihm die Schwiegereltern dabei zu, das gibt ihm Kraft. Am Sonntag, wenn die Putzfrau frei hat, erledigt er vormittags Haushaltsangelegenheiten, repariert, was unter der Woche kaputt ging, kocht, putzt gründlich die Küche. Renate mag nicht putzen. Putzen deprimiert.

James versteht das. Seine Frau soll nur das tun, was ihr Freude bereitet. Die Haushaltshilfe wird wochentags fürs Putzen bezahlt und James deprimiert die Hausarbeit nicht.

Es geht vergnügt zu, wenn er sonntags zu Hause ist. Im Wohnzimmer legt er Schallplatten auf, singt mit, scheuert in der Küche Herd und Spüle. Verteilt Aufgaben an die Kinder: den Müll hinausbringen, die Spülmaschine ausräumen, den Besteckkasten sortieren. Michael, Mara und Benjamin erledigen die Aufträge sofort und sehr gewissenhaft, was Renate verblüfft. Sie muss die Kinder wochentags dauernd auffordern zu helfen, meistens unter Androhung von Fernsehverbot und Taschengeldentzug. Sonntags aber stehen die Kinder vor ihrem Vater wie drei kleine Lakaien, die auf Befehle warten. Dabei befiehlt er gar nichts, sondern bittet um Hilfe. Aber so will Renate gar nicht erst anfangen. Wenn sie ihre Kinder bitten würde, täten die gar nichts mehr. Als Kind wurde Renate auch nicht gebeten. Es wurde ihr etwas aufgetragen, wenn sie nicht sofort gehorchte, setzte es eine Tracht Prügel. Wenn James den Kindern ab und zu eine Ohrfeige verpasste, würden sie auch Renate gehorchen.

James denkt nicht dran. Summt, putzt die Küche, beginnt zu kochen.

Was soll das? Nach dem Kochen sind Herd und Anrichte wieder schmutzig, und das Putzen geht von vorne los, weiß Renate. Was will James ihr mit seinem Tun vermitteln?

Ihre Küche ist ihm zu schmutzig? Renate wird es elend zu Mute. Sie macht es nicht richtig. Sie ist nicht richtig. War es doch nie. Richtig ist es, fröhlich zu sein. Auch beim Putzen. Erst recht beim Kochen.

Nein, halt. Vielleicht macht er es falsch? Das sollte ihre Mutter sehen! Renate kann Mutti schimpfen hören, über James, und das tröstet sie. Ausnahmsweise.

Das Putzen, das Kochen, all das geht dem Vater mühelos von der Hand, wie seine Kinder sonntags staunend feststellen. Die Mutter strengt alles furchtbar an. Jeder Handgriff. Und die Kinder sollen ihr nicht noch im Weg stehen. Wenn die Mutter kocht, müssen die Kinder die Küche verlassen.

Sonntags aber dürfen Michael, Mara und Benjamin dabei sein und um ihren Vater herumspringen. Wer ihm im Weg steht, wird geschnappt und durch die Luft gewirbelt.

Selbst Michael, sonst ernst und still, blüht auf. Lacht, wagt es, mit seinem Bruder durch die Zimmer zu toben. Auf dem kleinen Perserteppich schlittern sie im Flur übers Parkett. Beschießen sich mit Wasserpistolen. Heute droht Michael dafür keine Strafe. Vollkommen unbeschwert sind die Sonntage, sogar für ihn.

Renate aber zieht der Radau bis in die feinste Verästelung des Nervensystems. Was würde Mutti zu so viel Ungezogenheit sagen? Würde sie feststellen, dass dieses Geblüt keinen Frieden, nicht mal Ruhe halten könne? Renates Körper vibriert, sie will das nicht, will kein zitterndes Gespenst sein, verdammt dazu, die Verfemden zu ertragen. Am Mittag kommt die Migräne. Dieses Geblüt ist gnadenlos, würde Mutter Grete sagen. Ihre Musik ist so ohrenbetäubend wie Bomben, die über dem Keller einschlagen. Renate will schreien. Aber James würde sie nicht hören. Hinter der Kellerwand leben er und die Kinder dahin.

Renate muss sich hinlegen. Liegt im Schlafzimmer hinter heruntergezogenen Rollos und wünscht sich, die Mutter würde ein Machtwort sprechen. Ausnahmsweise.

Wie James die sonntäglichen Migräneanfälle seiner Frau bekümmern! Man müsste endlich einen Arzt konsultieren. Aber das will Renate nicht. James will endlich seine Mutter zu Rate ziehen. Und wagt es nicht.

9.

„Gerade du …“, sagt Großmutter Grete zur Enkelin, wenn Renate nicht dabei ist.

„Gerade du darfst nicht so laut reden, nicht so gierig essen, nicht dauernd neue Puppen haben wollen.“ Das gehöre sich schon für ein ganz normales Mädchen nicht. Aber gerade du …“

Gerade sie …, das hört Mara von der Großmutter, seit sie denken kann. Was die Großmutter damit meint, hat Mara nie erfragt. Süßigkeiten bekommt sie von der Großmutter nie. Michael und Benjamin mampfen Gummibärchen und Lakritz-Konfekt; die Großmutter hat das mitgebracht. Für Benjamin und Michael.

„Nachher kriegst du auch was!“, flüstert Renate der Tochter zu.

Wenn die Großmutter gegangen ist, eilt Renate zum Küchenschrank. Die Tüte liegt griffbereit, Renate rüttelt Gummibärchen in Maras Hände, streichelt ihr über den Kopf, küsst sie. Beim nächsten Mal will sie Mutter Grete zur Rede stellen. „Warum keine Süßigkeiten für Mara?“

Beim nächsten Mal schweigt Renate wieder. Versinkt lieber.

„Gerade du musst alles richtig machen“, sagt die Großmutter zu Mara. Es leuchtet Mara ein, auch wenn sie nicht versteht, warum.

Gerade du … Renate hat neulich gehört, was ihre Mutter da sagte, zufällig, sie war aus dem Bett aufgestanden, trotz Migräne. Schlich an der Küchentür vorbei wie ein kopfloses Gespenst. Die Großmutter bereitete das Abendessen für die Enkel zu. Mara bat wie immer darum, ihre Brote in mundgerechte Stücke zu schneiden. Es ist nichts dabei, Renate schneidet die Brote klein, wenn ihre Tochter das wünscht. Aber die Großmutter schimpfte: „Gerade du hast keine Extrawünsche anzumelden.“

Renate verstand nicht, was ihre Mutter meinte. Und in ihrem Kopf hämmerte und pochte es. Renate kämpfte sich vor ins Badezimmer, dabei versank sie in ihrem Elend.

Das war der zweite Abend im neuen Heim.

Renate vergaß die Weigerung der Mutter, Maras Brote klein zu schneiden.

Man lebt jetzt am Meer, und trotzdem überfällt die Migräne Renate wöchentlich.

Und James war so stolz. Hatte die Leitung des ersten Hotels am Ort, ein Hochhaus mit Ferienappartements in den Etagen acht bis zwölf, sofort angenommen.

Jetzt würde es seiner Frau endlich besser gehen. Die herrliche Kurpromenade von Timmendorfer Strand. Die gute Luft. Das Meer.

Susanna freute sich auch. Die Schwiegertochter wirkte manchmal ein bisschen traurig. Nur ein bisschen, sicher nicht der Rede wert, beruhigte sich Susanna stets. Sei es drum, am Meer würde das Mädchen aufblühen.

Aber die Migräne zieht mit ans Meer.

Eine Wohnung hat James noch nicht gefunden, die neue Stelle nimmt ihn ganz in Beschlag. Man wohnt erst einmal in zwei nebeneinander gelegenen Ferienwohnungen im zehnten Stock des Hochhauses.

Morgens gegen neun Uhr fährt James mit dem Aufzug hinunter ins Hotel, zwölf Stunden später kommt er zurück.

Er ist müde, aber bevor endlich Feierabend ist, muss er Renate berichten, was sich an einem Tag so ereignen kann. Wie sie sich darauf freut, vom Leben zu erfahren. Wie fühlt sich das an, was ihr nie gelingen will?

Und ob der Boss sich wieder gemeldet hätte. Der Boss, Aaron Goldenthal, dem das Hotel gehört. Das Hotel, das doch James gehören sollte, Renate wünscht sich das so sehr. Damit sie es ihrer Mutter erzählen kann.

Und neuerdings heißt der Boss Ajatollah Goldenthal.

„Weil er so herrisch ist", erklärt Renate. Dass sich ihre Mutter den Namen ausgedacht hat, sagt Renate nicht. Zuletzt denkt James, Renate gäbe etwas auf die Einfälle ihrer Mutter.

Herrisch? James kommt mit seinem Chef gut aus. Bewundert ihn. So wie er will auch James werden. Er wird es schaffen. Monatlich reist der Chef aus Hamburg an, um in seinem Hotel nach dem Rechten zu sehen. James findet das nicht herrisch. Er wird es eines Tages genauso halten. Aber er lässt seiner Frau ihr Vergnügen. Also heißt Aaron Goldenthal jetzt Ajatollah Goldenthal, kurz Ajatollah. Niemandem schadet das.

Wenn Goldenthal nach Timmendorfer Strand kommt, lädt er James und Renate zum Abendessen ein. Immer in eines der schicken Restaurants am Ort. Oder, wenn etwas Besonderes auf der Abendkarte steht, essen sie auch im Hotel.

Renate beeindruckt das. Goldenthal ist ein herrlicher Mann. Das dunkle glänzende Haar duftet herb und süß. Das Gesicht ist markant, der Teint gebräunt. Der Anzug ist gewählt. Goldenthal lässt die Leute servieren und dienen. Aber vornehm macht er das. Jude ist er, träumt Renate. Reich und klug. James soll auch so sein. Soll die Leute springen lassen. Aber vornehm soll er es tun. Damit Renate es ihrer Mutter berichten kann.

Mutter Grete muss darauf noch warten.

Letzten Monat war sie zu Besuch, kommt neuerdings gern, wird im Hotel untergebracht. Schwebt im Fahrstuhl, wo Musik läuft, durchs Haus. Schläft in einer Suite.

Goldenthal war auch da, inspizierte sein Haus. Grete wurde mit zum Abendessen ins Hotelrestaurant geladen. Goldenthal hatte dieses Mal seine Frau dabei. Eine vergnügte Runde würde es werden, freute James sich am Nachmittag. Zunächst hatte auch Grete sich gefreut, und wie. War auch aufgeregt gewesen. Wann hat sie schon mal Gelegenheit, fein auszugehen? Sie und ihr zweiter

Ehemann leben jetzt in einem Bungalow, die westfälische Kreisstadt ist weit entfernt, und im Bungalow ist es manchmal etwas trist. Doch am Abend in die Stadt fahren, dort Essen gehen oder bummeln, nein, das kommt für den Soldaten nicht in Frage. Geldverschwendung ist seine Sache nicht.

Ihr Mann ist zu bescheiden, weiß Grete. Die Freuden des Lebens stehen doch auch ihm zu. Aber Herrgott, um zu prassen müsste sie einen Juden heiraten, und so einen Schritt möchte Grete nicht einmal bedenken. Sie erzittert. Schätzt doch ihren rechtschaffenen Mann über alle Maßen. Sündigen kann sie bei ihrer Tochter. Noch ist das zulässig, wenn man Sünde und Anstand unterscheiden kann.

Doch dann erlebte Grete die Goldenthals bei Tisch. Und da war es vorbei mit der Freude.

Bestürzt wäre sie gewesen, höflich ausgedrückt. Das konnte Grete im Nachhinein ihrer Tochter nicht verschweigen. Beim Essen ließ Grete sich nichts anmerken, sie weiß sich zu benehmen. Doch am nächsten Tag musste es gesagt werden. Nämlich, dass Goldenthal jegliche Bescheidenheit fehle. Und seine Frau erst. Warum so einfach angezogen? Das helle Maxikleid, die Pumps mit flachem Absatz, das hochgesteckte Haar, sicher, das sei ordentlich und sauber gewesen. Aber nichts Besonderes. Ein Abendessen wie dieses wäre für Frau Goldenthal kein Anlass, sich herauszuputzen?

Grete hatte sich hingegen fein gemacht, ihr bestes Kleid angezogen, das aus dunkelblauer Kunstseide mit Glockenrock, dazu den Familienschmuck angelegt. Den hatte sie mitgebracht nach Timmendorfer Strand, weil sie etwas geahnt hatte. Geahnt hatte, dass man sie ausführen würde, da laut Renate James bald ein Hotel gehörte.

Goldenthal begrüßte Grete, die unter der Last ihrer Ketten und Armbänder und Ringe fast schwankte, charmant. Nannte sie gnädige Frau, rückte ihr den Stuhl zurecht, setzte sich erst, als sie saß.

„Was für ein anmaßendes Gebaren!", befand Grete am nächsten Tag. Unverfrorene Herablassung sei das gewesen. Und erst die von Frau Goldenthal initiierte Konversation am Tisch. Aktuelle Literatur! Aha, Mitglied im Buchclub sei die Dame! Offenbar ginge sie davon aus, dass jeder Mensch es so hielte. Grete sei geduldig, natürlich, aber man lasse nur einmal die, die ungeduldig wären, mit dieser Person zusammentreffen. Der Abend wäre ihr verdorben gewesen. Aus Sorge darüber.

„Auch das ausgezeichnete Fisch-Buffet und der gute Wein konnten daran nichts ändern."

An einem weiteren Abendessen mit dem Ehepaar Goldenthal, oder: mit dem Ajatollah und der Dame, hätte sie kein Interesse mehr.

Kein Interesse mehr? Was sagte die Mutter da? Renate war fassungslos. Ganz anders hatte sie sich das erträumt. Hatte gedacht, die Mutter würde am nächsten Tag schwärmen. Vom Abendessen, von James, von den Leuten, mit denen man ab sofort verkehrte. Renate überlegte, ob sie irgendetwas Schönes vom Vorabend hervorheben konnte, aber jetzt fiel ihr nichts mehr ein. Warum Goldenthal bei ihrer Mutter Ajatollah hieße fragte sie auch nicht. Unmöglich konnte sie die Mutter, die oft etwas verwechselte, auch noch brüskieren.

Dass sie das Geblüt des Ehepaares erkannt hätte, nicht am Nachnamen, sondern am Benehmen der beiden, erwähnte Grete der Tochter gegenüber noch. Nicht dass die Tochter meinte, sie könnte die Mutter zum Narren halten.

Renate verstand nicht, was die Mutter meinte. Verabschiedete sich. Und war für den Rest des Tages niedergeschlagen.

Doch ab sofort berät sie James, sobald der von der Arbeit kommt. Erklärt ihm, wie in Zukunft am geschicktesten mit dem Ajatollah umzugehen sei. Mutter Grete soll sich nie wieder beschweren müssen.

Renate begreife nicht, warum James plötzlich so verändert sei. Warum er seinen Chef so wichtig nehme? Der scheine für James immer bedeutsamer zu werden.

James weiß darauf nichts zu sagen.

Ja, das hatte Renate sich gedacht. Mittlerweile zieht es James ja selbst an den Sonntagen hinunter ins Hotel. Renate gibt ihm meistens eines der Kinder mit, am liebsten Benjamin, was den Vater immerhin veranlasst, nach ein oder zwei Stunden zurückzukommen.

So rät Renate abends, wenn James sein Feierabendbier trinkt, er müsse Goldenthal klar machen, dass er nicht dessen Untergebener sei. Renate verlangt es mit Nachdruck.

Aber für dieses Ehepaar – Renate muss es jetzt doch einmal aussprechen – für ein Ehepaar wie dieses sei es offenbar normal, Angestellte herablassend zu behandeln.

Ein Ehepaar wie dieses? Was sagt Renate da? James ist verblüfft. Auch ein bisschen ärgerlich. Warum sagt sie das? Aaron ist überhaupt nicht herablassend, nicht ein Fünkchen so herablassend wie alle Chefs zusammen, die James bislang erlebte. Aaron und er duzen sich. Oft entscheiden sie gemeinsam. Ob Renate vielleicht … ach, Unsinn. Genau das hat sie nicht sagen wollen. Vermutlich ahnt sie nicht mal, dass Aaron Jude ist. Weil sie gar nicht darüber nachdenkt. Weil es ihr völlig egal ist. Es ist ja auch völlig egal. Es ist nie Thema. Und falls Renate es doch ahnt, würde sie nie so schablonenhaft über Aaron reden. Nicht Renate. Dass Juden sich nicht von anderen Menschen unterscheiden, weiß sie doch.

So bekräftigt James jetzt, wie respektvoll er sich von Goldenthal behandelt fühle. Man käme famos miteinander aus.

Renate überlegt. James versteht nicht, worauf sie hinaus will. Sie muss deutlicher werden. Auch Familien, die nicht jüdisch sind, können es zu etwas bringen. Ist James sich dessen nicht bewusst?

Dass auch sie keineswegs aus einer völlig unbegabten Familie stamme, erklärt Renate also. Ihre Familie sei christlich, sicher. Aber man habe sich etwas erarbeitet. Fleißig erarbeitet. Alle Familienmitglieder hätten mitgeholfen. Die Möbelfabrik sei, bevor sie im Krieg zerstört und nicht mehr wiedereröffnet worden sei, das Werk von drei Generationen gewesen.

Na, bitte. James wusste es. Renate wollte auf etwas ganz anderes hinaus. Wer Jude ist und wer nicht, ist für sie nach wie vor völlig unbedeutend.

Und er ist in die Lamento-Falle getappt! Er beeilt sich, Anerkennung zu zeigen, er nickt, ja, eine großartige Leistung von Renates Familie sei diese Möbelfabrik gewesen. Und auch er tue all die Arbeit, damit es seiner Familie an nichts fehle.

Gut, Renate vermutet, James hat verstanden, was sie meint, und beachtet in Zukunft, dass auch sie und ihre Mutter nicht irgendwer sind.

James inspiziert die Gänge des Hotels. Kein Winkel entgeht ihm. James sitzt in seinem Büro, telefoniert, disponiert. James springt gleich auf, und eilt dahin, wo der Ablauf zu stocken droht. Jeden Morgen, wenn er aus dem Fahrstuhl steigt, befürchtet er Schiffbruch. Weil er zehn Stunden zu Hause war, sieben davon gar verschlief. Aber der Dampfer gleitet dahin.

Nichts hält ihn auf. Es ist wie ein Rausch. James fühlt sich im Laufe des Tages immer großartiger. Unverletzlich. Wenn seine Schwiegereltern ihn sehen könnten! Bis am nächsten Morgen die Angst vor dem Untergang wieder mit erwacht.

James ist selten zu Hause.

Er denke nicht an sie, beklagt Renate. Sie sitze allein zu Hause.

Nichts soll man ihm vorwerfen können. Und Renate soll glücklich sein. Ob sie auch wieder arbeiten möchte erkundigt er sich. Kein Problem sei das. Man würde jemanden einstellen, der die Kinder nach der Schule beaufsichtige.

Renate wird es elend zu Mute. Ihr Leben ist nicht richtig? Ja, so ist es. Richtig wäre es, fröhlich zu sein. Sich zu freuen, an dick bestrichenen Butterbroten, am Hiersein. An einer Arbeit, das wäre recht. Immer wieder stößt man sie darauf. Es gibt kein Entkommen. Unwohlsein kriecht heran. Der Boden beginnt zu schwimmen, Renate träte durch, würde sie sich bewegen. Sie bleibt, wo sie ist.

Doch sie erkennt etwas. Wenn ihr Leben nicht richtig ist, trifft sie keine Schuld mehr. Denn ihr Mann könnte es ändern. Er könnte alles zum Besseren wenden. Warum unterlässt er das?

Mit der Mutter kann Renate diese Frage nicht erörtern. Die würde ihren Triumph feiern. Zu Recht?

„Wann willst du den Kindern sagen, wer ihr Vater ist?"
„Ich bin ihr Vater. Oder etwa nicht?", James lacht.

Renate lacht nicht. Sie kann es nicht leiden, wenn James sich über sie lustig macht. Nein, sie ist keine Jüdin, aber trotzdem ist sie doch nicht irgendwer. Was denkt er nur von ihr? Sie ist zu bange, um zu fragen.

„Aber es ist doch völlig bedeutungslos, dass ihr Vater Jude ist", lenkt James ein.

Renate findet das nicht. Aber sie schweigt.

„Du findest es doch auch bedeutungslos?"

Renate gibt nach. Nickt. Natürlich. Es ist bedeutungslos.

„Das meinte ich. Wenn es für dich Bedeutung hätte würdest du mit den Kindern darüber sprechen. Du hättest ihnen längst erklärt, dass ihre Mutter nicht jüdisch ist", legt James noch mal nach. Sicherheitshalber.

Renate blickt ihn verblüfft an.

James macht sich ein Feierabendbier auf, ist froh, dass sie sich einig sind.

10.

Am Morgen konnte Erich nicht aufstehen. Er krümmte sich im Bett vor Magenschmerzen. Susanna rief den Hausarzt an, der ließ sofort einen Krankenwagen kommen. Auf dem Weg ins Krankenhaus war Erich noch bei Bewusstsein, lächelte, wenn Susanna ihm alle zwei Minuten versicherte, es wäre bestimmt nichts Ernstes, vermutlich das neuerliche Aufflackern des Magen-Darm-Infektes, den er ja schon seit Wochen mit sich herum-schleppte.

„Hoffentlich haben sie im Krankenhaus endlich ein wirksames Medikament dagegen. Du hast so stark abgenommen."

Sie streichelte Erichs Hand. Er wollte antworten, wurde aber in diesem Moment ohnmächtig. Als der Krankenwagen vor die Notaufnahme der Klinik fuhr und zwei Pfleger herbeirannten, sah Susanna, dass auch Erichs Hausarzt eingetroffen war. Das verwirrte sie. Warum war der Doktor wegen eines Magen-Darm-Infekts hier?

Erich wurde auf eine Liege umgebettet und ins Gebäude geschoben, Susanna lief hinterher. Die Liege verschwand in einem der Behandlungszimmer. Susanna sollte warten. Alles wirkte, wie bereits geplant. Wo war Erichs Hausarzt jetzt? Ah, da, er sprach mit einem Pfleger. Susanna ging auf die beiden zu, nahm den Arzt am Arm.

„Auf ein Wort, Herr Doktor ..."

Der Arzt blickte zu Boden, Susanna sprach nicht weiter.

„Ich verstoße gegen die Schweigepflicht", murmelte der Doktor, um Ruhe bemüht. „Schön, das nur vorne weg ... Ich sage Ihnen, wie die Dinge liegen. Ohne Umschweife. Ihr Mann leidet an Magenkrebs, letztes Stadium. Er weiß es seit vier Monaten offiziell. Medika-mente lehnte er ab. Sie hätten vermutlich auch nichts mehr bewirkt. Aber Sie sollten nichts davon erfahren."

Um Susanna drehte sich der Krankenhausflur. Sie hörte noch, wie eine Schwester herbeigerufen wurde.

Etwas später kam sie auf einer Liege wieder zu sich. Sie fühlte sich leicht, wie schwebend. Die Schwester erklärte, sie habe Susanna auf Anweisung ein Beruhigungs- und ein Kreislaufmedikament gespritzt. Susanna dürfe aufstehen, aber vorsichtig.

Auf der Intensivstation lag Erich an mehrere Apparate angeschlossen. Susanna setzte sich auf die Bettkante und lauschte eine Weile dem rhythmischen Piepen der Geräte. Erich schlug die Augen auf. Susanna schaffte es unter großer Mühe, nicht zu weinen, bis er sie wieder schloss. Das Piepen verstummte. Ein Arzt führte Susanna aus dem Raum.

James trauert, ist ganz still. Wochenlang. Renate trauert mit. Ein so liebenswerter Mensch war ihr Schwiegervater. Klug. Einzigartig. Renates Entscheidung, James zu heiraten, hing damals auch damit zusammen, dass sie von Erich tief beeindruckt war, das gesteht sie sich jetzt ein. Sie hatte gedacht, James würde sich bemühen, einmal genau so zu werden.

Eine gute Witwenrente bekäme sie, beruhigt Susanna ihren Sohn, der sich um das Auskommen seiner Mutter sorgt. Auch Ersparnisse aus der Ehe seien da. Erich übernahm ja bis zu seinem Tod noch Aufträge der Universität. Die beiden lebten außerdem unverführt, sie brauchten wenig von dem, was Menschen heutzutage brauchen sollten.

Die Mietwohnung in München Schwabing behält Susanna. Zu groß für eine Person ist die nicht, dreiundfünfzig Quadratmeter, zwei Zimmer, Küche, Bad. Den beiden Eheleuten hatte das immer gereicht. Sie traten sich nie auf die Füße, auch nicht, als Erich im Ruhestand war. Erich nahm sich seinen Raum, Susanna bespielte den Rest der Wohnung. Meistens saß er am Schreibtisch, die

Schreibmaschine klapperte stundenlang. Und am Wochenende gingen sie aus. Wie vor dem Krieg. Weil jetzt aber kaum mehr Freunde lebten, bei denen sie hätten essen und plaudern können, aßen sie im Restaurant.

Aber eine Freundin, und zwar Luise, ist Susanna geblieben; zum Glück, befindet James. Auch Luise ist vor Jahren mit Mann und Tochter aus dem Exil zurückgekehrt. Dort, in Argentinien, hatten Luise, Heinrich und ihre Tochter Inge sich taufen lassen und waren fortan Katholiken, wie ihre südamerikanischen Nachbarn und Freunde. Luise und Heinrich wollten nichts Besonderes sein. Die anderen sollten sie wie ihresgleichen behandeln, und so geschah es dann auch. An Gott glaubten Luise und Heinrich fest, auch daran, dass es ihn nur einmal gäbe. So konnte es diesem Einen egal sein, welcher Religion jemand angehörte.

Und als es in Deutschland nach Frieden zu duften begann, kehrten die drei Katholiken ohne Kirchentreue zurück nach München.

Heinrich ist letztes Jahr gestorben. Luise lebt seither bei Inge, die unverheiratet blieb und im Kinderheim arbeitet. Und sich abends freut, wenn ein warmes Essen auf dem Tisch steht.

Dass Luise sich auch rührend um sie kümmern würde, muss Susanna Sohn und Schwiegertochter jetzt dauernd versichern.

Aber sie könne doch zu ihnen ans Meer kommen und so lange bleiben, wie es ihr gefiele, bietet Renate immer wieder an.

Susanna freut sich über das Angebot, und freut sich noch mehr, dass sie es nicht annehmen muss. Ein trauernder Mensch hält nur den Verkehr auf.

Susanna richtet sich mit der Zeit ein. Luise hilft ihr, sie ist sehr selbstständig. War es schon immer. Hatte früher zu Hause das Sagen. Susanna gefiel das, aber sie selbst fühlte sich stets wohler, wenn sie ihrem Mann folgte. Auch, wenn ihr manches, was der beschloss, nicht gefiel. Aber darüber möchte sie sich auch jetzt nicht grämen. Vielmehr will sie froh sein, in München zu leben, so, wie Erich es einst veranlasst hatte. In La Paz wäre das Leben als Witwe schwer gewesen. Und deshalb wird Susanna versuchen, so weiterzuleben, wie Erich es vorgegeben hatte, beschließt sie. Kein Lamento. Jeder muss die Bosheiten der anderen ertragen. Jeder ist zeitweise selber boshaft. Auch Juden.

Niemand ist erbost, wenn Luise und Susanna eingehakt durch München spazieren. Oder Popcorn essend im Kinosaal sitzen. Oder sogar ohne Männer einen Weinkeller besuchen, um sich dort einen Schwips anzutrinken, was Susanna zunächst Überwindung kostete. Aber bald schon ertappt sie sich dabei, dass ihr das freche Benehmen Vergnügen bereitet. Ein bisschen zumindest. Luise lacht über dieses Bekenntnis und bestellt noch ein Viertel Wein für jede.

Was hätte Erich wohl dazu gesagt? Er hätte geschmunzelt. Er hatte nie von Susanna verlangt, brav zu sein. Sie folgte ihm, weil sie sich gar nicht vorstellen konnte, es nicht zu tun.

Abends, wenn sie nicht mit Luise ausgeht, spricht sie mit Erich, als sitze er noch im Sessel hinter der Zeitung. Ihr ist in jedem Moment bewusst, dass er nicht da ist, aber sie verzeiht sich ihren Spleen. Die abendliche Konversation beruhigt sie. Manchmal beschimpft sie Erich, aber sanft. Nach seinem Tod hat sie die Krankenakte in seiner Schreibtischschublade gefunden. Warum er die Krankheit nicht zusammen mit seiner Frau durchstehen wollte? Nach all dem, was man schon gemeinsam gemeistert hatte, wäre das doch eine Selbstverständlichkeit gewesen?

Erich bleibt stumm in seinem Sessel hinter der Zeitung. Anders als sonst kann Susanna sich auf diese Frage keine Erich-Antwort ausmalen.

Und dann gibt es noch eine Frage, die sie ihm erst gar nicht stellt. Nie. Nicht zu seinen Lebzeiten und nicht heute.

Sie vermeidet es, sich bei Erich zu erkundigen, warum er meine, diejenigen, die Hitler einst geeignet fanden, als ihr Sprecher und Anführer anzutreten, würden plötzlich umdenken. Wie sollte ihnen das gelingen? Sie irren doch wie betäubt umher, zum Umdenken viel zu benommen, und deshalb kann es wieder passieren.

Erich wüsste keine Antwort. Würde Lamento verbieten.

Lamento, das nur falsch ist, wenn es jüdisches Lamento ist. Wenn die anderen klagten, hieß Lamento bei Erich Sorge oder Leid. Und für die Sorgen und das Leid anderer hatte er ein offenes Ohr. Zudem Verständnis. Solange der Leidende kein Jude war. Das war und ist die Regel. Susanna wird sich daran halten. Wird Erich nicht bitten, ihr die Regel zu erklären. Will ihn doch nicht quälen. Wenn seine Seele noch um sie ist, und Susanna will das nicht ausschließen, soll es in ihrer Gegenwart heiter sein. Das mochte der törichte Mann an ihrer Seite. Und Susanna gehorchte.

Meistens. Nur manchmal nahm sie sich etwas heraus, das ihm nicht behagte. Und daran denkt sie noch immer gern zurück und fühlt sich keck dabei. Zum Beispiel hielt sie immer an ihrer Freude fest, alles zu teilen. Oder, wie Erich es nannte, verschwenderisch zu sein. Wie er deswegen gemurrt hatte! Die Gummistiefel … Erichs Miene … damals in Bolivien, Susanna lacht noch heute beim Gedanken daran.

Gummistiefel hatte sie zur Regenzeit gekauft, für alle Arbeiterkinder. War extra mit dem Bus nach Santa Cruz de la Sierra gereist. Hatte die Stiefel bestellt und liefern lassen. Erich knurrte lauter als der Hofhund.

„Aber die Kleinen können doch derzeit nicht in ihren Sandalen umherlaufen. Oder gar barfuß. Sie haben nasse Füße, erkälten sich, und du hast das Sprechzimmer voll", brachte Susanna zu ihrer Verteidigung vor.

Die Arbeiterkinder waren nie erkältetet, nicht mit und nicht ohne Gummistiefel. Erich grummelte tagelang. Und musste mitansehen, wie die Kleinen vor seinem Sprechzimmer-Fenster unbeholfen und kreischend vor Vergnügen in den komischen Dingern, die die Doctora ihnen geschenkt hatte, durch die Pfützen staksten.

Herrliche Jahre waren es, das ist es, worauf es ankommt im Leben – gute Menschen glücklich zu machen. Jetzt hat Susanna nur noch ihren Sohn und seine Familie. Und denen soll es an nichts fehlen.

11.

In Timmendorfer Strand steht ein Haus zum Verkauf. Es ist zu teuer. Doch Gretes Schelte wiegt schwerer. Seit Monaten moniert sie, dass ein Leben im Luxushotel nichts für Kinder sei.

Kinder müssten ein prunkloses Leben führen. Das lehre sie Gehorsam. Tennisplatz und Whirlpool, was für ein sittlicher Verfall, den dieses Geblüt installiere, Kinder seien davon fernzuhalten, sie müssten die frische Waldluft atmen. Ein Portier, der sich vor den Kindern des Chefs verneige … da sei der Herrgott vor. Wenigstens sei es ein schwarzer Portier. Aber gerade Mara … wie solle sich so ein Mädchen entwickeln, wenn man sich auch noch vor ihr verneige, fragt Grete ihren Soldat. „Was soll aus einem Mädchen mit solchen Anlagen werden, wenn es nicht wenigstens lernt, demütig zu sein?"

Der Soldat ist auch besorgt.

Nicht einmal vor Grete hätte sich je ein Pförtner verneigt. Nicht einmal vor Grete, deren Vater rechtschaffen gewesen sei und eine Fabrik besaß. Umgekehrt sei es gewesen. Eines Morgens hätte Grete keinen Knicks gemacht an der Pförtnerloge. Ihrem Vater sei das nicht entgangen. Am Abend hätte er sie verprügelt wie selten zuvor. Aber von einem Vater wie James wären Erziehungsmaßnahmen nicht zu erwarten.

Nein, nicht von einem Vater dieses Geblüts, der schon versage, wenn es darum ginge, ein anständiges Heim für die Familie zu finden, pflichtet der Soldat ihr bei.

Ein richtiges Zuhause muss her, James weiß das. Ihm gefällt das Leben im Hotel, aber um ihn geht es nicht. Susanna gefällt es ebenfalls bei den Kindern. Wieso sollen sie es nicht so komfortabel wie möglich haben? Aber sie lässt Grete ausrichten, dass sie ganz deren Meinung sei. Das wird Grete für sie einnehmen, Susanna weiß, dass Parteilichkeit Wohlbehagen schenkt.

Renate gibt ihrer Mutter ebenfalls Recht.

Rudolf teilt Gretes Meinung nicht. Aber um ihn geht es nicht. So gibt er der Schwester Recht. Er empfiehlt James, ein Haus anzumieten oder zu kaufen. Die Kosten übernähme er.

Was James empört. Allein der Vorschlag ist dazu angetan, ihn schwer zu beleidigen.

„Er meint es doch gut", besänftigt Renate.

Sicher, James ist davon überzeugt. Dennoch … es hätte nicht dazu kommen dürfen, dass irgend jemand es gut meinen muss mit ihm.

Wenn ihm nur etwas mehr Zeit bliebe bei all der Arbeit.

Und dann wird ihm das zu teure Haus angeboten.

Renate ist begeistert, denn vom Haus zum Hotel ist es ist ein kilometerweiter Fußmarsch. Weit genug, um Benjamin dem Luxusleben zu entwöhnen, das Mutter Grete tadelt.

Sobald der schwarze Portier sich vor den drei Kindern verneigt, verneigen die sich ebenfalls, was den Portier in Verlegenheit bringt. Und damit haben Mara und Michael genug vom Glanz. Gehen zum Spielen auf die Straße.

Benjamin aber liebt die funkelnde Welt. Die, die sie im Hintergrund auf Hochglanz bringen grüßt er jovial. Die, für die gewienert und poliert wird, grüßt er präsidial. Verkehrt mit den Kindern derer, die er für bedeutsam hält.

Sie sind alle reich. Viele zwielichtig, ahnt Grete. Renate ist alarmiert.

Letzten Monat hat sich Benjamin mit der gleichaltrigen Anastasia, Tochter des russischen Juwelenhändlers aus Hamburg, angefreundet. Sie hatte ihn auf dem Tennisplatz angesprochen, dort, wo Grete den Enkel nicht sehen will. Lud ihn anlässlich ihres elften Geburtstags zu einer Fahrt mit dem Dampfer ein, der für zweihundert Gäste gemietet worden war. Benjamin nahm teil, Renate musste ihm vorher ein weißes Oberhemd plus Einstecktüchlein kaufen, er bestand darauf. Die Feier zu Wasser mit Buffet und Feuerwerk am Abend war unvergesslich, seither geht Benjamin im Wochenend-Appartement der Hamburger Familie ein und aus. Der Juwelier säße in Shorts und Unterhemd auf einem weißen Ledersofa. Würde Kaviar mit einem Silberlöffel direkt aus der Dose essen, berichtet Benjamin seinen Geschwistern. Als er zum ersten Mal klingelte, um seine Freundin zum Schwimmen abzuholen, wurde er aufgefordert, sich zum Juwelier aufs Sofa zu setzen. Es habe geheißen: „Willst du Kavie probieren, mein Jung?"

Da sagte Benjamin nicht nein. Er erhielt einen kleinen Löffel und probierte mit Kennermiene.

Und habe es bereut, wie er Mara und Michael am Abendbrottisch verrät. Dieser Kaviar sei nicht nach seinem Geschmack gewesen. Vermutlich läge es am Jahrgang, erklärt Benjamin den Geschwistern. Ihr Vater drückt sich immer so aus, wenn der Wein ihm nicht schmeckt. Aber Benjamin habe sich nichts anmerken lassen, versichert er und genießt die Blicke der Geschwister, die er für Anerkennung hält. Er beißt in sein Salamibrot und legt mit vollem Mund nach. Sogar mehrere Löffel Kaviar habe er gegessen, so wie der Gastgeber. Auch wenn der Jahrgang nicht nach seinem Geschmack gewesen sei. Was seine

Geschwister noch wissen müssen: Bevor Anastasia und er ausgingen, bekäme sie vom russischen Vater einen Hundert-Mark-Schein ausgehändigt. Falls sie über den Nachmittag irgendetwas bräuchten.

Meistens werde für das Geld an der Beach-Bar des Hotels Eis und Limonade gekauft, für alle Kinder im Haus. Immer folgten sie Anastasia und ihm auf Schritt und Tritt.

Der Juwelier frage am Abend nie nach dem Verbleib des Scheins.

Renate hört Benjamins großmäulige Rede bis zu ihrem Platz auf dem Sofa. Sie ist entsetzt. Wenn das Mutter Grete erfährt! Es wird gemunkelt, der Juwelier sei ein russischer Semit. Die Hotelfriseurin hatte es Renate gesteckt, zwischen Föhnen und Frisieren. Renate wusste nicht, was sie damit anfangen sollte, ahnte aber, dass weitere Fragen zwecklos wären. Die Friseurin ist keine gebildete Frau. Aber eines wusste Renate gleich: Ihrer Mutter würde das nicht gefallen.

„James?"

Russischer Semit? James lacht am Abend. Was auch immer das sein soll, es gehe ihn nichts an, solange die Leute in seinem Haus freundlich und friedlich seien.

Renate wägt ab. Mutter Grete muss das nicht erfahren. Und für Benjamin wäre es abträglicher, seine Freundin nicht mehr sehen zu dürfen, als ein paar Minuten auf dem Ledersofa eines russischen Semiten zu sitzen. Was immer das sein mag.

Und jetzt muss eben dieses Haus gekauft werden. Es ist zwar zu teuer, aber dafür einen weiten Fußmarsch entfernt von den Menschen, mit denen Grete ihren Enkel nicht verkehren sehen will.

Sie wird helfen, beschließt Susanna. Tatkräftig helfen, beschließt sie sogleich, sich am Hauskauf beteiligen und nicht nur Ratschläge erteilen wie Grete. Aber natürlich will sie Grete nicht ausstechen. Dass sie das wieder auseinandertreiben würde, ist Susanna klar.

Susanna hat Ersparnisse auf der Bank, und die sollen James Familie zugutekommen.

Grete besitzt ebenfalls Ersparnisse, die ihrer Mutter. Nach deren Tod hatte Grete 8090 Mark und 20 Pfennig in der Matratze der alten Dame gefunden. Der Reißverschluss des Matratzen-Bezugs war nicht ganz zugezogen gewesen; Grete hatte sofort etwas geahnt und mit einem kühnen Griff die Beute geborgen. Sie hatte die zerknüllten Scheine und die zwei Groschen an sich genommen. Stillschweigend, denn im Haus herrschte Trauer. Die Scheine hatte sie zu Hause in ihren Matratzen-Bezug geschoben, die Groschen am Sonntag in den Klingelbeutel gesteckt. Niemand muss von dem Geld wissen, das schürt nur Neid. Das Geld wird Renate zugutekommen, Renate und den Kindern. Dann, wenn sie dem Juden entflohen sind.

Solange die Familie noch vereint ist, fühlt sich jedoch Susanna zuständig.

„Es geht um das Wohl der Kinder." Mit dieser Einleitung bittet sie James um Verschwiegenheit. Und weiter: Sie werde die inoffizielle Geldgeberin sein. Sie werde die erste Rate fürs Haus zahlen.

Was James sich verbittet.

„Weil du dich überhaupt nicht am Hauskauf beteiligen sollst, weder offiziell noch inoffiziell. Warum auch?"

James verdient gut. Ein Haus für seine Familie kann er selbstverständlich allein an- und abzahlen. Alles andere wäre undenkbar. Seine Mutter solle sich selbst etwas gönnen. Sich öfter neu einkleiden. Oder einrichten. Oder verreisen. Es gäbe genug Möglichkeiten, Geld auszugeben.

„Einkleiden, einrichten? Ich alte Frau?", Susanna tut empört. Und jetzt besteht sie regelrecht darauf, sich am Hauskauf zu beteiligen. Oder will der Sohn ihr diese Freude nehmen? Warum?

Die Unterredung wird vertagt.

Aber noch in dieser Woche werden mehrere Telefonate zum Thema folgen, geführt von James' Hotelbüro aus. Argumente, die für eine Beteiligung der Mutter sprechen, gibt es. Findet sie.

„Kleider? Ich soll mir Kleider kaufen? Richtig, ich habe ja nur einen einzigen Schrank voller Kleider! Und die Queen? Ja, die hat ein ganzes Zimmer voller Kleider. Worauf warte ich also?" Susanna ist von Mal zu Mal ungehaltener. Steigert sich. Nennt ihren Sohn bei dem Namen, der ihm nie gefiel.

„Geld zum Fenster hinaus werfen soll ich, Jakob? So etwas rät nur ein Habschi seiner Mutter!" Wer in ihrem Alter mit der Mode ginge, mache sich zum Gespött. „Jakob, du verzichtest auf das Haus, weil du möchtest, dass die Leute auf der Straße über deine Mutter lachen?"

„Mamá, bitte!"

„Gestehe wenigstens, Junge!"

James droht, aufzulegen.

Gut, Susanna holt erst mal Luft.

Dass es hier nicht nur um ihre Verschwendungssucht, wie Erich es genannt hätte, geht, beileibe nicht, darf James nicht erfahren.

„Was hält deine Schwiegermutter von dem Haus?", tastet Susanna sich in versöhnlichem Ton vor.

„Sie soll nicht darin wohnen, also haben wir es ihr noch nicht gezeigt."

„Es wird ihr gefallen, dass du für deine Frau und deine Kinder so ein schönes Haus kaufen kannst."

Und bevor James darauf kommt, worum es der Mutter geht, verabschiedet die sich für heute.

Was werden diese Leute von ihrem Sohn halten, solange der nicht in der Lage ist, ein Zuhause für seine Familie zu finden, das den Schwiegereltern zusagt? Die Frage schleicht mit durch Susannas Tag. Seit Wochen. Susanna fürchtet sich vor der Antwort, die sie doch kennt und die Erich verboten hat. Wenn Jakob jetzt noch dahinterkäme, dass seine Mutter die Dinge endlich in Ordnung bringen wird, würde er erst recht keinen Pfennig annehmen. Susanna muss taktisch vorgehen.

Schließlich, nach dem fünften Telefonat zum Thema Hauskauf, einigen sich Mutter und Sohn. Susanna darf die erste Rate zahlen. James wird, nachdem er seinen Anteil am Haus abbezahlt hat, seiner Mutter ihr Geld zurückgeben.

Aber Renate soll von all dem nichts erfahren. So haben Susanna und James es vereinbart.

James könne das Haus an- und abzahlen, weil er im Besitz eines Sparkontos sei, das sein Vater zu Lebzeiten für ihn anlegte, und das jetzt, nach Erichs Tod, freigegeben wurde, belügt Susanna ihre Schwiegertochter. Sie sitzen beim Kaffee in Renates Küche. James ist dabei. Er schweigt. Über diese Lüge ist er nicht glücklich, aber er lässt sie so stehen. Seine Mutter wird sonst keine Ruhe geben.

Renate strahlt und beglückwünscht ihn zur Erbschaft.

James schweigt immer noch. Schenkt Frau und Mutter Kaffee nach.

Einen Monat später ist der Kaufvertrag abgeschlossen.

Nach Notarbesuch und einem Glas Sekt beim Konditor stürzt James zurück zur Arbeit und Renate nach Hause ans Telefon. Gleich muss sie die Mutter anrufen. Die Mutter schnippelt gerade Brechbohnen fürs Mittagessen, kann nicht lange Sprechen, aber Renate macht das nichts aus, die Botschaft ist überbracht.

Grete ist unentschlossen, was sie von der Sache halten soll. Sie muss darüber nachdenken.

Dann die Schwiegermutter. Renate klingt so freudig erregt wie selten, und das macht wiederum Susanna sehr zufrieden. Diese Ehe ist glücklich. Und wenn Susanna hin und wieder befürchtete, Spannungen zwischen den beiden könnten sich zu unüberbrückbaren Schwierigkeiten aus- wachsen, so erkennt sie jetzt, dass das nichts als Lamento war. Jetzt werden Renates Eltern James achten. Susanna will einsehen, dass sie sich geirrt hatte. Menschen können sich sehr wohl ändern. James hat diese Leute überzeugt. Die Mutter spürt, wie stolz sie auf den Sohn ist. Er hat die Familien geeint.

Und natürlich gibt es Spannungen zwischen Renate und James. So wie in jeder Ehe. Wenn es bei den beiden anders wäre, müsste Susanna sich Sorgen machen, erkennt sie. Und im Übrigen wird sie aufhören, sich mit Vergangenem das Leben zu vermiesen, beschließt sie, fast ein bisschen übermütig.

Vergangenes gehört archiviert. Fehltritte des Schicksals sollen in Abstellkammern ruhen. Wie Carl, Susannas erste große Liebe.

Der Moment, da sie von der Auflösung der Verlobung erfuhr – ach, fort damit.

Susanna war soeben volljährig geworden und konnte es nicht begreifen. Dass sie Jüdin war, hatte sie Carl, dem Kämpfer für die Rechte der Arbeiterschaft, gegenüber nie erwähnt. Warum auch?, dachte sie damals. Junges Ding, du hättest dir viel Kummer ersparen können! Vor der Verlobung. Vor der gegenseitigen Einsicht in die Familienbücher. Carl sagte, dass seine Familie es wäre, die verlangte, die Verlobung sofort aufzulösen. Ja, und? Hatte Carl seinen Eltern widersprochen? Susanna fragte nicht. Sie war so enttäuscht und verletzt und fassungslos, dass sie sein Bekenntnis nicht auch noch hätte verkraften können.

Wahrscheinlich hatte man sich in dieser Familie untereinander für die weise Voraussicht gratuliert, mutmaßte Susanna, als es wenige Jahre später losging. Inzwischen war eine gescheite Frau aus ihr geworden, dazu hatte Erich beigetragen, sie hatten sich gefunden, geheiratet und einen Sohn bekommen. Ihnen wurde das Glück zuteil, nach Bolivien fliehen zu können, weil Erich Kontakte hatte. Außer Papieren, Kleidung und Familienschmuck konnten sie nur einige Fotos mitnehmen. Das Bild des einst geliebten Kämpfers Carl war noch dabei. Jetzt ruht er in der Kammer.

James' und Renates Ehe wird halten, da ist Susanna sich sicher. Und damit ihre Kinder und Enkel es auch richtig schön haben, gibt Susanna sehr gern etwas ab.

Das Haus ist gekauft, Susanna hatte fast die Hälfte sofort gezahlt. Es waren ihre Ersparnisse der letzten zehn Jahre. Und der Erlös des Familienschmuck-Verkaufs. Aber das muss James nicht wissen.

Und er soll ihr das Geld auch nicht zurückzahlen.

Emil Wiener hat es endlich erfahren. Der Herr Doktor ist gestorben. Vor Wochen. Frau Doktor muss Höllenqualen erleiden, sie ist ganz allein.

Und was wird sie von ihm, Emil Wiener, Freund der Familie, denken, weil er nicht gleich gekommen war?

Wiener ist außer sich. Obwohl ihm doch gerade noch zum Feiern zumute war. Die Abendzeitung hatte über ihn berichtet, endlich, nach über fünfzehn Jahren. Der Kaufmann Emil Wiener sei eine Zierde für die Stadt München, hieß es. Seit Generationen sei man in seiner Familie Freund und Helfer der Juden. Habe sie im Lager des Geschäfts versteckt, als schlechte Menschen sie verfolgten. Habe sie zurück ins Land geholt, als gute Menschen wieder regierten.

Dass der Herr Doktor das lesen möge, nichts hatte Wiener sich mehr gewünscht.

Der Herr Doktor ist tot.

Wiener muss zu Frau Doktor, muss sich entschuldigen, es kam ja keine Todesanzeige, die Post, natürlich, diese Post.

Kurz beschleicht Wiener ein Verdacht. Diese Post will den Juden noch immer übel mitspielen, also auch Wiener übel mitspielen, ihm, der mit seinen besten Freunden lebt und leidet.

Nein, entscheidet er, um seines Seelenfriedens willen, es war ein Versehen. Die Todesanzeige an ihn war ohne Zutun vom Sortierband gerutscht.

Aber jetzt wird Wiener Frau Doktor zur Seite stehen.

Am Morgen, noch vor Öffnung, ist er in seinem Laden. Belädt den größten Präsentkorb. Weiß, was Frau Doktor gerne isst. Passt doch auf, wenn er bei seinen Freunden am Tisch sitzt. Frau Doktor liebt Schinken und Braten. Einen ganzen Schinken soll sie haben, das Fleisch ist gepökelt, ist haltbar, Frau Doktor hat für sofort und schlimmstenfalls in der Not.

Wiener nimmt den Schinken vom Haken. Holt Wein aus dem Regal. Da fällt ihm ein, wie oft er von diesem Moment träumte. Er träumte vom toten Herrn Doktor, und er, Emil Wiener, umsorgte die Witwe. Brachte ihr Schinken, den aß sie so gern, dazu eine gute Flasche Wein.

Wiener legt den Schinken in den Korb, legt eine Ananas dazu, auch eine Schachtel Konfekt.

Und da klirrt es. Und knallt.

Ein Stein war durch die Schaufensterscheibe geflogen. Die Scheibe geht in Scherben nieder.

„Judenfreund!", wird gebrüllt. Wiener schwitzt sofort. Er rührt sich nicht. Steht da. Bis es nur noch leise ist. Dann fährt ein Auto am Geschäft vorbei. Man zeigt ihm die Faust.

Wiener stellt den Korb ab. Eilt ins Hinterzimmer. Vorne betritt das Lehrmädchen den Laden, die Türglocke bimmelt. Das Lehrmädchen kreischt.

„Ich rufe die Polizei!", schreit Wiener zurück. „Gehen Sie ins Lager, dort ist es sicher!"

Die Polizei ist schnell da. Später der Glaser.

Noch später hängt Wiener den Schinken zurück an den Haken. Stellt den Wein ins Regal. Schiebt den Präsentkorb unter die Theke.

Jetzt braucht Emil Wiener beste Freunde.

Am Meer wird unterdessen das neue Haus bezogen.

Ein Maler hatte die Wände cremeweiß gestrichen, ein Handwerker Parkett verlegt. Es war Renates Wunsch gewesen, so schick wie im Wohnjournal muss es bei ihnen sein.

Damit die Mutter staunt.

Das Haus ist geräumig. Zwei Stockwerke gibt es, oben vier Schlaf- und ein Badezimmer, unten Wohnzimmer und Küche. Im Garten wachsen Beerensträucher.

Die Putzfrau, an zwei kleine Appartements im Hotelhochhaus gewöhnt, kapituliert vor hundertzwanzig Quadratmetern und kündigt. James findet noch am selben Tag Ersatz.

Der Dampfer gleitet weiter, auch bei Sturm. Auf der Brücke hat James alles im Griff. Die Gästezahlen steigen von Monat zu Monat. Goldenthal ist zufrieden und überträgt seinem eifrigsten Mitarbeiter eine weitere Aufgabe.

Auf Teneriffa steht sein fünftes Hotel vor der Eröffnung; James spräche doch perfekt Spanisch?

Gut, dann dürfe er alle vierzehn Tage nach Teneriffa fliegen, um im neuen Hotel nach dem Rechten zu schauen. Bis der Laden liefe.

„Die Familie darf jederzeit mitreisen."

James ist stolz, Renate ist begeistert. Wer hat schon Gelegenheit bis fast nach Afrika zu reisen? Wie im Märchen ist das. Jetzt wird das Leben doch noch so, wie von Renate erträumt.

Die nächsten Tage sind wundervoll. Keine Migräne kommt über Renate. Es bleibt hell. Auch für sie ist Glück vorgesehen, erkennt Renate. Sobald ein erster Reisetermin feststeht, wird sie die Mutter informieren. Na, die wird Augen machen!

Aber dann ... eine Woche ist vergangen, Renate wacht am Morgen mit einem furchtbaren Gedanken auf.

Monoton kreist er durch ihren Kopf. Alles ist Täuschung. Goldenthal ist der Boss, nicht James. Und deshalb wird ihre Mutter lachen.

Renate zieht den Morgenmantel an. Goldenthal ist der Boss, nicht James. Mutter-Lachen. Renate steht am Waschbecken und putzt sich die Zähne. Goldenthal ist der Boss, nicht James. Schallendes Mutter-Lachen.

Es hört nicht auf. Renate bebt. Der Kopf platzt fast vor lauter Mutter-Lachen.

Über dem Vormittag liegt Schatten. Renate kämpft sich vor. All die Stunden, die zu bewältigen sind. Wenigstens der Gedankenkreisel kommt zum Stillstand. Das Mutter-Lachen ebbt ab. Aber die Stunden. Wie Unterströmung, die Renate hinabzieht. Sie soll doch untergehen.

Beim Mittagessen mit den Kindern wird geschwiegen, Renate ordnet es an. Danach geht es ihr plötzlich besser. Die Kopfschmerzen lassen nach. Es wird hell. Renate will sich vorerst abfinden, hat sie beim Nachtisch beschlossen. Vernünftigerweise abfinden, denn James wird bald der Boss sein.

Renate löffelt Obstsalat und fasst Mut. Susanna sagte vor Jahren einmal, es sei Zeitverschwendung, sich über vorübergehende Zustände zu ärgern. Sowieso würde sich doch alles dauernd ändern.

Renate hatte das gut gefallen. Seither versucht sie, sich an Susannas Motto zu halten, manchmal ist sie dabei sogar erfolgreich. Ihre Mutter wird Gelegenheit kriegen, zu staunen. Bald schon.

Renate träumt bereits: Sie steigt ins Flugzeug, trägt ihre weiße Hose, die mit Bundfalten. Mutti ist an ihrer Seite. In Spanien ist es heiß, aber ihre Zimmer haben Lüftungsanlagen. Und Ausblick aufs Meer. Goldenthal hat James soeben zum Boss ernannt. Sie bestimmen jetzt gemeinsam. Eine weise Entscheidung von Goldenthal, eine schaurig-schöne Macht ist er, Renate weiß das seit Langem.

Das sieht Grete nuancierter.

Am Abend wird telefoniert. Renate muss es der Mutter jetzt erzählen. Spanien. Demnächst wird James der Boss sein. Deshalb ist auch Grete zur Eröffnung des spanischen Hotels eingeladen.

Sie ist nach Spanien eingeladen? Grete schwankt. Diese Leute laden ein, so. Haben sie zuletzt auch das teure Haus bezahlt?

Die Tochter kann sie das nicht fragen, die würde ihr Gott weiß was unterstellen. Und da ermuntert Renate die Mutter auch schon, mitzukommen. Unbedingt. Und keine Widerrede!

Renate kann kaum an sich halten. Es jubiliert in ihr. Mutti wird staunen. Renate genießt, wie die Mutter schweigt, weil sie endlich begreift, was in James steckt. Renate bemüht sich dennoch um Fassung, auch wenn es in ihr sprudelt und perlt.

„Du fliegst mit, damit du es mal richtig schick hast, Mutti!"

„Was denkst du denn, du neunmalkluges Stück? Bei mir ist es schick. Nämlich ordentlich und sauber. Eben anständig." Grete will aufbrausen. Beherrscht sich. Abgeneigt, nach Spanien zu reisen, ist sie nicht. Nein, ganz und gar nicht.

Renate lässt sich nicht beirren. Die Mutter soll in der schönsten Suite schlafen. Natürlich steht Champagner in der Zimmerbar. Weil James das veranlassen kann.

„Du kommst mit, Mutti!", Renate ordnet es übermütig an.

Grete ist hibbelig. „Was tust du uns da an!", ruft sie aus, aber heute wabert nicht so viel Vorwurf hinter den Worten wie sonst. Grete bittet sich Bedenkzeit aus. Drei Tage, dann will sie Renate zurückrufen. So wird es vereinbart.

Grete braucht ein Glas Likör. Sie öffnet die Klappe der Hausbar, späht, wählt den Eierlikör. Greift nach einem Glas und schenkt sich ein. Trinkt in einem Zug.

Sie würde zu gern nach Spanien reisen, oh ja. Hat ihr Land ja noch nie verlassen. Ihr zweiter Ehemann sagt, Reisen wären Geldverschwendung. Im eigenen Garten habe man es schön. Solide sei es im eigenen Garten, was der Erholung zuträglicher wäre als Fernflüge, große Hitze und fremde Sitten.

Mag sein, doch Grete hat Fernweh. Wenn es doch nur eine Einladung wäre, die man vorzeigen könnte. Nicht wegen ihr, sondern wegen der Leute, die so etwas immer noch nicht dulden.

Grete trinkt ein zweites Glas Likör. Verliert den Mut. Sie wollen Grete demütigen, James und der Ajatollah. Demonstrieren, dass sie großzügig sein können.

Bei Jesus!, beschwört Grete, sie wüsste wirksamere Wege, zu demütigen. Und dieses Wissen tröstet sie über den Moment hinweg.

Da klingelt es, Hermine kommt zu Besuch, was Grete für ein paar Stunden auf andere Gedanken bringt.

Doch am Abend hält das Dilemma erneut Einzug. Der Soldat gibt Grete Recht.

Er und sie sitzen im Wohnzimmer, trinken den Rest Verpoorten. Hermine ist soeben von Rudolfs Chauffeur abgeholt worden, nachdem Grete den Nachmittag über hilflos mitansehen musste, wie die Schwägerin mehr als eine halbe Flasche Eierlikör trank.

Zunächst, und noch bevor Grete auf Spanien zu sprechen kommt, konferieren sie und der Soldat über Hermine. Wie lange wird es noch gut gehen mit der und Rudel?

Sie kommen zu dem Schluss, dass beide für immer zusammenblieben, so fabelhaft hätten sie sich aufeinander eingespielt. Ohne Rudel würde Hermine nicht weniger trinken, wird von Grete resümiert. Mit Rudel habe sie wenigstens jemanden, der ihr Stabilität biete, erklärt der Soldat. Sie geben einander Recht.

Jetzt aber zu den eigenen Belangen, man kann sich nicht dauernd nur um andere sorgen. Die Einladung nach Spanien also. Grete berichtet.

Der Soldat ist fassungslos. Seine Grete will sich doch wohl nicht einladen lassen? Eigentlich wollte er sagen: von diesem Geblüt einladen lassen, aber er sagt es nicht. Er weiß schließlich, dass nicht alle Juden unanständig sind. Einige schaffen den Absprung. Es gibt immer solche und solche. Überall. Auch unter Christen gibt es Halunken. Oder besser: unter solchen Christen, die zwar getauft und konfirmiert sind, aber eben vom Herzen her keine Christen sind. Auch an diesen Überlegungen lässt er seine Frau nicht teilhaben. Anschuldigungen spricht man nur aus, wenn man Beweise vorlegen kann. Und dem Soldaten fallen gerade keine ein.

Aber zu dem Schwiegersohn seiner Frau fällt ihm wie immer so einiges ein. In solchen Familien würden Konten unterhalten und vererbt. Normalerweise hätte der Soldat längst beim Finanzamt eine Kontenüberprüfung beantragt, aber das sei in diesem Fall zwecklos. Jüdische Konten seien nicht öffentlich, erklärt er, und folglich seien diese Konten nicht abfragbar. Ein deutscher Akt der Wiedergutmachung sei das, und wenn Juden so klug wären, wie immer behauptet, würden sie dieses Geschenk nicht annehmen, um das Volk nicht noch mehr gegen sich aufzubringen.

Grete versteht das nicht gleich. Das Volk schenkt etwas her und ist dann aufgebracht, wenn es angenommen wird?

„Ja. So", bestätigt der Soldat. Ihm ist nicht klar, was seine Frau daran nicht versteht, sie hat doch eine ganz ordentliche Auffassungsgabe. Und da begreift Grete. Vornehm wäre es, dieses Geschenk abzulehnen.

Der Soldat nickt und ergänzt: „Und vornehm wäre es dazu, Steuern zu zahlen wie jeder andere auch." Und da er nicht ahnt, dass er Nacht für Nacht auf 8090 Mark liegt, die auch nicht zum Versteuern angemeldet wurden, grollt er, keine Möglichkeit zu haben, diesen Goldenthal zu überprüfen. Es gäbe Möglichkeiten, selbst aktiv zu werden, sicher, aber er arbeite nun mal nicht bei der Bank, sondern in der städtischen Ölmühle.

Und zwar unter seinem Schwager Rudolf, diesem abnormen Subjekt, denkt es im Soldaten weiter, was unschön genug, doch in diesem Fall nicht relevant ist. Dass seine Grete jetzt von gewissen Machenschaften profitieren möchte, ist jedoch ausgeschlossen. Doch das hat sie selbst erkannt. Annähernd so äußerte sie sich gerade eben.

So wird beschlossen: Grete bleibt zu Hause.

Die beiden Eheleute genehmigen sich noch jeweils ein letztes Gläschen Likör, dann ist die Flasche leer und die Reise nach Spanien vom Tisch.

Mitten in der Nacht schreckt der Soldat aus dem Schlaf hoch. Fast wäre ihm ein Schrei entfleucht. Er setzt sich im Bett auf, spürt, wie sein Herz rast.

Sie wurden getäuscht! Er und seine Grete. Der Soldat atmet kontrolliert, bis sein Herz ruhiger geht. Der Doktor hat es ihm beigebracht. Und neben ihm wird Grete wach.

Sie erschrickt auch, wie sie ihren zweiten Ehemann so dasitzen sieht, die dunkle Silhouette gegen das schwache Mondlicht, das durchs Fenster scheint.

Sie ergreift seine Hand, zum Glück ist die warm.

Dass sie getäuscht wurden, flüstert der Soldat und drückt die Hand seiner Grete fest und beschützend.

Grete sagt nichts.

Das spanische Hotel. Frucht der Arbeit des Volkes, stößt der Soldat hervor. Ihnen gehöre all das. Ihnen, dem Volk gehöre das Geld. Das Hotel, in das man sie großzügig einlade, gehöre dem Volk.

Grete ist schlaftrunken, begreift dennoch.

Und hat kein Recht, das öffentlich zu reklamieren.

Michael Kühnen und Christian Worch haben sich Eselsmasken aufgesetzt und sind mit Pappschildern, auf denen steht „Ich Esel glaube noch, dass in Auschwitz Juden vergast wurden" durch Hamburg gezogen.

Grete erfuhr davon in den Morgennachrichten. Sie horchte auf. Ihr Herz schlug, in gesundem Takt endlich, wie ihr schien. Sie lachte, endlich befreit.

Da berichtete der Nachrichtensprecher, die beiden Männer seien verhaftet worden. Grete sank wieder in sich zusammen. Aber dennoch gingen ihr die Pappschilder bis zum Abend nicht aus dem Kopf, und das hielt sie warm.

Auch Spanien beschäftigt Grete nach wie vor. Sie wird dorthin reisen. Bald. In dem Hotel wohnen, das ihnen gehört. Bis es soweit ist, kann sie sich gedulden. Das ist ihre Stärke. Damit will sie den Enkeln ein Vorbild sein. Die fliegen momentan auch nicht nach Spanien, wenigstens beachtet ihre Tochter die deutsche Schulpflicht. Gretes Aufgabe ist es, jederzeit erreichbar zu sein, falls Renate nach Spanien fliegt und ihre Haushälterin mit Michael, Mara und Benjamin nicht zurechtkommt. Gerade mit Mara. Die braucht dringend Aufsicht, wie sich kürzlich wieder zeigte.

Mara ist erst zwölf und bereits jetzt eine Lügnerin, was Grete besorgt. Wenn das Mädchen zu Besuch ist, erzählt und erzählt es. Zu Hause würde ständig die gleiche Marmelade auf dem Frühstückstisch stehen, hieß es letzte Woche. Erdbeer. Immer nur Erdbeer. Erst wenn Mara sich mehrmals darüber beschwerte und gar nichts mehr zum Frühstück äße, würde es endlich eine andere Sorte Marmelade geben.

Gut, sagt sich Grete, den Deutschen hat man während des Kriegs Erdbeermarmelade eben vorenthalten, da wird sie später natürlich zum Luxus. Aber wie auch immer, Mara muss lernen, dass ausgerechnet ihr keine Sonderwünsche zustehen. Das wäre ganz einfach, Renate müsste es nur wollen. Grete wird es der Tochter raten, und die Angelegenheit ist hoffentlich erledigt. Eine ganz andere Behauptung bringt Grete aus der Fassung: Mara erzählte, dass Renate tagelang im Bett läge. Oder: Renate säße den ganzen Nachmittag über auf dem Sofa. Wenn sie aufstehen würde, dann nur, um Michael zu beschimpfen oder gar zu schlagen.

Grete hörte sich das eine Weile an. Schwieg dazu.

„Und dein Vater? Was tut er dann?", fragte sie endlich. Lauerte.

Mara und die Brüder gingen zu ihm ins Hotel. Bekämen dort zu essen. Und brächten Renate später ein Mittagsessen mit.

Grete war fassungslos. Das Kind log mit einer Sicherheit, die einen bestürzte. Es würde ein Unglück geschehen, die ganze Familie betreffend. Grete würde mitschuldig sein. Wer duldet, macht sich schuldig, das wusste das Volk inzwischen, und war doch flügellahm. Selbst wenn diese Ehe aufgelöst werden könnte, würde nie wieder alles gut werden. Renate stünde als geschiedene Frau vor dem Nichts. Mit fast vierzig Jahren und drei Kindern – da fände sich kein anständiger Mann mehr. Sogar Grete hatte damals ihre liebe Mühe, nach der Scheidung noch jemanden zu finden. Und sie hatte nicht im Ansatz so ein Vorleben vorzuweisen wie ihre Tochter.

Grete hat Angst. So wie damals, als Bomben fielen.

Mara weiht ihre Großmutter auch weiterhin ein, in der Hoffnung, die würde helfen. Ihre Mutter könne doch nicht tagelang im Bett liegen bleiben, ohne dass jemand etwas unternähme. Die Mütter ihrer Freundinnen lägen nicht mal im Bett, wenn sie erkältet seien.

„Was fehlt unserer Mutter, dass sie nicht aufstehen kann?", fragt Mara im Auto auf dem Weg zum Großmarkt die Großmutter.

Die wird von ihrer Angst überwältigt. Sie fährt rechts ran. Mara, die gerade ergänzen wollte, dass ihre Mutter letzte Woche zwei Tage im Bett geblieben sei, bekommt eine Ohrfeige von der Großmutter, dass es knallt. Die erste Ohrfeige, die die Großmutter der Enkelin verpasst, ist das. Und weil die ihr Ziel nicht verfehlte, gibt es eine hinterher. Es folgt Belehrung. Mara solle solche Geschichten nie wieder erzählen. Niemandem. Ob sie das verstanden hätte?

Aus welchem Grund sie schweigen soll, weiß die Enkelin nicht. Hat aber verstanden, dass jedes weitere Wort zur leidenden Mutter ihr zum Nachteil gereichen würde.

Eine dritte Ohrfeige wird nie mehr nötig sein.

Eine Woche später macht Grete sich auf den Weg zu ihrer Tochter.

Grete hat viel nachgedacht in den letzten Tagen. Über Renate, über die Kinder. Wäre Renate in der Lage, mit den Kindern wegzugehen und ein neues Leben anzufangen? Grete bezweifelt es. Renate hat gelitten, hat ihre Kraft eingebüßt in dieser Ehe. Früher, ja, da hätte ihre Renate alles in den Griff bekommen. Vor Jahren. Eine agile Frau war sie. Immer fröhlich. Aber heute? Renate und die Kinder könnten vorübergehend bei Grete unterkommen, natürlich. Aufgrund der Strapazen der letzten Jahre würde Renate es jedoch nie mehr schaffen, auf die Beine zu kommen. Dauerhaft eine gebrochene Frau und drei Kinder mit diesen Erbanlagen im Haus – Gretes Nachbarn würden da nicht mitspielen. Sie würden Schritte veranlassen. Die Zerstörung weitete sich aus.

Aber dass das Mädchen, das Renate auf die Welt zwang, nicht unter die Räder kommt – ja, dafür will Grete sorgen, mit all ihrer Kraft.

Es ist früher Nachmittag, Grete steigt aus dem Auto. Über die Veranda betritt sie das Haus der Tochter, schlingt zur Begrüßung beide Mutterarme um sie. Michael, Mara und Benjamin ernten im Garten Brombeeren. Es kann wie geplant ein ernstes Wort unter vier Augen gesprochen werden. Renate solle die Verandatür zumachen.

Renate gehorcht. Setzt sich in den Sessel. Ihre Mutter hat gegenüber auf dem Sofa Platz genommen. Und will auch gleich zur Sache kommen. Will heute zuversichtlich sein. Es gibt immer eine Lösung, oder zumindest einen Ausweg, und diesen Ausweg wird Grete jetzt gemeinsam mit der Tochter finden.

„Du musst ein Auge auf dein Sorgenkind haben. Immer." Renate würde verstehen, was ihre Mutter meinte.

Renate versteht nicht. Lässt die Fransen der Wolldecke über die Handfläche gleiten.

Also wird Grete deutlicher. Mara sei, ja, wie sollte sie es ausdrücken, ohne Renate zu beunruhigen, also ... Grete denkt einen Moment nach und formuliert es dann so:

„Mädchen in dem Alter sind normalerweise folgsam und brav. Warum lügt dein Kind?"

„Und warum musste es dieses Mädchen sein?", ruft Grete hinterher, weil Verzweiflung sie dazu treibt. Und sie empfindet jetzt noch mehr, nämlich einen Wust aus Zorn, Ratlosigkeit und vor allem Angst. Überwältigende Angst. Sie lebt damit. Seit Jahren. Was tut die Tochter ihr da an? Grete atmet zu schnell. Schließt die Augen, hält die Luft an. Kommt zur Ruhe, zumindest für den Moment. Öffnet die Augen wieder.

Renate hat die Fransen der Decke fallengelassen. Starrt die Mutter an.

„Ich bin so beunruhigt", fährt Grete unbeirrt fort. „Das Mädchen ist zwölf, sicher, noch ist sie ein Kind. Da ist jeder nachsichtig. Aber was soll aus ihr werden? Was, wenn die Menschen nicht friedlich bleiben? Renate, du hattest bereits einen Sohn. Und dann kam ein zweiter. Und es wäre auch ein dritter gekommen."

„Was sagst du da? Warum dieses Mädchen?", stammelt Renate.

Grete nickt. Zwischen Mutter und Tochter muss so ein Gespräch möglich sein. Es muss möglich sein, auszusprechen, dass man ein Leben nicht erzwingen könne. Dass das die Menschen aufbringe. Das hat Grete einst versucht, der Tochter begreiflich zu machen. Aber Renate wollte an des Herrgotts Stelle treten. Und jetzt ist es so gekommen, wie befürchtet. Jetzt ist es nicht mehr rückgängig zu machen, denn Methoden wie unter dem angeblichen Führer sollen ja nie wieder zur Anwendung kommen, und das ist auch gut so, findet Grete. Also muss überlegt werden, was zu tun ist mit diesem Kind.

Renate starrt die Mutter noch immer an, die sammelt sich. Sagt, um Ruhe bemüht: „Das ist anderes Blut. Und nein, man darf deshalb keinem Geschöpf auf Erden feindlich gesinnt sein, Gott bewahre. Aber viele Menschen sind nun mal so!" Das war anschaulich, befindet Grete. Die Überleitung zur Erörterung der nötigen Maßnahmen ist damit geschaffen.

Renate sitzt da wie versteinert. Minutenlanges Schweigen. Dann:

„Anderes Blut? Mutti, wie meinst du das?"

Sie versteht nicht? Noch deutlicher muss die Mutter sprechen? Noch deutlicher zu werden hieße … hieße, auszusprechen, dass die Menschen es so einem Mädchen schwer machen werden im Leben. Sehr schwer. Und darum will so ein Kind von Anfang an nicht leben. Aber jetzt ist es da, weil Renate es erzwang. Und jetzt muss es erzogen werden.

„Ein Mädchen mit diesem Gen …", beginnt Grete, kommt aber nicht weiter.

„Was?", schreit Renate. „Dieses Gen? Mutti!"

Grete schweigt abrupt.

„Mutti? Was hast du da gerade gesagt?"

Also muss Grete wieder klein beigeben. Wie sie das hasst! Heute wollte sie sprechen. Ihre Tochter fragen, warum die nicht mehr aus dem Bett käme. Wegen dieses Kinds im Haus womöglich? Woher Grete das wüsste?

Renate starrt die Mutter an.

Grete wird es unwohl.

„Mutti! Antworte mir!"

Grete will antworten, aber besinnt sich. Eine Tochter hat der Mutter keine Befehle zu erteilen. Schon gar nicht so eine Tochter.

Die Unterredung sei beendet, ordnet Grete durch eine bekannte Geste – kurzes Kopfnicken – an.

Renate ist fassungslos.

Sie steht auf und findet sich kurz darauf in der Küche wieder. Was wollte sie hier noch? Ach ja, sie wollte schon mal alles vorbereiten, um gleich die Beeren einzukochen.

Und was sagte ihre Mutter gerade?

Renate kann es noch immer nicht erfassen. Was zwischen den Mutter-Worten schwebte ist wie ein Gas. Es verbreitet sich in der Küche um Renate herum und wird in den nächsten Stunden nicht zerfallen. Ihre Mutter lehnt Mara ab, weil … nein, das kann nicht sein. Das hat Renate falsch verstanden. Und deshalb wird sie auf keinen Fall mit jemandem darüber sprechen. Schon gar nicht mit Mamá. Auch nicht mit James. Weil sie falsch verstanden hat, was ihre Mutter sagte. Weil ihre Mutter ahnungslos ist, was im Krieg mit den Juden geschah. Wüsste sie es – sie würde ihre Enkeltochter auf Händen tragen.

Renate nimmt ein Glas aus dem Schrank und füllt es am Spülbecken mit kaltem Wasser. Sie trinkt. Da schießt ein Gedanke ein. Kann so ein schrecklicher Fehlschlag, wie er damals im Krieg geschah, denn diejenigen treffen, die völlig unschuldig sind? Renate zittert. Zieht die Tür des Küchenschrankes auf, fahrig, zwei Töpfe fallen aus dem Schrank. Es scheppert. Der furchtbare Gedanke ist weitergezogen. Renate versinkt wieder.

Im Wohnzimmer bleibt Grete noch einen Moment sitzen. Sie muss sich sammeln. Weiß, dass sie ihre Tochter verwirrt hat, ohne dass deutlich wurde, worauf sie hinauswollte. Und natürlich lag es keine Minute in ihrer Absicht, gegen ihre Enkelin vorzugehen. Vielmehr will sie das Mädchen schützen.

154

Grete will doch jeden möglichen Schaden abwenden von ihren Lieben.

Sie steht auf, öffnet die Veranda-Tür und tritt hinaus in den Garten. Ihre Enkelkinder halten ihr stolz Schüsseln voll soeben geernteter Beeren entgegen. Mara hat am meisten gepflückt. Großmutter streichelt der Enkeltochter über den Kopf.

„Die Tüchtigkeit hast du von deinem Vater geerbt", sagt sie, und selbst für die Zwölfjährige ist nicht zu überhören, dass das in diesem Fall verhängnisvolles Erbgut ist.

12.

Im Astrophysical Journal wird über die Entdeckung des ersten Schwarzen Lochs außerhalb der Milchstraße berichtet.

Innerhalb der Milchstraße besuchen Michael, Mara und Benjamin das Gymnasium in Timmendorfer Strand. Gastronomie-Kinder aus den umliegenden Dörfern und Bädern sammeln sich hier, Timmendorfer Strand ist der größte Ferienort im Umkreis, also beherbergt er auch die Oberschule.

Im Kreise der Lehrerschaft weiß man, dass die Gymnasiasten in die Fußstapfen der Eltern treten werden. Um die Pension, das Hotel, das Restaurant oder den Strandkorb-Verleih weiterzuführen, reichen ein bisschen Geschick im Rechnen sowie ein paar Fertigkeiten im Umgang mit der eigenen und der englischen Sprache. Dazu vermittelt die Oberschule am Strand Grundkenntnisse in Geschichte, Biologie, Chemie und Physik.

Warum soll man die Hirne dieser Kinder mit Stoff überfrachten, den sie später nie wieder abrufen werden?

Die Schule bietet demgemäß Lehrerinnen und Lehrern, die auf städtischen Gymnasien überfordert waren, sei es aufgrund ihrer Neigung zu Mädchen vor der Geschlechtsreife, sei es aufgrund ihres Verständnisses der nationalen Geschichte, eine zweite Chance. Zudem dürfen hier die lehren, die einst getrunken haben, jetzt trocken sind und es bleiben sollen. Und wollen. Das ruhige Leben am Meer sei besonders in diesen Fällen zuträglicher als das hektische Treiben in der Stadt. So wirbt das Rektorat.

Maras Deutschlehrerin, Dr. Piontek, steht kurz vor der Pensionierung. Dennoch wechselte sie vorletztes Jahr von der Realschule in Hamburg Altona nach Timmendorfer Strand. In Altona seien die Kinder verwahrlost, weil zum größten Teil in durchrassten Elternhäusern aufgewachsen, analysierte Dr. Piontek, als sie vom Hamburger Rektor gefragt wurde, warum ein geregelter Unterricht in ihren Stunden nicht möglich sei. Sie fügte noch hinzu, weil der Rektor die Augen niederschlug, dass sie die Methoden zur Lösung der Judenfrage während des Krieges selbstverständlich nie befürwortet hätte. Der Rektor nickte, tupfte sich erleichtert die Augen trocken, ja, so ging das durch.

Dass die betagte Lehrerin von ihrer Klasse verspottet und mit Papierkugeln beworfen wurde, war ein anderes Thema, das wiederum die Frage aufwarf, warum die Kolleginnen ungestört ihren Unterricht abhalten konnten und Dr. Piontek nicht. Es ließ sich nicht endgültig klären. Doch da Dr. Piontek diese tagtäglichen Strapazen nicht mehr hinnehmen wollte, und auch gar nicht hinnehmen konnte aus gesundheitlichen Gründen, bot sie an, für die letzten drei Jahre ihres Schuldienstes nach Timmendorfer Strand zu gehen. Abgemacht. Da ließ sich der verkrampfte Rektor-Darm plötzlich entlüften.

In Timmendorfer Strand bleiben die Familien seit Generationen unter sich und so sind die Kinder weniger wild. Die Deutschstunde über giggeln lediglich ein paar Freche leise über den Körperumfang der Frau Doktor, oder Fräulein Doktor, wie sie im Lehrerzimmer von den Kollegen hinter vorgehaltener Hand genannt wird. Frau

Doktor gelingt es, die giggelnden Kinder und die durchrassten Kollegen zu ignorieren und ihren Unterricht abzuhalten.

Als Sudetendeutsche stellte sie sich am ersten Schultag ihrer Klasse vor. Weitere Erklärungen dazu unterließ die Lehrerin. Die Zwölfjährigen nahmen es schweigend hin. Ihre neue Lehrerin ist derart monströs und schaurig in dem unförmigen Rock, dem selbstgestrickten Pullover, den ausgetretenen Schuhen, dass es auf ein unbegreifliches Detail mehr nicht mehr ankommt. Sudetendeutsche zu sein klingt uninteressant. Vielmehr warten die Mädchen und Jungen bange darauf, dass Frau Dr. Piontek sich gleich die Brille, die an einer Kette um ihren Hals hängt, mit Hilfe von Zunge und Stofftaschentuch putzen wird. Die Mutigsten schauen bis zum Schluss zu. Wie ein Kriegsschiff wogt die Lehrerin vor den verschreckten Kindern, denen entgeht, dass Frau Doktor gar keinen Deutschunterricht erteilt. Vielmehr vermittelt sie eine Art Geschichtsunterricht.

Aber eigentlich sei auch die Bezeichnung Geschichtsunterricht nicht zutreffend; eine Referendarin, die neulich dem Unterricht beiwohnte, meldete das leise im Lehrerzimmer. Frau Doktor würde aus ihrem Leben berichten.

Das Kollegium kam überein, die Lehrerin berichten zu lassen. Ein langes Leben barg Lektionen.

Mit einem „N" sei sie gekennzeichnet worden, haben sich die Kinder gemerkt. Frau Doktor zieht den zerschlissenen Wollärmel hoch, zum Vorschein kommt auf grauem Fleisch eine Tätowierung. Für „Němec" stehe das „N", klärt die Lehrerin auf. Das bedeute „Deutsche". Als solche sei sie gequält worden. Dass die Lehrerin in ein Arbeitslager gebracht wurde, nimmt Mara aus dem Unterricht mit. Später habe Frau Doktor auf einem Bauernhof unentgeltlich und nur gegen karge Verpflegung arbeiten müssen. Tag und Nacht. Die Lehrerin berichtet ausführlich über das Unrecht, weshalb sie sich zu ihrem Anspruch auf die Gesamtheit des Reichsraums bekenne.

Es klingelt, die Deutschstunde ist vorbei.

Weder Mara noch ihre Freundinnen verstehen den Unterrichtsstoff. Sowieso ist die Frage, wie ein Mensch, der jahrelang geschunden wurde, so spektakulär dick werden kann, interessanter. Es wird auf dem Schulhof erörtert, man kommt nicht dahinter. Und doch will man der Lehrerin nicht unterstellen, sie würde lügen. Schon gar nicht vis-à-vis. Man will sie nicht herausfordern, keinesfalls. Man wünscht sich, dass ihre Stunde so rasch wie möglich vorbeigeht. Allen voran Mara. Unwohl wird ihr, sobald die Kolossin vor ihr steht.

Dr. Piontek überkommt ebenfalls Unruhe, sobald sie die Schülerin Mara Abendschein betrachtet, die in einer Klasse voll nordischer Blondschöpfe heraussticht. Die Lehrerin kann keinen Blick von dem Mädchen lassen. Das dunkle dichte Haar, der verschlagene Blick aus schwarzen Augen, die vollen Lippen … Provozierend ist das. Was hat das Kind für einen Stammbaum? Ein Verdacht ist da. Frau Doktor beschließt, die Mutter vorzuladen.

Als es am nächsten Tag zur großen Pause klingelt, ruft die Lehrerin Mara ans Pult, füllt eine Elterneinladung aus, überreicht die dem Mädchen. Donnerstag um fünfzehn Uhr soll die Mutter sich in der Schule einfinden. Mit Bitte um Pünktlichkeit. Mara steckt das Schreiben in ihren Schulranzen und übergibt es zu Hause Renate.

Die nimmt ihre Tochter ins Verhör. Ob Mara etwas angestellt hätte? Nein, hat sie nicht. War sie frech zur Lehrerin? Auch das nicht.

Als Frau Doktor Piontek am Donnerstagnachmittag zur vereinbarten Zeit die hochgewachsene, blonde Frau mit ebenmäßigen Gesichtszügen das Sprechzimmer betreten sieht, macht ihr Herz einen Extraschlag. Das ist die leibliche Mutter? Ja, einige Merkmale in deren Gesicht deuten darauf hin.

Was soll die Lehrerin dieser Frau jetzt raten? Die Tochter ist, abgesehen vom äußeren Erscheinungsbild, ein unauffälliges Kind. Frau Doktor wird es unbehaglich.

Doch halt! Zu jedem Kind gibt es einen Vater.

Doktor Piontek fasst sich und bittet Renate, Platz zu nehmen. Die setzt sich der Lehrerin gegenüber. Renate stellt sich vor, die Lehrerin stellt sich vor. Dann Schweigen.

„Sie haben mich herbestellt", versucht Renate schließlich unsicher, ein Gespräch in Gang zu bringen. Die Lehrerin irritiert Renate. Sie stellt sich vor, wie diese Frau auf ihre Mara wirkt, die in einem verkicherten Alter ist.

Die Lehrerin räuspert sich erst mal. Das Kind ist so unauffällig eigentlich nicht, gesteht sie sich jetzt ein. Bei aller Toleranz nicht. Gewisse Lernschwierigkeiten deuten sich an, wenn auch leise. Also fragt die Lehrerin Renate:

"Wird bei Ihnen zu Hause deutsch gesprochen?"

Renate ist dermaßen verblüfft, dass sie nicht gleich antworten kann.

Die Lehrerin hakt nach. „Versteht Ihre Tochter deutsch? Kann sie dem Unterricht folgen?"

Jetzt hat Renate sich gefangen. Ein bisschen zumindest. Den Umständen entsprechend. Selbstverständlich würde bei ihnen zu Hause deutsch gesprochen werden, bringt sie hervor.

Wieder Schweigen.

Die Lehrerin muss also deutlicher werden.

„Ist der Vater des Kindes Ausländer? Oder etwas anderes?"

„Etwas anderes?", Renate ruft es verstört aus. Was hat das alles zu bedeuten? Mara wurde doch von ihrer Klassenlehrerin auf der Grundschule ausdrücklich fürs Gymnasium vorgeschlagen.

Renate spürt, dass sie zu zittern beginnt, kriegt das aber in den Griff. Keine Bodenlosigkeit stellt sich ein. Im Gegenteil, sie ist ganz da, auf festem Grund. Sie erklärt der Lehrerin in ruhigem Ton, über den sie selbst staunt, dass ihr Mann Deutscher sei. Dann fragt sie, ob es Probleme mit Mara gebe.

Nun, als ein Problem will Frau Doktor es nicht direkt bezeichnen. Aber sie weiß jetzt auch nicht, wie weiter. Also räumt sie ein, dass es ein richtiges Problem nicht gebe, noch nicht, aber sie behielte das Mädchen weiter im Auge. Womöglich hätte es einen erhöhten Förderbedarf.

Renate ist erneut fassungslos. Ihre Tochter liest zu Hause heimlich Bücher für Erwachsene, Thomas Mann, Hermann Hesse, Tucholsky, die Klassiker, eben das, was ein anständiges deutsches Bücherregal ziert. Mara versteckt die Bücher, die sie sich heimlich nimmt, unter ihrem Bett. Der Putzfrau ist das beim Aufräumen aufgefallen, sie hat Renate davon in Kenntnis gesetzt, die aber lässt ihre Tochter gewähren, von ihr aus muss Mara nicht heimlich lesen, aber natürlich darf sie auch das. Und jetzt kommt diese unförmige Vettel und will ihr was genau sagen?

„Ich verstehe nicht, was Sie meinen", sagt Renate herausfordernd.

Die Lehrerin muss sich geschlagen geben, für heute zumindest. Das ist bitter, sie spürt, wie ihr das Blut in den Kopf schießt, wie immer, wenn sie gegen enttarnte Fäulnis innerhalb des Volkskörpers nichts unternehmen kann.

Es gebe nichts weiter zu besprechen, will sie gerade vermelden, aber da fällt ihr noch etwas ein.

„Haben sie einen Familienstammbaum im Haus?"

Und als Renate nicht antwortet, weil sie inzwischen sicher ist, zu träumen, wertet die Lehrerin das als Verneinung. Ein Stammbaum sei folglich nicht vorhanden. Sie notiert es.

Renate könne sich, falls noch Kinderwunsch bestehe, zum Thema Erbgesundheit des deutschen Volkes beraten lassen, heißt es.

Renate spürt, dass sie an die frische Luft muss.

Es gelingt ihr, sich mit einem tadellos höflichen Gruß zu verabschieden.

Die Lehrerin ist ein bisschen irritiert über den vorzeitigen Aufbruch der Frau Abendschein, die wirkt, als wäre sie da unverschuldet in etwas hineingeraten. Aber gut, das passiert nicht wenigen Frauen, weiß Frau Doktor. Das Betragen dieser Mutter ist somit verständlich.

Renate gelingt es derweil, beherrscht aus dem Besprechungszimmer zu schreiten.

Doch kaum hat sie das Schulgebäude verlassen, verweigern ihr alle Glieder den Gehorsam. Die Beine zittern. Der Schweiß bricht ihr aus. Renate schleppt sich zur nächsten Bank am Kurpark, muss sich setzen. In ihrem Kopf tanzt die letzte halbe Stunde Ringelreigen.

Was wollte dieses Monstrum ihr sagen? Renate hat einen Verdacht, aber nein, das kann nicht sein. Unmöglich kann das sein. Wenn diese Frau tatsächlich gemeint hatte ... Nein, das kann sie nicht gemeint haben, denn sie ist eine Lehrerin. Erst recht als Gymnasiallehrerin kann sie das nicht meinen. Renate wird klar, dass sie die Lehrerin völlig falsch verstanden hat.

Aber vielleicht denkt diese Frau tatsächlich so? Renate ist wach wie selten zuvor. Zuckt. Bestaunt plötzlich die Bäume, die Wiese um sich herum. Das Gras ist sattgrün, gesäumt von Blumen. Alles ist gewählt und gepflegt. Renate lebt hier. Sie lebt hier, weil James ihr und ihren Kindern das ermöglicht. Sie lebt hier, weil ihr Mann Jude ist. Wenn ihr Mann einer der türkischen oder polnischen Gastarbeiter wäre, einer, der im Kurpark fegt, in den Hotelküchen Teller spült oder Böden putzt, dann hätte Renate verstanden, was diese Lehrerin meinte, und warum. Natürlich hätte sie das verstanden. Aber James ist Jude. Er fegt keine Wege und er spült keine Teller, er ist Jude, er weiß, dass man solche Arbeiten nicht macht. Er weiß, was man tun muss, um genug Geld zu verdienen und Steuern zu zahlen. Auch für Lehrergehälter. Das muss eine Gymnasiallehrerin doch wissen.

Renate steht auf. Unsicheren Schrittes macht sie sich auf den Nachhauseweg. Unterwegs versinkt sie wieder. Vergisst die Lehrerin. Ihr ureigenes Elend hüllt sie ein.

Auch Gruber gibt Geschichtsunterricht.

Die Kinder seiner Klasse haben das zwölfte Lebensjahr vollendet, sind somit verständig. Im Lehrplan ist vorgesehen, jetzt einen Teil deutscher Geschichte zu vermitteln.

Gruber ist erfahren.

Auf der vorherigen Schule, das städtische Gymnasium in Lübeck, hatte Gruber seine siebte Klasse schon einmal über den Mord an Jüdinnen und Juden im Dritten Reich unterrichtet. Anschließend wollte er von den Kindern wissen, warum Juden sich nicht gegen ihre Vernichtung gewehrt hätten.

„Nennt mir mögliche Gründe", hatte Gruber die Klasse ermuntert. „Na? Wer hat eine Idee?"

Zunächst hatte niemand eine Idee. Vielmehr waren die Kinder schockiert von der anschaulichen Beschreibung der Mordstätten.

Ein Mädchen meldete sich schließlich und mutmaßte leise: „Vielleicht waren die Juden zu wenige, um sich zu wehren?"

„Zu wenige? Sind sechs Millionen Menschen wenig?", hatte Gruber gehöhnt.

Das Mädchen schüttelte den Kopf und schwieg.

„Noch jemand eine Idee?", ermunterte Gruber die Kinder erneut. „Nein? Na, schön, ich muss gestehen, ich habe auch keine Idee, warum sechs Millionen Menschen sich nicht zusammentun und wehren, wenn ihnen der Tod droht."

Gruber machte eine kurze Redepause. Dann verkündete er mit gesenkter Stimme: „Sicher wird sich innerhalb der nächsten Jahre endlich herausstellen, dass die Geschichte mit den Juden ein klein bisschen anders ablief."

Da ertönte das Klingeln zur Pause, und am nächsten Mittag musste Gruber beim Direktor vorsprechen, weil frühmorgens das Telefon im Rektorat zwei Stunden nicht mehr stillgestanden hatte. Dreißig Kinder hatten zu Hause berichtet, was Lehrer Gruber ihnen zum Thema Holocaust beigebracht hatte; fünfzehn Mütter und Väter hatten tags drauf gleich um acht am Telefon verlangt, den Direktor der Schule zu sprechen, beziehungsweise den Lehrer Gruber mit sofortiger Wirkung kalt zu stellen.

Wenig später musste der Beamte Gruber die Lübecker Schule verlassen. Und da er unkündbar ist und man am Ostseegymnasium einen Geschichtslehrer suchte, kam er dort unter.

Gruber ist vorsichtig geworden. In Timmendorfer Strand gefällt es ihm ausnehmend gut. Dort lehrt und wohnt er jetzt mit Frau und zehnjährigem Sohn, und mit Auskunftssperre beim Einwohnermeldeamt, weil zwei unerbittliche Lübecker Elternpaare ihm schworen, er würde nie wieder Ruhe finden, was Gruber krankhaft verblendet findet. Die werden sich umgucken in ein paar Jahren, wenn die sogenannte Holocaustforschung endlich nicht mehr anders kann, als mit der Wahrheit heraus-zurücken.

Aber den Umzug nach Timmendorfer Strand will er dennoch nicht bereuen, seinem querschnittgelähmten, lungenkranken Sohn tut die Seeluft gut, was wiederum Grubers Frau glücklich macht.

Gruber lehrt ab sofort am Ostseegymnasium wie sich das zugetragen haben soll mit der Judenvernichtung, wobei er sich strikt an den Text im Geschichtsbuch halten wird. Noch ist er dazu gezwungen.

Doch als Gruber gestern die Unterrichtsstunde vorbe-reitete, hatte er eine Idee.

Jetzt ist die große Pause vorbei, die Kinder sitzen erholt auf ihren Plätzen, der Geschichtsunterricht beginnt.

Gruber spricht den Pflichttext. Verfolgung, Verhaftung, Konzentrationslager.

Schlüsse zu ziehen überlässt er den Kindern. Sie sind in einem Alter, wo sie das können.

Keines der Kinder sagt etwas. Es ist still.

Das ist der richtige Moment, entscheidet Gruber.

„Seid ihr bereit für ein Geheimnis?"

Die Kinder sind noch schockiert von der anschaulichen Beschreibung der Mordstätten. Aber fast alle nicken zaghaft. Geheimnisse mögen sie. Erst recht in diesem Moment.

„Ich verrate euch etwas, das unser Geheimnis bleiben soll, Sportsfreunde. Es ist etwas, das die meisten Menschen nicht wissen. Nur ihr sollt es wissen. Ihr und ich."

Die Kinder sind dabei. Die furchtbare Geschichte von Vergasung und Erschießung tritt in den Hintergrund.

„Also, Sportsfreunde, all diese Menschen, die wussten, dass sie vergast und erschossen werden sollten, haben sich nicht gewehrt."

Sechsundfünfzig Kinderaugen blicken Gruber an.

„Und nicht nur das. Einige von ihnen haben sogar mitgeholfen, ihre Glaubensbrüder zu ermorden. Hannah Arendt, das ist eine Jüdin, hat es nach dem Krieg erklärt. Ihr glaubt mir die ganze Geschichte nicht?"

Keiner sagt etwas.

„Es ist auch unglaublich. Man hat ignoriert, was eine ehrliche Jüdin sagte. Seht ihr, und das ist unser Geheimnis. Die unehrlichen Juden haben sich die Geschichte mit dem Holocaust und den nichtjüdischen Mördern ausgedacht. Haben dafür gesorgt, dass ihre Lüge in Bücher gedruckt wird. Warum, fragt ihr euch? Na, die Deutschen sollen sich so sehr schämen, dass sie für alle Zeiten nur das tun, was die Juden wollen. Aber das wissen nur ganz wenige Menschen. Fragt mal eure Eltern. Verratet nicht unser Geheimnis, fragt sie nur, was den Juden passiert ist. Sie werden euch die Lügengeschichte erzählen, die im Schulbuch steht."

Da klingelt es zur Pause und die Lektion ist beendet. Einige der Kinder sind erleichtert, dass die furchtbare Geschichte über die Juden gar nicht wahr ist. Andere denken noch darüber nach. Und wieder andere beschließen, den Rat des Lehrers zu befolgen und die Eltern zu fragen.

„Was ist mit den Juden passiert?" Herr Gruber habe aufgegeben, zu Hause zu fragen.

In Timmendorfer Strand ist Hochsaison, man hat zu tun. Die Juden wurden ermordet, heißt es knapp. Der Lehrer solle das selbst erklären, dafür werde er bezahlt.

Zehn Kinder können das Geheimnis nicht für sich behalten. Herr Gruber habe gesagt, die Juden hätten sich selbst gegenseitig ermordet.

Die Eltern hören sich das unaufmerksam an. Die Juden waren es selbst? Um so besser.

Mit Elan geht es zurück an die Arbeit.

Mara berichtet zu Hause zunächst nicht, was im Geschichtsunterricht besprochen wurde, denn Renate liegt seit Tagen mit Migräne im Bett und die Haushälterin, die momentan kocht und mit den Kindern zu Mittag isst, spricht nicht so gut Deutsch, als dass man sie mit Unterrichtsstoff behelligen könnte.

Aber Renates Migräne zieht sich hin und deshalb reist Susanna an, um die Kinder zu versorgen.

Mittags kommt James zum Essen nach Hause; seine Mutter kocht noch so, wie damals zu seiner Kindheit in Bolivien.

Als Großmutter, Vater und Kinder am Tisch sitzen und Chili-Hähnchen mit dicken gebratenen Kartoffelscheiben essen, beschließt Mara, endlich zu klären, was sie letzte Woche im Geschichtsunterricht gehört hat. Die Unterrichtsstunde über die Juden beschäftigt sie seit Tagen.

Und die Nana weiß immer über alles Bescheid. Mara wird sie auf die Probe stellen.

„Wer hat die Juden ermordet?", fragt Mara über den Esstisch.

Susanna zuckt zusammen. Fängt sich. „Wie kommst du jetzt darauf, Liebes?"

Mara überlegt kurz und entscheidet, dass sie vor ihrer Großmutter keine Geheimnisse haben will. Auch nicht vor Papá und den Brüdern. Vielmehr will sie ihr Geheimnis mit ihnen teilen.

„Die Juden haben sich selbst gegenseitig ermordet."

Susanna erstarrt. James ebenso. Mutter und Sohn wagen es nicht, sich anzuschauen. Schweigen.

James lässt Messer und Gabel sinken. „Wer sagt das, Mara?"

„Herr Gruber im Geschichtsunterricht."

Der Geschichtslehrer? James will seine Tochter nach Details der Unterrichtsstunde fragen, um den Zusammenhang zu begreifen. Doch dann entscheidet er spontan, den Mund zu halten. Alles, was er jetzt sagen oder fragen würde, könnte unliebsame Gegenfragen von Seiten der Kinder nach sich ziehen.

Susanna setzt zweimal zum Sprechen an. Was genau der Lehrer gesagt hätte zum Thema, will sie fragen. Sie fragt aber nicht. Sie fürchtet sich vor der Antwort ihrer Enkelin. Und davor, dass sie darauf reagieren müsste. Sie will darauf aber nicht reagieren. Lamento wäre das.

Also erklärt sie: „Dass die Juden sich untereinander ermordet haben, ist falsch. Richtig ist, dass im zweiten Weltkrieg sechs Millionen Juden von Nationalsozialisten und ihren Helfern getötet wurden. Es gab aber Juden, die gezwungen wurden, mitzumachen."

Mara nickt nachdenklich. „Und warum?"

„Warum Nationalsozialisten und ihre Helfer Juden umgebracht haben? Weil sie Verbrecher waren."

Mara findet das einleuchtend.

Sie, Michael und Benjamin essen weiter, weil James sie darum bittet.

Er ist aufgestanden, um den Nachtisch zu holen. Als er die Kühlschranktür öffnet, schlägt ihm eine angenehme Kälte entgegen. Und da berichtet auch schon Michael von heutigen Schul-Erlebnissen. James stellt eine Schüssel Pudding und ein Töpfchen Sahne auf den Tisch und beginnt, den Kindern aufzutun. Er wird später über die Sache nachdenken. Falls Mara noch einmal nachhakt.

Susanna tritt ans Küchenfenster. Eigentlich müsste sie gleich morgen in diese Schule gehen und den Rektor zur Rede stellen. Sie müsste ein riesiges Theater veranstalten. Und dann? Ein riesiges Theater, nur weil ein Verrückter Blödsinn redet? Irres Gerede, das alle Eltern sowieso zurückweisen werden, soll sie, als Jüdin, klarstellen?

Nein, das ist nicht ihre Aufgabe, das ist die Aufgabe der anderen. Und die werden handeln, weiß Susanna.

Mehr kann sie in diesem Moment nicht für sich tun.

Am Abend ruft Michael Mara in sein Zimmer. Sie solle ihm noch einmal erzählen, was der Lehrer im Geschichtsunterricht gesagt hätte.

„Die Juden haben sich selbst umgebracht. Eine ehrliche Jüdin soll es zugegeben haben."

Michael schweigt.

„Hat sie Recht oder die Nana?", fragt Mara.

Michael zögert einen Augenblick, dann sagt er:

„Papá und Nana sind wahrscheinlich auch Juden."

„Warum denkst du das?"

„Wegen Nanas Fluchtgeschichten."

Mara überlegt. Ob man die Großmutter und den Vater noch mal zum Thema befragen sollte?

„Lieber nicht", findet Michael. „Es ist besser, wir sprechen nicht mehr darüber. Nana und Papá wollen es nicht."

Mara stimmt zu, lediglich aus einem Gefühl heraus.

Dann, knapp zwei Wochen später, hat Maras Klassen-kamerad Markus, Sohn des Diskothekenbetreibers Linde-mann, seine zwei Kanarienvögel zu vergasen versucht. Er bedeckte den Käfig der Tiere mit der schweren Frottee-Matte aus dem Badezimmer und leitete Ballongas aus einer Helium-Kartusche durch einen Spalt in den Käfig. Die Vögel fingen ganz merkwürdig zu zwitschern an, ein paar Nuancen höher als gewöhnlich, weiter geschah nichts. Also hatte Markus noch mehr Gas in den Käfig geleitet. Aber auch das überstanden die Vögel. Sie zwitscherten jetzt ganz laut und schrill und flatterten wie wild im Käfig umher. Markus gab auf. Nahm die Matte vom Käfig. Die Vögel beruhigten sich wieder.

Am Abendbrottisch vertraut Markus sich seinem Vater an. Fragt, wie das mit dem Vergasen der Juden gegangen sein soll, wo es nicht mal bei Vögeln klappen würde. Er habe es versucht. Weil der Lehrer es behauptet habe.

Der Diskothekenbetreiber, erschrocken, überrumpelt, weiß auf die Schnelle nichts zu erwidern, ist entsetzt, langt reflexartig über den Tisch und verpasst seinem Sohn eine Ohrfeige. Für die Sache mit den Vögeln. Frau Lindemann ist ganz bleich und starrt abwechselnd Mann und Sohn an. Markus wird vom Vater auf sein Zimmer geschickt. Frau Lindemann wird aufgefordert, weiter zu essen.

Den ganzen Abend lässt die Angelegenheit Lindemann nicht los. Als er nach den Spätnachrichten mit Zigarre und Zeitung im Sessel sitzt und sich etwas entspannt hat, erkennt er, dass er sich seinem Sohn gegenüber falsch verhalten hat. Der Junge steht doch augenscheinlich unter Schock. Und er, der Vater, hat mit der Ohrfeige noch einen drauf gegeben. Was war da im Unterricht genau los? Diese Juden. Er hat nichts gegen sie, aber müssen sie denn selbst im toten Zustand nichts als Unfrieden verbreiten?

Morgen wird es Theater geben, beschließt Lindemann, Theater vom Feinsten, Theater, das man an dieser Schule noch nicht erlebt hat. Jetzt aber steigt Lindemann erst mal die Treppe hoch zum Zimmer seines Sohnes, entschuldigt sich bei dem für die Ohrfeige, vergewissert sich, dass die Kanarienvögel wohlauf sind, und erklärt Markus, die Sache mit dem Vergasen der Juden sei halt so überliefert.

Am nächsten Morgen, gleich um acht und bevor er in seiner Diskothek die Einnahmen abholt und zum Banksafe trägt, ruft Lindemann im Rektorat des Ostseegymnasiums an, lässt sich den Rektor geben und brüllt den zusammen. Und zwar so, wie er es in Gedanken die ganze schlaflose Nacht über geprobt hat. Unfassbar sei es, Kindern im Unterricht Dinge zu erzählen, die sie nicht verarbeiten könnten. Bei seinem Sohn habe das ein Trauma ausgelöst. Lindemann schildert den Vorfall mit den Kanarienvögeln. Zwei Mal. Ob denn nicht endlich Schluss sein könne mit dem Holocaust-Heckmeck, brüllt er den Rektor dann an. Es sei schlimm gewesen, aber überall auf der Welt geschehe Schlimmes. Täglich. Warum man also wegen eines einzigen schlimmen Geschehnisses Generationen von Kindern verstören, oder besser: zerstören müsse?
Der Rektor möchte einwenden, dass deutsche Geschichte Teil des Regelunterrichts sei, aber Lindemann lässt ihn nicht zu Wort kommen. Brüllt jetzt, dass er die Schule verklagen würde, wenn sein Sohn einen Schaden davontrüge. Ob der Rektor ihn verstanden habe?
Der Rektor setzt noch einmal an, Lindemann über den Lehrplan aufzuklären, aber der hat schon den Hörer aufgeknallt.
Der Rektor lässt Lehrer Gruber zu sich kommen und erfährt, dass das Thema Holocaust abschließend bearbeitet worden sei mit der betreffenden Klasse. Und die Juden seien erlöst. Der Rektor stutzt, weiß aber nichts zu erwidern. Ruft, als Gruber draußen ist, bei Lindemann an, um den davon in Kenntnis zu setzen, dass nicht mehr über das Thema gesprochen werden würde. Hiernach entschuldigt er sich bei Lindemann; wofür er sich entschuldigt

weiß er nicht. Aber als Rektor ist es seine Aufgabe, alle zu hören und alle zu verstehen. Lindemann ist kein Jude, weiß der Rektor, man kennt sich am Ort. Aber Lindemann ist Gastronom, da hat er mit Juden zu tun, da ist Konkurrenz im Spiel, da geht es um Geld, da wird gemauschelt. Lindemann muss sich durchsetzen, hat es nicht leicht, nein, schön ist das nicht, nicht der Konkurrenzkampf, nicht das Gemauschel, nicht der Holocaust, nicht Lindemanns Sorge ums Geld. Und deshalb muss der Rektor wie immer beide Seiten hören und verstehen.

Lindemann beschließt, die Entschuldigung des Rektors anzunehmen. Seinen Sohn würde er in den nächsten Monaten aber sehr genau auf mögliche Folgen beobachten.

Der Rektor versteht den Vater, ihm würde es nicht anders gehen.

Der Herrgott hat Philipp erlöst.

So steht es in der Todesanzeige im Lokalteil Ostseebäder der Lübecker Nachrichten. Auch, dass der Herrgott gnädig sei. Dabei wollte Lehrer Gruber es belassen. Verzichtete auch darauf, den englischen Touristen, der, ungeübt im deutschen Rechtsverkehr, auf der Kreuzung Höppnerweg Philipps Rollstuhl zu spät gesehen hatte, anzuzeigen. Frau Gruber aber hatte sich durchgesetzt. Der Zusatz, dass sie über den Tod ihres Sohnes trauere, wurde also noch mit in die Anzeige gedruckt.

Der Rektor des Ostseegymnasiums liest anderntags beim Frühstück die Trauer-Anzeige oder auch Nicht-Trauer-Anzeige. Die Angelegenheit macht seit Tagen die Runde im Ort. Dass Gruber derart gefasst und tapfer ist, bringt ihm den Respekt des Rektors ein. Ein bisschen Scham kommt auch auf. Beinahe hätte er den Geschichtslehrer einst verdächtigt, gestriges Gedankengut zu pflegen.

13.

James wird ersucht, dem Lions Club Hamburg beizutreten.

Neben Veranstaltungen, deren Erlös wohltätigen Zwecken zugutekommt, werden vom Club Vorträge und Gesprächsrunden organisiert. Was Politik anginge, sei man neutral, heißt es in den Statuten, die man James zuschickt. Auch wegen seines Glaubens, der Herkunft oder der Nationalität werde niemand ausgegrenzt.

James liebt freidenkerische Menschen, dass diese ihn in ihren Club bitten, macht ihn stolz.

Nächste Woche wird er in Hamburg seinen Einstand geben, ein Vortrag über das von ihm betreute Hotel in Spanien wurde gewünscht.

Renate darf nicht mitkommen an James' erstem Abend, auch später nicht; der Club ist ein Zufluchtsort für Männer. Renate versteht das, sicher, Männer wollen auch mal unter sich sein. Dennoch – sie fährt so gern in die Stadt. Ihr Tag birgt zu wenig angenehme Abwechslung und zu viel unangenehme Aufregung. Doch zumindest gegen die Aufregung hat sie sich jetzt etwas verschreiben lassen, Tabletten, die ruhig und auch ein bisschen glücklich machen; wirksam, aber ungefährlich, ganz modern, wie der Doktor pries. Renate versteckt ihre Medizin im Wäscheschrank, weil niemand davon erfahren soll, am allerwenigsten Mutter Grete. Die Tabletten wirken tatsächlich, schieben warme Watte zwischen Renate und die Welt, doch Abwechslung zaubern auch die Tabletten nicht herbei.

Um seinen Vortrag müsse sich James allerdings allein kümmern, wenn sie nicht mitdürfte, seine Sekretärin sei Renate nicht. Nun hatte James mit der Hilfe seiner Frau gar nicht gerechnet, sie war noch nie mit auf Teneriffa, auch nicht zur Hoteleröffnung, weil sich wie jedes Mal kurz vor der Abreise ein starker Migräneanfall einstellte.

171

James schreibt seinen Vortrag allein. Und da Renate wissbegierig ist, zu erfahren, was in einem Leben geschieht, das ihr nicht gelingen will, sitzt sie schließlich doch daneben. Aber nur zum Gucken.

Der große Abend ist da. Der Konferenzraum im Haus der Wirtschaft ist voll, fast hundert Männer sind erschienen. Ein Kellner bringt Bier und Whiskey an die Tischchen.

James referiert über das spanische Hotel im gehobenen Preissegment, dem er Starthilfe geben darf. Alle Vorzüge des hochmodernen Hotels zählt er nicht auf. Die Männer im Saal sind sämtlich älter als er. Er wünscht sich ihre Gunst und nicht ihren Neid. Und nach einer halben Stunde kommt er zum Ende. Er hatte den Vortrag bewusst knapp gehalten. Niemand soll ihn für einen neunmalklugen Schwätzer halten. Sein Vater hat ihm beigebracht, dass man es in Deutschland schätzt, gescheit nachhaken zu können.

Die Fragerunde ist eröffnet.

Die Mitarbeiterführung interessiert. Spanier wären nicht für Pünktlichkeit und Ordnung bekannt, heißt es. Was sei zu tun?

James kann das nicht bestätigen. „Das Personal in Teneriffa arbeitet sehr gewissenhaft", bekräftigt er.

Schön, wird gefolgert, man könne in dem Punkt also auch Glück haben.

Dann die landestypischen Sitten. Gesetze, die nicht so streng seien wie in Deutschland. Einige Lions-Brüder, ebenfalls Gastronomen, haben Erfahrungen gesammelt. Berichten. Zum Beispiel, dass auch mal eine tote Maus für Stunden in der Hotelküche liegen bliebe. Der spanische Küchenchef habe die Aufregung des deutschen Chefs nicht verstanden. Die Maus sei doch sorgfältig in eine Ecke geschoben worden, mit einer Suppenkelle, die man danach gründlich abgewaschen habe. Niemand sei auf das tote Tier getreten bis das Abendessensgeschäft vorbei war.

„Unschön, bei aller Liebe fürs Mediterrane", kommentiert ein ergrauter Club-Bruder am Tischchen vor dem Rednerpult und nimmt einen Schluck Whiskey.

Tote Mäuse lägen in einem Hotel unter seiner Aufsicht niemals herum. James würde das keine fünf Minuten dulden, beeilt er sich zu versichern.

Lächeln hier und da.

Man kommt ganz allgemein auf die Hygiene im südlichen Ausland zu sprechen. Sie müsste dringend verbessert werden.

Allgemeine Zustimmung. James stimmt auch zu. Sicherheitshalber.

Dann Themenwechsel.

Hinten am Fenster steht Lions-Bruder D. auf und verkündet: „Fast der gesamte gehobene Hotelsektor in Europa ist mittlerweile in jüdischer Hand. Und Juden hieven Juden auf die besten Posten. Da können wir einpacken."

Stille im Saal.

Wird D. etwas hinzufügen? D. sitzt schon wieder. Mehr hat er dazu für den Moment nicht zu sagen.

James starrt wie versteinert auf sein Redemanuskript, doch da steht nichts, was er nicht schon vorgetragen hätte.

Stille, noch immer.

In der Sache könne er nicht mitreden, kommt es schließlich zögernd von einem der Tische. Der Sprecher steht auf und ergänzt: „Ich habe das noch nicht festgestellt." Und setzt sich wieder hin. Niemand kommentiert.

Falls dem so wäre, der gehobene Hotelsektor also tatsächlich in jüdischer Hand sei – ein Problem könne er darin nicht erkennen, unterbricht einer das Schweigen. „Und auf gute Posten kommen eben die, die was können."

Vereinzelt Zustimmung.

James wagt nicht, aufzublicken. Die Vorstellung, dass seine Schwiegermutter im Publikum säße, hat plötzlich von ihm Besitz ergriffen. Verrückt ist das. James weiß es. Und kann die Verrücktheit nicht aus seinem Kopf vertreiben. Er schämt sich vor Grete, die nicht anwesend ist.

Eine weitere Stimme im Saal fragt D., was ihn in diesem Punkt so sicher mache. Woran man jüdische Hoteliers denn erkenne? Am Namen? „Oder erkennt man sie an der Nase? Unwahrscheinlich, oder? Ich besitze vier Hotels. Aber keine Hakennase!"

Gelächter.

James hält den Kopf gesenkt.

„So kommt man Judenhassern bei. Mit Humor. Nur mit Humor", freut man sich irgendwo im Saal.

D. gibt verärgert bekannt: „Ich rieche Juden."

Er springt auf. Ein paar Augenbrauen schnellen ebenfalls in die Höhe. Leises Raunen an einigen Tischen. Doch niemand kommentiert D.s Bekenntnis sinnlicher Fähigkeiten.

James blickt auf, starrt ins Publikum. Sucht Grete. Die Vorstellung, sie säße hier, lache über ihn, ist wie eine Zange, in der sein Kopf steckt. Er blickt von Tisch zu Tisch, erkennt aber nichts. Nicht die verlegenen Blicke an einigen Tischen, nicht die ärgerlichen an anderen Tischen. Und auch nicht die Zustimmung für D.s Bekenntnis hier und da in Form von nachdenklichem Kopfnicken.

Ein weiterer Blitz durchzuckt James. Ob der Kommentar Aaron und ihm galt? Seine Herkunft ist hier nicht bekannt. Weil sie unwichtig ist. Und Aaron mit seinen fünf Häusern ist ein kleiner Fisch. War es somit eine ganz allgemeine Feststellung von D.?

Wahrscheinlich. Sehr wahrscheinlich. Und deshalb darf die Angelegenheit nicht dramatisiert werden. Hoffentlich macht jetzt keiner Lamento. Bestimmt hatte D. auf etwas völlig anderes hinausgewollt.

Etwas anderes als was?

Genau, das ist es doch. James erfasst die Lage. Er war soeben dabei, D. Feindseligkeiten zu unterstellen. Und seiner Schwiegermutter ebenfalls. Er wäre beinahe in die Lamento-Falle getappt, vor der sein Vater ihn immer gewarnt hatte.

Geradezu wahnhaft wäre es, hier böse Absichten zu wittern. James atmet auf. Grete wird nie erfahren, was soeben geschah. James Herz klopft. Glück streift ihn leise und zieht weiter. James schaut sich um, erkennt jetzt die Gesichter im Saal. Grete ist nicht da. Der grauhaarige Club-Bruder am Tischchen vor dem Rednerpult nickt ihm wohlwollend zu. James ignoriert das. Er braucht keinen Verbündeten. Niemand ist ihm feindlich gesinnt. Weil er sich nicht von den anderen unterscheidet.

Und da die Stimmung im Saal auch nach einigen Minuten noch gedrückt ist, beschließt der Gesprächsleiter, eine kurze Erfrischungspause anzuordnen.

D., der sich missverstanden fühlte, hatte die Erfrischungspause genutzt, um sich zu verabschieden. Ein gesamtes Land zu beschlagnahmen fände man hier offenbar auch nicht der Rede wert. Na, dann.

D. musste sowieso gehen, seine Frau würde an einem akuten Neurasthenie-Schub leiden.

Nach der Pause, während der jeder Lions-Bruder einen Schnaps getrunken und leise für sich entschieden hatte, die Sache auf sich beruhen zu lassen, ging man zum gemütlichen Teil des Abends über.

James ist und bleibt Mitglied im Club. Der Abend seines Einstands war friedlich zu Ende gegangen. Renate hatte er nichts von dem geringfügigen Zwischenfall erzählt. Keinesfalls sollte sie denken, ihr Mann würde jedes dahergeredete Wort auf sich beziehen. Sich womöglich für etwas Besonderes halten. Keinesfalls sollte Renate ihrer Mutter von dem unwichtigen Vorfall erzählen.

Auch bei James zu Hause geht alles weiter wie bisher. Keine besonderen Vorkommnisse. Meint er.

Seine Kinder pubertieren. Sie färben sich die Haare grün und lila und hören Punk-Musik. Tragen zerschlissene Lederjacken. Michaels und Maras Nasen zieren neuerdings Silberringe. Bei ihrem letzten Ausflug nach Hamburg haben sie sich den Schmuck im Tätowierstudio durch die Nasenflügel schießen lassen. Ohne die Eltern vorher um Erlaubnis zu fragen.

„Wir waren früher auch keine Engel", erinnert James seine aufgebrachte Frau.

„Es geht nicht nur um die Ringe, dieser Unfug wird den beiden bald selbst zu albern werden. Aber Michael ist ein riesiger Kerl geworden. Kann ich es wagen, ihm überhaupt noch etwas zu verbieten?"

Genauer muss Renate sich nicht auszudrücken. Meint sie. James wird, falls er noch ein Fünkchen Interesse an seiner Familie hat, von allein erkennen, worum es ihr geht. Auch wenn Renate nichts auf die Methoden ihrer Mutter gibt – aber jetzt, wo sie selbst Kinder hat, sieht sie ein, dass es ohne Ohrfeigen eben manchmal doch nicht geht.

„Hätten beide Seiten – Juden und Christen – als Kinder mal eine anständige Ohrfeige bekommen, wäre der Krieg nicht so schrecklich für uns alle geendet", sagte die Mutter zu Renate und Monika. Damals und oft. Immer dann, wenn die beiden halbwüchsigen Mädchen sich eine Ohrfeige gefangen hatten. Mutter Grete blickte hiernach stets traurig zu Boden. Hätte sich als junge Frau wahrlich eine schönere Zeit gewünscht. Renate war dann auch traurig. Und heute begreift sie, was die Mutter meinte. Kinder wissen eben noch nicht, wo die Grenzen sind.

Das ist lange her, jetzt trinkt James sein Feierabend-Bier und misst Renates Bemerkungen keine besondere Bedeutung bei. Michael ist doch im Grunde ruhig und vernünftig. Momentan nun mal ein wenig außer Rand und Band.

Dass er bitte seine Mutter respektieren möge, wird James seinem Sohn am nächsten Morgen mit auf den Weg geben. Der Sohn hat bereits die Kopfhörer des neuen Walkman auf den Ohren. Aber er nickt; sein Vater hat ihn um irgendetwas gebeten.

Dass Ohrfeigen Kinder zu besseren Menschen machen, weiß James nicht. Renate hat es ihm nicht erklärt. Und die Kinder schweigen. Noch. Der Vater ist doch nur einmal die Woche für sie da. An dem Tag wollen Michael, Mara und Benjamin es schön haben mit ihm.

Und solange sich niemand meldet und gut hörbar beschwert, freut sich der Vater, der nie geschlagen wurde, dass alles friedlich und harmonisch vor sich hin läuft. Die Welt da draußen ist oft bedrohlich, das haben seine Eltern ihn gelehrt, mal ungewollt, mal ganz bewusst. Aber die Familie ist eine Trutzburg.

James hat nie darüber nachgedacht, ob man auch in der Familie seiner Frau die Welt da draußen bedrohlich findet. Sie auch dort nicht niederringen kann, aber zumindest mit denen, die um einen herum sind, fertig werden will.

14.

Die Probleme ihrer Tochter entgehen auch Grete. Seit Wochen beschäftigt sie nur das eine: ihr Hotel in Teneriffa.

Nicht die Enkelin, die während ihrer Abwesenheit haltlos wäre, nicht die Übernahme dieses Hotels durch einen Juden, nicht das Klima, das sie aus der Puste brächte, bremsen ihre Lust auf dieses Abenteuer.

Erneut zieht sie ihren zweiten Ehemann zu Rate, am Abend, als beide gemütlich in ihren Ohrensesseln sitzen. Spanien, Sonne, Meer – wäre das nicht auch etwas für ihn? Fein essen gehen, man würde sie umsorgen, es sei ja ihr Hotel.

Der Soldat misstraut noch immer der spanischen Sonne und dem spanischen Meer. Ebenso misstraut er dem Betrieb in seinem Hotel. Er habe keinen Einblick, was dort vor sich gehe. Im Übrigen bekomme ihm das ölige spanische Essen nicht. Man hätte das doch alles bereits ausführlich besprochen, ruft er seiner Frau in Erinnerung. Er bevorzuge es, den Sommer in seinem Garten zu verbringen, da gebe es momentan übrigens genug zu tun.

Damit ist das Thema endgültig erledigt, wie er hofft. Er klopft ein paar Mal auf sein Sofakissen, damit es flauschig ist, dann öffnet er eine Tafel Nussschokolade und bietet Grete davon an. Die aber möchte jetzt keine Nussschokolade essen, sondern erneut auf das Thema Spanien zu sprechen kommen. Sie würde seine Bedenken verstehen, unternimmt sie einen letzten Versuch. Natürlich solle er sich nicht in der Fremde den Magen verderben.

Der Soldat kaut Nussschokolade.

Und Grete geht aufs Ganze. Erklärt, es würde ihr unter diesen Umständen nichts ausmachen, allein zu reisen.

Seine Frau allein reisen lassen? Das kommt nicht in Frage. Es kommt noch weniger in Frage, als gemeinsam zu reisen. Das teilt der Soldat Grete mit.

Die will nicht lockerlassen.

Und er will keine Diskussionen mehr zum Thema führen. Er will aber auch nicht gebieterisch sein, das kommt bei seiner Grete nämlich gar nicht gut an. Ihr muss von selbst die Lust auf Spanien vergehen.

Der Soldat isst noch einen Riegel Nussschokolade. Und weiß schließlich Rat.

Dass er von Geschäften zwischen James und Rudel gehört hätte, appelliert er an Gretes Sinn für Anstand. Rudel beabsichtige, sich im Hotel auf Teneriffa ein Appartement zu kaufen.

Ach, so? Grete horcht auf. Und begreift nicht, warum ihr Mann das mit düsterer Miene vorträgt. Was soll an Rudels Ansinnen verwerflich sein?, fragt sie sich. Wenn ihr Bruder sich dort ein Ferienappartement kaufen möchte, ist das doch fabelhaft. Und es ist von Vorteil, wenn ihn James berät. Oder nicht? Grete schweigt einen Moment, denkt noch einmal darüber nach. Nein, an diesem Vorhaben kann sie wirklich nichts kritisieren. Also fragt sie ihren zweiten Ehemann, was der am Appartement-Kauf ihres Bruders auszusetzen habe.

Der Soldat hat am Appartement-Kauf als solchem nichts auszusetzen. Erstaunlich sei vielmehr, dass ein junger Familienvater wie James so viel Geld zur Verfügung hätte. Der Soldat sagt ganz bewusst James und nicht Jude. Es gibt schließlich auch anständige Juden. Natürlich gibt es die. Seine Cousine zum Beispiel berichtete letztes Jahr von ihrem Nachbarn, der, wie sich herausstellte, Jude sei. Was für ein feiner Kerl!, schwärmte sie. Zu dem werde sie stehen, wenn es wieder so weit sei.

Grete wirft jetzt verwundert ein, dass aber doch Rudel derjenige wäre, der ein Appartement kaufen wolle, folglich auch derjenige wäre, der es bezahlen würde. Und ihr Bruder arbeite ehrlich für sein Geld.

Der Soldat entschuldigt sich für das Missverständnis, natürlich, Rudel arbeite ehrlich. Aber dass der das Appartement kaufen wollte, wäre nicht bewiesen, der Soldat habe es lediglich durch Zufall erfahren, er habe im Ölmühlen-Büro aus Versehen ein Telefonat zwischen Rudel und James mitangehört.

Grete versteht das nicht. Ihr Soldat kann auf Nachfrage nicht erklären, wie er meine, dass sich die Angelegenheit in Wirklichkeit verhielte. Man wisse das eben nicht. Das liege in der Natur der Sache, will er noch hinzufügen, lässt aber auch das unausgesprochen, denn Allgemeinplätze schätzt er nicht. Es gibt viele ehrliche Juden.

„Und deshalb ist es überhaupt nicht ratsam, nach Spanien zu reisen", lautet sein Fazit.

Grete hat noch immer nicht verstanden, was ihr Mann meint, beschließt jedoch, das Thema Spanien für heute fallen zu lassen. Wenn ihr Bruder, dieser Schatz, erst sein Appartement dort gekauft hat, sieht doch alles gleich ganz anders aus.

Das Sofa, auf dem Renate zu sitzen pflegt, wird frisch bezogen. Man schätzt jetzt Leinen natur im Wohnzimmer. An Renates Zustand ändert das nichts.

Sie ist froh, wenn sie allein ist. Die Kinder strengen sie an. Die Kinder sind so ganz anders als Renate, das zeigt sich jetzt, wo sie älter werden, immer deutlicher. Obwohl es ihre Kinder sind, führen sie ein Eigenleben, das Renate erschreckt. Sie sind frech und geben Widerworte. Manchmal träumt Renate, die Kinder würden gegen sie vorgehen. Es sind ja auch James' Kinder. Jüdische Kinder, die eines Tages erfahren werden, was im Krieg geschah. Renate wird nach solchen Träumen wach, fühlt sich, als hätte man ihren Kopf an einer verbotenen Stelle aufgebohrt. Ist es das, was ihre Mutter meinte?

In den Tag nimmt Renate diese Träume nicht mit. Am Tag versinkt sie. Lediglich die Ungezogenheit der Kinder lässt sie kurz erzittern. Die Kinder wollen später nach Hause kommen dürfen, länger Fernsehen, abends länger aufbleiben. Die Haare müssen unbedingt bunt gefärbt sein. Der eine will kein Gemüse essen, die andere keine Kartoffeln. Der dritte verlangt Kaviar zum Abendessen. Hin und wieder setzt es schlechte Noten für Klassenarbeiten, obwohl Renate immer die Hausaufgaben kontrolliert. Michael hört gar nicht mehr auf sie. Er ist jetzt so groß wie Renate. Wie soll sie sich gegen ihn wehren?

Und James? Der überlässt die tagtäglichen Reibereien Renate. Er müsste mit den Kindern schimpfen. Mit seinen Kindern. Er denkt gar nicht dran. Wären die Kinder auch so, wenn sie einen anderen Vater hätten, fragt Renate sich jetzt hin und wieder. Wobei ihr jeden Moment bewusst ist, dass sie das anders meint, als ihre Mutter.

Renate bleibt jetzt häufiger den Tag über im Bett. Morgens schluckt sie eine ihrer Tabletten, mittags eine weitere, damit lässt sich der Tag angenehm verschlafen.

Der Haushaltshilfe sagt sie vorher ab. Sie erträgt an diesen Tagen keine Menschen.

Wenn die Kinder nach der Schule ihre Mutter im Bett vorfinden, gehen sie zu James ins Hotel. So hat er es ihnen beigebracht. Er isst gemeinsam mit ihnen in der Personalkantine zu Mittag. In der Kantine gibt es das, was Michael, Mara und Benjamin mögen: Nudeln, Eintopf, Buletten mit Senf. James mag das auch. Das feine Essen im Hotelrestaurant hängt ihm oft zum Halse heraus, aber allein isst er nicht in der Kantine. Er befürchtet, die Mitarbeiter könnten sich durch seine Anwesenheit gestört, weil kontrolliert fühlen. Zuletzt würden sie denken: Nirgendwo hat man Ruhe vor dem Chef.

Aber wenn die Kinder zum Mittagessen kommen, ist das etwas anderes. Am Tisch gilt James Aufmerksamkeit nur ihnen, an den Nachbartischen muss sich niemand beobachtet fühlen.

Tatsächlich fühlt sich niemand in der Mittagspause gestört durch den Chef und dessen Kinder. Die polnischen Zimmermädchen kommen mit ihren Tabletts an den Tisch, fragen, ob sie sich dazusetzen dürfen.

Aber ja, James bittet darum.

Dann ziehen die Frauen Fotos aus ihren Brieftaschen hervor. Zeigen James, wie ihre Kinder aussehen, die zu Hause auf die Mutter warten. Auf die Mutter, die in Polen nach der Saisonarbeit wieder zur Büroangestellten oder Krankenschwester wird, aber in ihrem Beruf das Jahr über nicht genug verdient, damit Haus und Auto abbezahlt werden können.

James erbebt. Wie können Ehemänner so etwas zulassen? Was muten sie ihren Frauen da zu? Warum bemühen sie sich nicht selbst, genug Geld zu verdienen? Und vor allem – was sagen die Familien der Frauen dazu? James lächelt nach außen und erschaudert nach innen.

Nach dem Essen lässt James in der Hotelküche ein Mittagessen für Renate einpacken und fährt Michael, Mara und Benjamin nach Hause.

Renate liegt im abgedunkelten Zimmer. Starrt an die Wand. James erkundigt sich flüsternd nach ihrem Befinden. Sie kann nicht antworten. Er stellt das Essen auf den Nachttisch, lässt die Folie aber über dem Teller. Erstens bleibt die Mahlzeit warm, zweitens weiß er, dass es Renate manchmal, wenn sie Migräne hat, übel vom Essensgeruch wird.

Dann fährt er zurück zur Arbeit. Es muss eine zweite Haushaltshilfe her, beschließt er unterwegs.

Abends, wenn er nach Hause kommt, trägt er Renates unberührten, noch verpackten Teller in die Küche. Einer der Jungs isst das aufgewärmte Mittagessen, dem die Mutter nicht traute.

Renates Betttage werden nicht zur Gewohnheit, diese Phase geht vorbei.

Aber Renate ist häufig unwohl, wenn sie ihre Tabletten nicht nimmt. Schwindelig wird ihr. Sie beginnt zu zittern. Ihr wird kalt.

So gewöhnt sie sich an, einmal monatlich ihren Hausarzt zu konsultieren, ein freundlicher alter Herr kurz vor der Rente. Dort bekommt sie regelmäßig die Tabletten verschrieben. Mit dem Hinweis, dass sie nicht die einzige Patientin sei, der das Medikament helfe. Ein fabelhafter Fortschritt der Medizin seien diese Tranquilizer, nachdem sich eine Generation von Frauen quälen musste. „Man hat unseren Frauen zu viel zugemutet", weiß der Arzt. „Als ob sie etwas dafürkönnten, dass alle gegen Deutschland waren." Er habe sein Bestes getan, damals, als junger Soldat, versichert er. Jetzt wünsche er sich nichts mehr, als dass diese allgemeine Depression ein Ende habe. Er reicht Renate das Rezept über den Schreibtisch.

Die Tabletten wirken, und damit ist Renate zufrieden. Sie ändern nichts an ihrem Leben, das sie sich anders vorgestellt hatte. Aber die Tabletten packen die Angst ein. Angst vor etwas Unbestimmtem, das nicht passiert, aber nach Renates Meinung passieren müsste.

Seine Frau ist mal aufgeregt, mal ganz still. Oft weit weg. Nicht fassbar.

James hatte immer geglaubt, das würde vorbeigehen. Dann, wenn er viel Geld verdiente.

Er verdient jetzt viel Geld. Am Zustand seiner Frau ändert das nichts.

Ob er seine Mutter einweihen soll? James zögert. Soll er seiner betagten Mutter gestehen, dass er nicht in der Lage ist, seine Familie glücklich zu machen? Sein Vater hatte das unter ganz anderen Umständen fertiggebracht.

Man könnte sich vorsichtig herantasten. Nicht gleich alles erzählen. Nur das, was James so furchtbar bedrängt.

Und dann überwindet er sich. In der Mittagspause bleibt er im Büro und ruft Susanna an.

Renate sei gereizt. Manchmal. Oder müde. Nicht immer, natürlich nicht, aber es käme vor, dass sie den Tag über im Bett bliebe.

Dass das nichts Neues ist, verrät James seiner Mutter nicht. Sie würde ihn tadeln, weil er ihr erst jetzt davon erzählt.

„Ob es sich um Schwermut handelt?", wagt er jedoch zu fragen.

Bei Susanna ist diese Frage auch schon hochgeschwappt. Seit Jahren. Hochgeschwappt und untergetaucht.

„Möglich. Trotzdem, nicht gleich das Schlimmste annehmen!", ruft sie sofort aus, übereiltes, unüberlegtes Tun würde nichts zum Guten wenden. Lediglich Renates Familie aufregen, hallt es unausgesprochen hinterher.

James nimmt die Schwingung auf und sendet zurück, dass Mamá Recht habe.

Mamá wünscht, sie würde sich irren.

Ob vielleicht diese modernen Psychologinnen oder Psychotherapeutinnen, wie sie sich nennen, eine Hilfe für Renate wären?, hatte Susanna sich bereits gefragt. Gerade letzte Woche las sie, dass sich so viel getan hätte auf diesem Gebiet. Auch Ärztinnen eroberten sich jetzt ihren Platz. Und die würden ihre Geschlechtsgenossinnen nicht mehr als hysterisch abstempeln. Die Rolle der Frau in der Gesellschaft führe doch fast zwangsläufig zu Gesundheitsstörungen. Susanna fand diesen Aspekt interessant. Würde ihrer Schwiegertochter Beratung durch eine moderne Ärztin helfen?

Susanna spricht das jetzt, am Telefon, nicht an. Weil sie Grete schimpfen hört.

„Wie bitte, meine Tochter soll verrückt sein?" Was Susanna eigentlich einfiele? Ihr Sohn solle sich lieber mal anstrengen.

Sie werde über die Angelegenheit nachdenken, verspricht Susanna. Ausnahmsweise beendet sie das Gespräch.

Und sie denkt nach. Nächtelang liegt sie wach. Immer, wenn ihr klar wird, dass etwas unternommen werden muss, bricht sie ab und fängt von vorne an.

Und weil das zu nichts führt, kommt sie auf die Idee, sich Hilfe zu holen. Bei ihrem Enkel.

Am Nachmittag setzt Susanna sich an den Sekretär und schreibt Michael einen Brief. „Ich habe das Gefühl, deiner Mutter geht es zurzeit nicht gut. Woran könnte das liegen? Was wollen wir tun, damit wieder alles in Ordnung kommt?"

Sehr aufmerksam wird der Großmutter-Brief zwei Tage später von Michael gelesen.

Was soll das? Fast fühlt Michael sich verspottet. Will die Nana tatsächlich behaupten, sie sei ahnungslos? Und überhaupt: damit wieder alles in Ordnung kommt? Glaubt sie wirklich, irgendwann sei alles in Ordnung gewesen?

Warum hat er es ihr eigentlich nicht längst deutlich unter die Nase gerieben?, fragt Michael sich plötzlich. So deutlich, dass ihre Phantasiewelt zerplatzt wäre. Ja, warum nicht? Hätte er denn etwa dafür sorgen sollen, dass das Gewitter, das sich seit Jahren über seiner Familie zusammenbraute, mit Donnergetöse losbräche?

Er wird der Großmutter zurückschreiben. Das Gewitter wird nicht vorbeiziehen, Michael weiß es. Es wird demnächst krachen, ganz egal, ob er redet oder schweigt.

„Frag meine Mutter, ob es ihr gut geht", schreibt er. „Frag sie, warum sie mich jahrelang verprügelt hat. Frag meinen Vater, warum er es nicht gesehen hat. Ich habe meine Pflicht getan. Habe mir Entschuldigungen für den Sportunterricht gefälscht, wenn ich blaue Flecken am Rücken hatte."

Den Brief legt Michael nicht auf den Poststapel im Flur, den James alle paar Tage mitnimmt, sondern bringt ihn am nächsten Tag nach der Schule selbst zum Postamt.

Bei Susanna trifft er mit der Morgenpost ein.

Sie liest und liest erneut. Wenn sie unten angelangt ist, fängt sie oben wieder an. Doch es ändert nichts an dem, was da in krakeliger Teenager-Schrift steht.

Susanna gibt auf. Notgedrungen. Es lag doch immer etwas auf der Lauer. Und jetzt setzt es zum Sprung an.

Jakob, warum möchtest du ausgerechnet dieses Mädchen heiraten?

Furchtbare Bezichtigungen stürzen hinterher, Susanna versucht, ihnen Einhalt zu gebieten. Auch in jüdischen Familien wird doch geschlagen! Selbst damals im Exil wurde hemmungslos geschlagen. Von jüdischen Müttern und von jüdischen Vätern. Nicht, dass ein Kind zuletzt auf den Gedanken käme, irgendwo sei die Welt sicher und heil.

185

Susanna lässt sich in den Sessel fallen. Und heult. Weil sie bei der Hochzeit ihres Sohns nicht heulen konnte, nicht aus Entsetzen und nicht vor Glück.

James. Warum weiß er davon nichts?

Er weiß es. Wie kann er es dulden? Weder Erich noch sie haben ihn jemals geschlagen.

Und genau deshalb ist James ahnungslos, geht Susanna auf.

Entlastung.

Und jetzt Maßnahme.

Eine weitere schlaflose Nacht folgt. Am nächsten Morgen hat Susanna die Dinge grob sortiert vor sich liegen.

Renate ist überlastet, soviel ist unbestreitbar. Renate muss mehr Zeit für sich haben, das wird Susanna ihr vermitteln. Renate braucht Ruhe. Jede dieser Erkenntnisse landet auf dem hauchdünnen Firnis widerwilliger Geduld der Schwiegerfamilie. Wenn Susanna jetzt eine falsche Bewegung macht, ist alles dahin. All das, was Erich sich nach der Rückkehr erträumte.

Michael wird eine Zeit lang bei ihr leben, beschließt Susanna am Mittag. Dafür braucht es keine Gründe. Renate wird sich erholen. Dann der Neuanfang.

Am Abend ist sie ruhiger. Fasst Mut, die Dinge in die Wege zu leiten.

„Jetzt ist es Zeit für Erholung, Liebes", eröffnet Susanna das Gespräch. Sie spricht bedächtig. Hatte vor dem Anruf ein Glas Wein getrunken. Danach das Glas wieder gefüllt; es steht auf dem Telefontischchen neben ihr, und die Flasche griffbereit daneben.

Renate kommentiert nicht.

Erschöpfung sei normal bei drei Kindern in dem Alter, arbeitet sich Susanna weiter vor. Sie bewundere die Schwiegertochter. Sie selbst habe bereits ein pubertierendes Kind als anstrengend empfunden. „Aber gleich drei von der Sorte? Du liebe Güte!"

Susanna versucht ein heiteres Lachen, was misslingt. Gut, nicht so schlimm. Weiter.

„Es wäre doch bestimmt hilfreich, wenn eines der Kinder, beispielsweise Michael, eine Weile zu mir ziehen würde. Er kann problemlos auf ein Münchner Gymnasium wechseln. Was meinst du, Renate?"

Renate meint, sich verhört zu haben.

Was sagt die Schwiegermutter da? Sie will eines ihrer Kinder haben? Das kann nicht sein. Doch, sie hat genau das gesagt. Ist das üblich in jüdischen Familien? Renate macht sich stocksteif. Sie muss reagieren, ihre Schwiegermutter wartet. Renate weiß nichts zu sagen. Wenn sie jetzt etwas Falsches sagt … Wenn sie jetzt zeigt, dass sie ein dummes Mädchen ist, das nicht weiß, was sich gehört … Nein, bei keiner Rasse auf dieser Welt wird verlangt, dass eine Mutter ihre Kinder hergibt, soviel meint Renate zu wissen.

Und da galoppiert Mutter Grete auf die Bühne, will etwas vortragen, das Renate nicht ertragen könnte. Mutti, verschwinde! Das löse ich allein. Dazu bin auch ich in der Lage.

„Ich kann nicht für meine Kinder sorgen? Willst du mir das sagen, Mamá?", entfährt es Renate. Sie ringt um Fassung. Versucht, Tränen zurückzuhalten.

Susanna ist verstummt.

Renate auch.

Stille in der Leitung.

Alles, was Renate für Gewissheit hielt, ist durcheinander gefallen. War es denn Gewissheit? Oder waren es Annahmen aus Arglosigkeit? Und wenn ihre Mutter Recht hatte? Warum eigentlich ist Renate immer davon ausgegangen, dass ihre Mutter sich irrte?

Renate sehnt sich nach einem hellen Zimmer, in das nur die Wahrheit dringt. Hört sich sagen: „Michael bleibt natürlich da, wo er hingehört. Und seine Geschwister ebenfalls." Bremst sich. Sagt nicht, James sei schließlich auch noch da, müsse sich eben endlich um seine Kinder kümmern. Sagt nicht, Susanna solle ihr nie wieder einen derartigen Vorschlag unterbreiten.

Wie soll Renate denn wissen, was sich gehört? Sie, Kind eines Mördervolkes.

Es wird aufgelegt, Renate sitzt da, starrt auf eine Wand, die sich zwischen sie und die anderen schiebt. Doch Renate versinkt nicht, nicht heute. Sie hat ihre Mamá beschimpft. Sie ist ihrer Mamá nicht gewachsen, was wird ihre Mamá jetzt denken? Wenn es tatsächlich so gehandhabt wird mit den Kindern in jüdischen Familien? Man hält dort zusammen, alles gehört allen, einer für den anderen, und deshalb hat man Erfolg. Wenn Renate jetzt gezeigt hat, dass sie nicht besser ist als ihre Mutter, die eben nicht Recht hat, sondern nichts weiß, und das Wenige, das sie weiß, ständig durcheinanderbringt?

In München sitzt Susanna stumm da. Sie greift endlich nach dem Weinglas, stellt es wieder hin. Sie kann nicht trinken, nicht heulen, nichts.

„Erich!"

Was würde Erich jetzt sagen?

Schweigen.

Unheilvolles Schweigen, wo Erichs Stimme sonst noch immer gegenwärtig ist.

Stunden später schreibt Susanna ihrem Enkel einen Brief. Er solle sich sofort bei ihr melden, wenn die Mutter wieder handgreiflich werden würde. Sie würde helfen.

Na, das will er sehen.

Doch Renate wird nicht mehr handgreiflich. Der Sohn ist den Ausbrüchen seiner durchs Leben taumelnden Mutter entwachsen, sie weiß das, er noch nicht.

Wenn der Welt wieder einmal nicht beizukommen ist, nimmt Renate ab jetzt eine Tablette zusätzlich ein.

Eine Woche vergeht. Dann sitzt Mutter Grete auf Renates teurem Leinen-Sofa. Renate schweigt.

Was könnte sie der Mutter denn gestehen? Dass sie ihren Sohn schlüge, so, wie die Mutter sie geschlagen hatte, so wie die Mutter vom Großvater geschlagen wurde?

Und wenn sie es zugeben würde, was könnte die Mutter entgegnen?

Dass Kinder Züchtigung bräuchten und zwar zu ihrem eigenen Wohl. Nur Christoph wäre immer brav gewesen. Nie hätte man ihn schlagen müssen. Ein seltenes Glück, dieses Kind.

Doch die älteste Tochter, die mache Kummer, hätte damals eine Tracht Prügel gebraucht. Damals, als sie mit den Flausen nach Hause kam, diese Ehe eingehen zu wollen.

15.

Monikas Bettgenosse Holger ist verhaftet worden. Als er aus dem Jemen kam. Er stieg in Köln aus dem Flugzeug und wurde sogleich in Gewahrsam genommen.

Aber das geht die Täterin nichts an. Kunstlehrerin Monika ruft ihre Mutter an, zum ersten Mal seit über einem Jahr. Aber nur, um Geld für einen Anwalt zu verlangen.

Grete will wissen, wofür ein Anwalt gebraucht werde. Monika verkündet, die Mutter solle sich um ihre eigenen Angelegenheiten kümmern. „Damit hast du mehr als genug zu tun."

Grete wird unter diesen Umständen kein Geld schicken. Sie denke gar nicht daran.

„Du bist eine widerwärtige Täterin!" Monika knallt den Hörer auf.

Grete ist fassungslos. Ihr Soldat ist auf der Arbeit. Nach kurzem Zögern ruft sie ihn im Ölmühlen-Büro an. Er müsse nach Hause kommen, sofort.

Eine halbe Stunde später ist der Soldat da. Nach kurzer Sondierung der Lage wird beschlossen, dass er Monika anruft und die Angelegenheit aufzuklären versucht.

Zu Gretes Überraschung gibt Monika dem Stiefvater Auskunft. Mutter und Soldat pressen die Ohren an die Hörmuschel. Grete versucht, so leise wie möglich zu atmen. Als könne jedes Lebenszeichen von ihr die Tochter sofort wieder zum Auflegen bewegen.

„Holger ist in eine Falle getappt", wehklagt Monika mit tränenerstickter Stimme. Ein paar falsche Freunde hätten die Reise nach Jemen für ihn gebucht, inklusive Übungen in einem Camp. Was es damit auf sich gehabt hätte, wäre Holger vorher nicht gesagt worden.

„Was hatte es damit auf sich?", fragt der Soldat.

Und jetzt, wo er verhaftet worden sei, wollten die Freunde nicht helfen. Seien abgetaucht, klagt Monika, ohne die Frage ihres Stiefvaters zu beachten.

Der Soldat wiederholt seine Frage. Sichert Monika die Anwaltskosten zu, wenn sie redet.

„Es stellte sich heraus, dass Holger dort eine Ausbildung gemacht hatte. Eine Kampfausbildung", greint Monika.

Der Soldat überlegt, was er davon halten soll. Grete wendet sich ab, sie muss atmen. Dann, einem plötzlichen Impuls folgend, springt sie zurück zum Telefon, reißt ihrem zweiten Ehemann den Hörer aus der Hand.

„Monika! Sag deiner Mutter die Wahrheit. Was ist bei euch los? Geht es dir und Ernesto gut?"

Monika schweigt einen Moment, dann sprudelt es aus ihr hervor.

„Nationalstaaten sind künstliche Gebilde!" Dürfe man einfach einen Staat errichten, nur weil man es könne?

Grete weiß nichts zu antworten.

„Wir hätten den Juden doch geholfen, wenn sie geblieben wären, aber nein, sie mussten losziehen und töten!", schnaubt Monika. „Und Staaten zu ihrem Eigentum erklären … als ob Land Besitzer bräuchte!"

Grete versteht nicht, was die Tochter meint und will nachhaken, aber da erklärt Monika schon, Palästina gehöre den Palästinensern.

Grete ist das alles zu viel, sie versteht gar nichts mehr. Will auch mehr nicht wissen. Fühlt sich, als stehe eine Ohnmacht kurz bevor. Aber sie hält durch. Das Geld würde sie sofort überweisen, schreit sie so laut ins Telefon, als rufe die Tochter aus dem Jemen an. Sie gibt dem Soldaten ein Zeichen, er solle Zettel und Stift holen. Er klaubt beides aus der Kommodenschublade.

Es gehe Ernesto und ihr gut, lässt Monika die Mutter währenddessen wissen. Bullen hätten ihre Wohnung durchwühlt. Natürlich nichts gefunden, wonach auch immer sie gesucht hätten. Jetzt müsste man nur noch Holger aus der Haft kriegen. Die Mutter solle zweitausend Mark überweisen. Das würde reichen.

Grete versteht noch immer nichts, und dabei will sie es belassen. Sie schreibt mit zittriger Hand Monikas Kontonummer auf. Währenddessen beruhigt sie sich ein bisschen, zumindest so weit, dass sie die Tochter fragen kann, ob sie anreisen solle. Wegen Ernesto. Aber Monika hat schon aufgelegt. Mit Tätern möchte sie nicht mehr besprechen, als nötig.

Der Soldat fährt heute nicht mehr zurück ins Büro. Ein Unglücksfall in der Familie, erklärt er Rudolf, diesem abnormen Subjekt, am Telefon. Rudel ist alarmiert, aber Grete kann ihn beruhigen. Monikas Lebensgefährte sei unverschuldet in Schwierigkeit geraten. Aber man hätte das geregelt. Rudel müsse lediglich zweitausend Mark über-weisen. Grete diktiert ihm die Kontonummer. Monika und Ernesto gehe es gut.

Als das erledigt ist, setzen Grete und ihr Soldat sich ins Wohnzimmer, trinken Eierlikör und wissen nichts zu sagen.

Grete versucht zu verstehen, in was der Vater ihres Enkels da hineingeraten ist. Sie will ihren zweiten Ehemann fragen, aber wagt es nicht. Auch der sagt nichts. Er trinkt und starrt vor sich hin. Reimt sich das zusammen, was die Stieftochter verschwieg. Warum eigentlich immer das deutsche Volk den Kopf hinhalten müsse, fragt er sich. Jetzt ist es das Problem der Mohammedaner, und die sollen gefälligst allein damit fertig werden.

Hermine lag noch im Bett. Frau Ilse hatte sich gewundert. Der Herr des Hauses stand schon im Badezimmer, hatte nichts bemerkt, denn er schläft nach wie vor im Gästezimmer. Frau Ilse wollte die Dame des Hauses, die um diese Uhrzeit normalerweise schon angezogen war, fragen, was ihr fehle.

Als er den gellenden Schrei der Haushälterin hörte, war Rudolf gerade dabei sich zu rasieren. Vor Schreck schnitt er sich ins Kinn, das Blut lief ihm über den Hals. Frau Ilse war dermaßen von Sinnen, dass sie nicht mal an die Badezimmertür klopfte, sie hatte den Wasserhahn laufen gehört, also musste jemand im Badezimmer sein, mit dem sie ihr Entsetzten jetzt sofort teilen konnte. Sie riss die Tür auf, ihr Blick fiel auf den Hausherrn, dem das Blut über den Hals lief. Frau Ilse schrie erneut auf. Stürzte aus dem Bad zurück ins Schlafzimmer. Rudolf hinterher. Auf dem Bett lag mit offenen Augen, die Arme seltsam verdreht, Hermine. Rudolf wurde es schwindelig. Er taumelte aus dem Zimmer. Die Haushälterin stand noch immer wie angewurzelt am Ehebett.

„Rufen Sie einen Arzt!", schrie Rudel plötzlich. Frau Ilse fuhr schon wieder zusammen, ihr Dienstherr hatte sie noch nie angeschrien, war stets ruhig und freundlich. Sie sammelte sich, eilte die Treppe hinunter ins Wohnzimmer und rief geistesgegenwärtig die Feuerwehr an. Die war wenige Minuten später vor Ort und stellte Hermines Tod fest.

Auch Grete ist inzwischen eingetroffen und sitzt mit Rudel im Wohnzimmer. Die beiden Geschwister trinken Cognac.

Rudel und Hermine waren doch gerade noch gemeinsam auf Teneriffa gewesen, um ihr neues Ferienappartement einzuweihen! Ob Hermine sich in Spanien etwas eingefangen hätte, einen Virus?, fragt Grete, mehr sich selbst als ihren Bruder, den sie momentan nicht mit solcherlei Nachforschungen behelligen möchte. Er hat die Frage gehört, auch verstanden, antwortet jedoch nicht.

Sehr wahrscheinlich ein Virus, stellt Grete für sich fest. Was denn sonst.

Als Hermine wenig später aus dem Haus getragen wird, was Rudel durch die geöffnete Wohnzimmertür mitansehen muss, beginnt er zu weinen. Und Grete weint mit.

Wenig später trifft Gretes Soldat ein. Mitgebracht hat er den Pastor. Rudolf will aber mit dem Pastor nicht sprechen, also verabschiedet der sich wieder, nicht ohne dem Witwer zu versichern, jederzeit für ihn da zu sein in schweren Stunden wie diesen.

Der Soldat bleibt da, setzt sich zu Grete und Rudel ins Wohnzimmer und genehmigt sich ebenfalls ein Glas Cognac. Weinen muss er nicht. Hermine ist jetzt bei Gott und seinen Schwager, dieses widernatürliche Subjekt, kann der Soldat nicht ausstehen. Zudem: Der Blitzableiter für die Konflikte zwischen seinem Schwager und der bedauernswerten Hermine, die es nun endlich besser hat, war tagtäglich im Büro er gewesen, er, der in der Firmenhackordnung weit unter Rudel steht. Natürlich will der Soldat das jetzt, in so einem Moment, nicht ins Spiel bringen. Aber Mitgefühl mit seinem Schwager will er auch nicht heucheln. Also klopft er Rudel ein paar Mal ermunternd auf die Schulter und schenkt ihm dann Cognac nach.

Bei Hermines Beerdigung muss Grete wieder weinen. Eine einzige Auslandsreise, dort womöglich eine verdorbene Muschel im Essen, schon ist es passiert. Bestätigt ist das nicht, laut Arzt hat Hermines Herz versagt. Aber ohne Grund versagt kein Herz, erklärt Grete ihrer Familie. „Nur eine einzige verdorbene Muschel …", fügt sie hinzu.

Der Soldat ist froh, dass er sich und seine Frau vor so einem Unglück beschützten konnte.

Grete entfernt sich ein paar Schritte von den Trauernden, die am offenen Grab stehen und den Worten des Pastors lauschen. Hermines Schwestern sind gekommen, außerdem Renate, Christoph sowie die städtische Prominenz.

Monika hat sich auf die Todesanzeige nicht gemeldet. Hermine war eine Täterin. Weder hatte sie einst den Judenmord verhindert, noch hatte sie später verhindert, dass die Juden die Palästinenser ermorden. Den Tod einer solchen Person muss man nicht beweinen, findet Monika und spart sich sowohl Kondolenzkarte als auch andere Beileidskundgebungen. Holger sitzt in Untersuchungshaft und wird vermutlich einige Zeit dort bleiben, und das ist schlimmer als der Tod einer Täterin.

Und was soll jetzt aus ihrem Bruder werden?, fragt sich Grete, während sie an die Friedhofsmauer tritt und in den grauen Himmel blickt.

Grete zieht ihr Taschentuch hervor, Tränen rinnen über die Wange. Womöglich wird man ihrem Bruder schon bald wieder unterstellen, furchtbare Dinge getan zu haben.

Grete schluchzt hemmungslos in ihr Taschentuch.

16.

Im Münchner Bezirk Schwabing gingen am Sonntag die Zahnschmerzen los, nachmittags, nachdem Susanna eine Tasse Kaffee getrunken und ein Honigbrot gegessen hatte. Abwechselnd stach, bohrte und klopfte es im rechten Unterkiefer. Susanna war ganz benommen vor Schmerz. Sie schaffte es noch, Teller und Tasse in die Küche zu tragen und ins Spülbecken zu stellen, dann sackte sie zusammen. Saß auf dem Küchenfußboden, machte keine Anstalten, aufzustehen. Jetzt sterben. Den Hundesöhnen entkommen, zweimal fast um die Welt reisen, und ein paar Jahre später an Zahnschmerzen sterben.

Steh auf, aber sofort! Du hast ein Kind und drei Enkel. Susanna erklomm den Küchenstuhl. Der Zahn rechts unten muckte schon seit Monaten auf. Das musste Susanna sich eingestehen. Es war ihr gelungen, das zu verdrängen, die Familienprobleme hatten ihre Aufmerksamkeit absorbiert. Ein fünfminütiges Telefonat mit der Schwiegertochter hatte sie vorgestern all ihre Kraft gekostet, obwohl Michaels Umzug nach München mit keinem Wort mehr erwähnt wurde, sondern nur über das Wetter gesprochen worden war.

Zudem war jeder Zahnarztbesuch von jeher eine Zumutung. Erich hatte sie damit aufgezogen, damals. Sicher, er hatte gut lachen, sein Leben lang waren bei ihm lediglich Kontrolluntersuchungen nötig gewesen, durchgeführt von Blumbach. Erich schien ein seltenes Gen zu besitzen, das Karies unmöglich machte.

Susanna aber litt hin und wieder unter Karies, sie ging dann auch zu Erichs Freund Doktor Blumbach. Bei ihrem Mann war sie nie in Behandlung gewesen. Sie fand es unangemessen, ihm, mit dem sie Tisch und Bett teilte, einen faulen Zahn vor die Nase zu halten.

Blumbach ist inzwischen in Rente.

Susanna schleppt sich zum Schreibtisch und holt ihr Adressbuch aus der Schublade. Eigentlich unnötig, sie wusste ohnedies, dass kein Zahnarzt aus dem Bekanntenkreis mehr praktizierte. Blumbach war der letzte gewesen. Ach, hätte Susanna doch die Adressen all dieser freundlichen jungen Zahnärzte, die damals klingelten, natürlich nicht, um zu stören, sondern um der Frau Doktor Pralinen und Blumen zu bringen, weil der Herr Doktor bei der Promotion geholfen hatte.

Nachts wird es unerträglich. Der Zahn hämmert im Takt des Herzschlags, Schmerz zieht bis ins rechte Ohr. An Schlaf ist nicht zu denken. Susanna steht auf und schluckt im Bad eine Aspirin. Die Dinger liegen noch im Medizinschränkchen, Erich hatte manchmal Kopfweh. Susanna trinkt Wasser aus dem Zahnputzbecher nach, um den bitteren Geschmack herunterzuspülen. Sie braucht nie Schmerzmedikamente, furchtbar, dieser Nachgeschmack. Aber jetzt ist sie froh über die Tablette. Sie dämmt das Gewitter im Kiefer zumindest etwas ein.

Endlich Montagmorgen.

Gleich um acht betritt Susanna die Apotheke an der Hauptstraße.

„Bitte, Fräulein, gibt es einen Zahnarzt in der Nähe?"

Das Lehrmädchen holt den Apotheker nach vorne. Der empfiehlt Doktor Heil. Ein junger Arzt sei er, aber sehr begabt. Er gehe selbst zu ihm. Der Apotheker eilt in ein Hinterzimmer, um in der Praxis anzurufen. Es käme eine Dame mit stark geschwollener Wange.

„Sie möchten sich unverzüglich auf den Weg machen. Man wird Sie sofort behandeln", wird aus dem Apotheken-Hinterzimmer gerufen.

Die Praxis ist keine fünf Minuten Fußweg entfernt.

Als Susanna eintrifft, führt die Sprechstundenhilfe sie gleich in den Behandlungsraum. Herr Doktor warte schon auf die Notfallpatientin.

Susanna tritt ein, Doktor Heil fährt zusammen. Sammelt sich. Mustert Susanna. Verzieht spöttisch das Gesicht.

„Aha. Unser aller Abendschein!"

Susanna bleibt in der Tür stehen. Der Mann scheint sie zu kennen. Schön, das ist nicht verwunderlich, aber sie kennt ihn nicht, Blumen oder Konfekt hat er vermutlich nie gebracht. „Guten Tag", bringt Susanna unter Schmerzen hervor.

„Und?", bellt Heil.

Und? Susanna will sprechen, aber die Schmerzen haben sie in der Zange.

„Und?", wiederholt Heil. „Was wollen Sie von mir?"

Susanna wird es heiß. Noch steht sie in der Tür, und die Schmerzen setzen jetzt für einen Augenblick tatsächlich aus. Sie blickt den Arzt an. Der hält sich hämisch grinsend die Wange.

„Geh zu deinen Judenärzten, denen hat dein Mann doch auf die Sprünge geholfen!", sagt Heil.

Wie ferngesteuert dreht Susanna sich um. Verlässt die Praxis, schneller, als sie sich normalerweise fortbewegt, was dazu beiträgt, dass sie meint, das alles sei ein Trugbild. Unten auf der Straße winkt sie ein Taxi herbei. Alles wie in Trance. Zehn Minuten später findet sie sich in der städtischen Zahnklinik wieder. Ob sie dem Taxifahrer die Adresse genannt hatte, weiß sie nicht mehr.

In der Notaufnahme ist es voll. Susanna wird um Geduld gebeten. Zwei Stunden könne es dauern. Susanna setzt sich, um sie herum geschwollene Wangen und schmerzverzerrte Gesichter, Wimmern und Klagen.

Ein Arzt kommt aus dem Behandlungszimmer. Sieht Susanna.

„Um Gottes Willen! Frau Doktor Abendschein?"

Der junge Mann stürzt auf Susanna zu. Nimmt sie behutsam am Arm, führt sie in den Behandlungsraum. Susanna kann nicht protestieren. Die, die seit Stunden hier warten, können sich nicht beschweren. Der Schmerz legt alle lahm.

„Hier auf die Liege, ja, so ist es gut, ganz vorsichtig!"

Der Arzt eilt in den Nebenraum. „Zwei Schwestern, sofort." Er senkt die Stimme. „Vorne liegt die Witwe des jüdischen Arztes Doktor Abendschein. Also bitte Manieren, meine Damen."

Der vereiterte Backenzahn wird aus Susannes Kiefer gegraben. Eine Schwester assistiert, eine zweite hält die Hand von Frau Doktor.

„Da haben Sie aber Glück gehabt, gnädige Frau", stellt der junge Arzt schließlich fest und hält ihr die Zange, in der ein blutiges Fragment steckt, hin. So etwas könne böse ausgehen. Blutvergiftung. Sei nicht so selten. „Aber wem erzähle ich das, Frau Doktor Abendschein!" Er tätschelt Susannas Schulter.

„Jetzt wird noch genäht, dann schlucken Sie ein paar Tage Penicillin, sicher ist sicher, und dann sind Sie wieder wie neu! Und wenn es Probleme gibt, rufen Sie mich an. Jederzeit, auch nachts." Kopfnicken in Richtung Schwester, die eilt zum Schreibtisch und notiert mehrere Telefonnummern auf einem Zettel.

Abends kommt Susanna zu sich. Wie empfohlen liegt sie auf dem Sofa und kühlt ihre Wange mit Eiswürfeln im Leinentuch. Lässt die letzten zwei Tage erneut vorbeiziehen.

Und wenn sie plötzlich nicht mehr so etwas wie Glück hat?

17.

Rudolf wird nicht wieder heiraten, und sein Neffe Christoph hat sich zum ersten Mal verliebt.

Rudolf konzentriert sich ab jetzt auf seine Arbeit als Direktor der städtischen Ölmühle. Vor wenigen Jahren wurde der Paragraph 175 reformiert. Rudolf hatte es im Radio gehört, während er im Büro saß. Draußen, vor dem verschlossenen Fenster schien die Sonne.

Christoph kann sich momentan gar nicht seinem Studium widmen. Seine Welt ist erfüllt von Makeda, die er auf der Uni Köln kennen gelernt hat. Nichts anderes hat mehr Platz. Schon gar nicht das Betriebswirtschaftsstudium.

Heute wird Christoph seiner Mutter von Makeda erzählen, denn Grete ist gut gelaunt. Es gebe Neuigkeiten, ruft sie in den Telefonhörer, kaum hat sie den Sohn begrüßt. Monikas Freund sei freigesprochen worden. Es hätten keine Beweise für eine Straftat vorgelegen. Grete wusste es. Zum Glück könne sie sich zumindest auf eine Tochter verlassen.

Christoph hört sich das uninteressiert an, als die Mutter fertig ist, rückt er mit seinen Neuigkeiten heraus. Ein Mädchen namens Makeda, Christoph schwärmt. Eine Schönheit sei sie. Und klug. Er möchte sie bald mit nach Hause bringen und der Mutter vorstellen.

Makeda? Was ist das für ein Name? Grete schwant etwas. Wo kommt das Mädchen her? Sie beschließt blitzschnell, ihren Sohn nicht danach zu fragen. Er könnte es falsch verstehen.

Er dürfe das Mädchen gern mitbringen, ruft sie und gibt ihr Bestes, um sorglos zu klingen. Hält dann nachlässig die Sprechmuschel zu, dreht sich zum Sessel um; da sitzt ihr zweiter Ehemann und zerlegt sorgfältig eine Tafel Nussschokolade in Riegel. Grete verkündet mit gesenkter Stimme: „Der Bubi hat ein Mädchen kennengelernt!"

Der Soldat nickt anerkennend und schiebt sich eine Ecke Schokolade in den Mund.

Grete wendet sich wieder ihrem Sohn zu.

„Erzähl mir schon mal ein bisschen von ihr!"

„Mutti, ihr Vater kommt aus Äthiopien, du wirst sie doch nicht ablehnen, weil ihre Haut dunkel ist? Sie ist sehr freundlich, du wirst sie bestimmt mögen."

Grete schluckt. Wenn sie so etwas nicht gleich geahnt hätte. Aber nein, besinnt sie sich, warum sollte sie sich an der Hautfarbe dieses Mädchens stören? Ein freundliches und kluges Mädchen ist sie, sagt ihr Bubi? Na, also!

„Menschen, die freundlich sind und nichts Böses im Schilde führen, sind in unserem Haus immer willkommen. Das hast du doch von klein auf gelernt", erinnert die Mutter ihren Sohn. Er solle das Mädchen nur mitbringen. Wie immer mache es die Mutter glücklich, einen freundlichen, friedlichen Menschen kennenzulernen.

*

Luise ist nach wie vor gläubig. Susanna hat das nie verstanden und gleichzeitig beneidet sie ihre Freundin. Weil es scheint, als könne man ein seliger Mensch sein, wenn man alle Vernunft hinter sich lässt. Nicht nur, weil das Polster Unvernunft die Seele vor der Welt abdichtet, sondern auch, weil Arglosigkeit die Mitmenschen zu besänftigen scheint.

Susanna hat sich an ihrer Freundin Luise ein Beispiel genommen. Letzte Woche ist sie zum Christentum konvertiert. Sie hat sich taufen lassen.

Natürlich ist Susanna klar, dass sie dadurch nicht gläubig wird. Bei aller Mühe, sie kann sich nicht einreden, dass es einen Gott gibt, geschweige denn einen allmächtigen Gott. Aber falls es doch und wider Erwarten einen allmächtigen Gott gäbe, müsste der ein ausgemachter Schurke sein. So jemandem wird Susanna sicher nicht huldigen. Falls es aber einen Gott gäbe, der nicht allmächtig wäre, bräuchte Susanna den ebenso wenig anzubeten, wie sie Menschen anbetet. Diese ganze Anbeterei könnte man ja nicht einmal dann als sinnvoll bezeichnen, wenn man einen Wunsch hegte, den zu erfüllen ein nicht allmächtiger Gott in der Lage wäre. Ein wohlerzogener Mensch verfügt über Manieren und kann höflich nach etwas fragen.

Niemand muss beten. Und doch haben zu viele umsonst gebetet.

Nein, um Gott und Glaube geht es Susanna nicht, beruhigend immerhin, dass es um Gott und Glaube auch vielen Christen nicht geht.

Man hat Gründe; Susannas Grund ist, ihrer Familie zu verdeutlichen, dass sie nicht auserwählt wurde. So wie jetzt kann es nicht weitergehen. Susanna hat lange über Renate und deren Probleme nachgedacht. Ihr ist aufgegangen, dass sie nicht unschuldig am Leiden der Schwiegertochter ist. Das Mädchen hat sich einst mit ihrer Familie überworfen, sie hat es für James getan. Und was hat Susanna bislang unternommen, um dafür zu danken und die Dinge wieder in Ordnung zu bringen? Nichts, außer einst über Erichs Bemühungen zu spotten. Was für eine Überheblichkeit von ihr, zu glauben, sie müsse diesen Leuten nicht einmal Bereitschaft zur Versöhnung signalisieren.

Susanna ist nicht auserwählt. Ist jetzt eine von unzähligen Christinnen, die tagtäglich durch München spazieren. Lodenmantel, Hut. Wenn an der Straßenecke ein Auto in den Zeitungsständer rast oder das minderjährige Frisör-Lehrmädchen mit dem alten Bäckermeister gesehen wird, bekreuzigt man sich. Susanna dürfte das gelingen. Das sollen die Mitglieder der katholischen Gemeinde im Quartalskirchenblatt unter der Rubrik neue Mitglieder lesen und sich merken. Das soll Susannas Familie wissen. Aufatmen soll die Familie, dass das störrische alte Weib sich doch noch eingelebt hat, dort, wo sie hingehört. Aufatmen soll Grete, dass ihr niemand zürnt. Und von Renate wird eine Last abfallen.

Katholikin Luise stand letzte Woche neben dem Taufbecken, und auch heute, eine Woche danach, muss sie noch einige Male feststellen, wie vernünftig Susannas Schritt war.

„Wenn man sowieso ungläubig ist, macht es überhaupt keinen Sinn, für G´tt den Kopf hinzuhalten", resümiert sie und gießt der Freundin Tee ein.

Susanna legt die mitgebrachten Schokoladenplätzchen auf einen Teller und findet Luises These bestechend unbeirrt. Warum hat man aus Jesus nur keinen gewöhnlichen, gutherzig bemühten Mann gemacht? Jeder, dessen Vater ebenfalls kein Gott ist, könnte sich an dem Sohn des Hirten ein Beispiel nehmen. Auch als Mensch kann man hervorragend für Frieden sorgen. Susanna seufzt. Ach, die Menschen wollen ihren Kopf doch hinhalten für einen Höheren. Susanna gibt ihrer Freundin, die nach wie vor einen Glauben für sich und einen Glauben für die anderen pflegt, dennoch Recht. Keinesfalls will sie Luise desillusionieren. Lieber das Praktische erörtern, das liegt Susanna mehr. Sie gießt Sahne in ihren Tee, spart sich Kommentare zu ihrer Solidarität mit Gott aus, kommt lieber auf das zu sprechen, was sie auch ohne seine Gebote gern bereit ist zu tun. Die Frauen der katholischen Gemeinde teilen drei Mal die Woche Suppe an Hungernde aus, wie man Susanna sogleich wissen ließ. Eine kostenlose Mittagsmahlzeit stehe jedem Menschen zu, der arm sei und Hunger habe, unabhängig von Glauben und Hautfarbe.

Hilfe beim Kochen sei gern gesehen.

Und da Luise auch dabei ist und schwärmte, wie vergnügt es stets in der Küche zuginge, meldete Susanna sich sofort am nächsten Tag zum wöchentlichen Dienst an. Da dieser liebe Gott recht wählerisch zu sein scheint, wenn es darum geht, Gutes zu tun, müssen Menschenfrauen sich eben bemühen, es besser zu machen.

James erfährt es als Erster am Telefon. Zunächst ist er sprachlos. Unwohlsein überkommt ihn, es geht los, die Mutter wird wunderlich. Muss schon etwas unternommen werden? Er lässt sich nichts anmerken. Als die Mutter verkündet, sie wolle keine große Sache daraus machen, dennoch dürfte die ganze Familie von ihrer Taufe erfahren, verspricht er, alle zu informieren. Er wird seine Mutter ab jetzt sorgsam beobachten.

Renate erfährt es am Abend von James. Sie ist fassungslos. Zum ersten Mal seit Langem wird der Boden unter ihren Füßen beängstigend nachgiebig. Wie kann eine Jüdin zum Christentum übertreten, oder besser: herabsteigen? Susanna, die Weise und Tapfere, Renate greift verzweifelt nach dieser Susanna, die ihr Halt ist, seit so vielen Jahren.

„Wir müssen Mamá ab jetzt im Auge behalten", sagt da James. Renate schreckt auf. Aber natürlich.

Außer Renate solle es erst einmal niemand erfahren, sagt James auch noch. Wenn es ärger werde mit Mamá, könne man sie zu sich nehmen.

Renate, mit ihrer Not kämpfend, nickt.

18.

Holgers Freunde sind wieder aufgetaucht. Die ganze Nacht haben die Männer bei Wein und Bier in der Küche gesessen und darüber konferiert, wie man Menschen ein für alle Mal begreiflich machen sollte, dass Land niemandem gehöre. Zigarettenqualm hüllte die Wohngemeinschaft in blauen Nebel.

Monika musste noch den Unterricht am nächsten Tag vorbereiten und hatte im Nebenzimmer nur zwischendurch aufgeschnappt, was entschieden wurde. Das Land gehöre den Palästinensern. Und Holger sei jetzt zum Glück geschult. Könne handeln, wenn es darauf ankäme.

Monika fand das alles stimmig. Und am folgenden Abend handelt sie. Ruft Susanna an.

„Monika, Liebes!" In Susanna jubiliert es. Dass ihr Plan so rasch aufgeht. Monika, die dem Christentum ja offenbar treu geblieben ist, hatte über zwei Jahre nichts mehr von sich hören lassen. Aber jetzt, wo Susanna nahbar ist … Ihr Herz klopft, wie immer, wenn das Glück sie anspringt. Aber nicht lange.

Monika will nicht über sich sprechen. Auch nicht über Ernesto. Sie möchte Susanna darauf aufmerksam machen, dass die eine Täterin sei. Dass sie nach vorne leiden würde und hintenrum zur Tat schreite. Dass sie ehrlichen Menschen ihre Genusssucht aufzwingen wolle. Ihre Gesetze und Moralvorstellungen, die sie offenbar für universell gültig hielte.

„Bedenklich, Susanna. Sehr bedenklich, dein Benehmen."

Und weil Susanna verstummt ist, fügt Monika noch hinzu: „Gerade ihr müsstet wissen, wie es ist, verfolgt zu werden. Aber ihr habt nichts gelernt!"

Das habe sie Susanna doch endlich einmal sagen müssen.

*

Anders als Grete, die ihre Erbschaft einst aus dem Schonbezug einer Matratze barg, und dafür Mühe aufwenden musste, braucht Susanna lediglich zur Bank zu spazieren, um dort ihre Erbschaft mühelos von einem Konto abzuheben. Ein Bankmitarbeiter hält ihr sogar die Tür auf, wohingegen Grete einst minutenlang hinter einer Tür stehen musste, um sicherzugehen, dass die Luft rein war. Atemlos stand sie da, atemlos und mit zwickender Miederhose, in der all die Scheine steckten. Die zwanzig Pfennig hielt sie in der Hand. Falls ihr doch jemand in die Quere kommen würde. „Sieh mal, in Mutters Schonbezug steckten zwei Groschen. Ach, da möchte man nicht alt werden!"

Susanna löst das Konto auf. Erich hatte es einst eröffnet, vor zwanzig Jahren, gleich nachdem er mit seiner Familie von Bolivien nach Deutschland zurückgekehrt war. Immer am letzten Tag des Monats ging Erich zur Bank und zahlte fünfzig Mark auf das Konto. Bis drei Tage vor seinem Tod. Er hatte bis zum Schluss nicht vergessen, dass gewisse Umstände es erfordern, umgehend ein paar Sachen einzupacken und das Land zu verlassen.

Nur Susanna und er wussten vom Zweck dieses Geldes.

Susanna hat inzwischen ein bisschen Vertrauen in die Deutschen zurückgewonnen. Meint sie, zu spüren. Besonders in die jungen Deutschen setzt sie Hoffnung, in die, die maßgeblich dazu beitragen, die Aufarbeitung des Völkermords nicht zu behindern. Beruhigend. Dass einige dieser jungen Deutschen kein Interesse mehr an der Aufklärung haben, ist Susanna bereit, hinzunehmen. Es dürfte sich dabei um eine Phase handeln, auch bei Monika, wie sie sich Abend für Abend einredet. Währenddessen kam ihr vorgestern dieses Motto in den Sinn: Wer erwartet, dass Hass innerhalb weniger Jahre von der Welt verschwindet, ist töricht.

Ja, das klang klug. Klug und beruhigend.

Und dann trat ein, was Susanna noch vor wenigen Jahren nicht für möglich gehalten hatte: Sie erkannte, dass das Leben in Deutschland Vorteile barg gegenüber dem Leben in Bolivien. In Deutschland konnte man sich nach wie vor auf einen perfekt organisierten Alltag verlassen.

Susannes noch lebende jüdische Freunde sehen das größtenteils auch so, aber ihre Konsequenzen sind andere. Sie sind nach dem Krieg entweder in Amerika geblieben oder nach Israel ausgewandert.

Für Erich kam ein Leben in Israel nie in Frage. Würden alle Juden nach Israel gehen, hielten sie es nur noch dort für sicher, hätten die Hundesöhne dieser Welt ihr Ziel erreicht.

Und dennoch sparte er Geld für eine mögliche Flucht. Geld, das jetzt für etwas Sinnvolles ausgegeben wird, wie Susanna entscheidet. Für das Wohlergehen von James' Familie.

Wie genau das aussehen soll, weiß Susanna inzwischen auch.

Sie hatte nicht aufgehört, über Renate und deren Probleme nachzudenken. Und jetzt wird sie praktische Hilfe leisten.

Leidet ihre Schwiegertochter an Schwermut, wie James es anklingen ließ? Susanna ist sich nach wie vor nicht sicher, wie denn auch, sie ist keine Ärztin. Und ebenso wenig steht es ihr zu, Renate zu empfehlen, eine Ärztin zu konsultieren. Man würde Susanna zu Recht Arroganz, gar Impertinenz vorwerfen. Und im Übrigen ist die Medizin bei seelischen Leiden trotz aller Fortschritte doch immer noch machtlos. Selbst diese modernen Psychotherapeutinnen sind sicher keine Magierinnen. Falls Renate überhaupt an einem seelischen Leiden erkrankt ist. All das ist Susanna aufgegangen in den letzten Tagen. Renate braucht keine Entlastung. Sie braucht Anregung. Und zwar Anregung in Form einer angenehmen Beschäftigung.

Und in Puncto angenehme Beschäftigung hat Susanna eine Idee.

„Wir müssen mehr für Renate tun, Jakob!"

James brummt etwas in den Telefonhörer, es klingt wie: Alles, was er unternähme, täte er für Renate. Er brauche keine Unterstützung. Es liefe bestens in seiner Familie.

Susanna geht darauf nicht ein. Ist der Junge tatsächlich so ahnungslos, weiß er denn gar nichts von den Problemen in seiner Familie? Hat Michael sich womöglich inzwischen an Großmutter Grete gewandt, weil sie, Susanna, nicht helfen konnte? Diese Vorstellung ist so beschämend, dass Susanna sie sofort verscheucht.

Ab jetzt wird Susanna dafür sorgen, dass die Dinge in Ordnung kommen. Sie hätte längst eingreifen müssen.

„Jakob, was hältst du davon, für Renate eine Boutique einzurichten?", rückt sie ohne weitere Vorrede raus. „Sie hatte doch schon immer Freude an schönen Kleidern."

Schweigen.

Das Startkapital käme natürlich von ihr, versichert Susanna. Behauptet auf Nachfrage, dass das Geld, das jetzt zum Einsatz kommen solle, vor Kurzem aufgetaucht wäre. In Form eines Kontos, von dem Susanna keine Ahnung gehabt hätte.

„Die Universität überwies offenbar jahrelang Erichs Honorare darauf."

James nimmt das hin, weil er es nicht widerlegen kann.

Die Hürde ist geschafft. Susanna hält inne. Erich hätte es nicht gefallen, vom Fluchtgeld eine Boutique einzurichten, das weiß sie. Sei es drum.

Vom Plan der Mutter ist auch James nicht begeistert. Ob sie überhaupt noch in der Lage ist, allein zu wirtschaften, schießt es ihm durch den Kopf. Er lässt den Gedanken fallen, sagt:

„Du brauchst dein Geld selbst, Mamá."

„Belehre deine Mutter nicht, du Habschi. Also, was sagst du?"

„Renate geht es gut", redet es aus James heraus. Er wird sich gleich morgen erkundigen, ob er das Konto seiner Mutter verwalten kann. Im Notfall. Er kritzelt sich eine Erinnerung auf den Notizblock.

„Unsinn. Viele Frauen sind unzufrieden, wenn sie außer Haushalt und Kindererziehung nichts zu tun haben", weiß Susanna. „So ist das heutzutage, Jakob. Und die Frauen haben Recht. Finde dich damit ab."

Es ist ihr ernst, James hat jetzt keine Chance mehr, erkennt er. Alles Weitere wäre Zeitverschwendung. Er verspricht, Renate den Vorschlag zu unterbreiten. Sie müsse entscheiden, um sie ginge es schließlich.

Gleich am Abend kommt James darauf zu sprechen. Soll doch Renate die Sache abblasen, er hat die Diskussionen mit seiner Mutter satt, will die alte Dame jedoch keinesfalls brüskieren. Ihr Geld zu verwalten, wäre vermutlich die beste Lösung.

„Mamá will eine Boutique für dich eröffnen", sagt James. „Ich denke, wir werden ab sofort besser auf sie achten müssen."

Den letzten Satz hört Renate nicht mehr. Eine Boutique für sie? Renate ist überrascht. Über so eine Möglichkeit hatte sie noch nie nachgedacht. Aber warum eigentlich nicht? Das würde erst mal gut klingen, ruft sie aus. Sie lacht, weil ein Glückshauch sie unvermittelt anweht.

Aber wozu eine Boutique?, kommt es Renate da in den Sinn. Man könne mit einer Boutique etwas Geld verdienen, sicher, die Kinder sollen die beste Ausbildung bekommen. Und schon jetzt haben sie dauernd teure Extrawünsche. Doch die Arbeit mit so einer Boutique bliebe ja allein an ihr hängen, erkennt Renate. Das sagt sie aber jetzt nicht, nicht bevor sie die Sache durchdacht hat. Es brodelt zwar bereits, aber es funkelt auch. Bilder schießen ein. Ein kleiner Laden voll ausgefallener Kleider. Kunden, die freundlich sind und Renates Geschmack zu schätzen wissen. Sie darf mitleben.

Aber eine Kinder-Boutique wünsche sie sich, lässt sie James sofort wissen, denn die gäbe es ja noch nicht am Ort. Mit Boutiquen für Frauenkleidung sei die Strandpromenade bereits gesäumt, aber mit einer Kinderboutique wäre Renate eine Vorreiterin.

James schweigt. Vielleicht liegt seine Mutter doch nicht so falsch? Er versucht, es zu glauben.

Für einen Moment fühlt sich Renate wunderbar. Dann flackert das Bild wieder. Hat die Schwiegermutter etwas gut zu machen? Hat Renate sich zu entschuldigen? Hätte sie Susanna Michael geben müssen, wenn die es sich wünscht? Muss sie die Boutique jetzt annehmen? Was würde sie damit zum Ausdruck bringen? Ihre Kinder möchte sie behalten, alle drei, so viel ist sicher. Alles andere ist ungeklärt. Aber es soll wieder gut werden zwischen Mamá und ihr, das wünscht Renate sich so sehr. Es wird wieder sein wie früher, träumt Renate kurz, Mamá kehrt zurück zum Judentum und ist ihrer Schwiegertochter wieder gut. Auch wenn Renate selten Schönes ertastet, die Liebe zu ihrer Mamá spürt sie deutlich.

Renate wird die Boutique annehmen. Keinesfalls darf Mamá denken, Renate wüsste nicht, was sich gehöre.

Sie beschließt, Susanna sofort anzurufen.

Mutter Grete erfährt erst wenige Tage vor Eröffnung von der Boutique. Und ist außer sich. Sie weiß zu berichten, sie habe gehört, dass ein gewisses Geblüt es immer so halten würde. Ahnungslose Menschen in ihre Geschäfte einbinden, das sei nicht neu. Wenn die Geschäfte nicht laufen würden, machte man sich aus dem Staub. Renate würde verloren dastehen. Bräuchte Rechtsbeistand. Was dann? Grete hieße nicht Frau Rockefeller und könnte deswegen nicht mal eben Geld für einen Anwalt aus dem Ärmel schütteln.

Renate legt noch während des Mutter-Gewitters wortlos auf.

Und dann wird die Boutique eröffnet.

James hat alles organisiert. Das Geld der Mutter ist auf diese Weise unter seiner Kontrolle. Das ist vernünftig, meint er erkannt zu haben. Besser, es steckt in einer Boutique, als dass Mamá es der katholischen Kirche in den Rachen wirft.

Eine Verkäuferin zur Unterstützung ist eingestellt. Die roten und weißen Ladenmöbel sind geliefert und aufgebaut worden. Eine Sommerkollektion französischer und italienischer Kinderkleidung liegt in den Regalen. Am Eröffnungstag fliegen hundert bunte Ballons durch den

Laden. Die Kundschaft lässt nicht lange auf sich warten. Es ist Hochsaison, Timmendorfer Strand ist ausgebucht bis auf die letzte Pension. Junge Frauen strömen in den Laden, und nach ein paar Stunden ist die französische und italienische Kollektion bis auf ein paar Ladenhüter ausverkauft und muss gleich am nächsten Tag nachgeordert werden. Susanna ist zur Eröffnung angereist. Hatte ihre Renate umarmt und fest an sich gedrückt, und der hatte das gefallen, und wie. Alles sei wieder gut, versicherten sich beide unter Tränen. Renate spürte das Glück der vierundzwanzigjährigen Verlobten ob einer Mutter, auf die man stolz sein darf.

Dann kehrt Alltag ein.

Renate ist vom frühen Nachmittag bis zum Abend in ihrer Boutique.

Eine Weile geht alles gut.

Manchmal, wenn die Verkäuferin frei hat, bittet Renate Mara, beim Aufräumen oder beim Auspacken neuer Ware zu helfen. Ihre lila gefärbte Irokesen-Frisur könnte Mara im Laden vielleicht unter einer schicken Schirmmütze verstecken? Den Silberring aus der Nase nehmen?

Mara kooperiert. Erstaunt stellt sie fest, dass die Mutter im Laden so lebendig ist wie ein echter Mensch, wo sie zu Hause ein Mutter-Roboter ist, auf dem ein defektes Programm läuft. Renate packt zu, hebt schwere Kartons hoch, reißt die mit Kraft auf, freut sich über die hübschen kleinen Kleider, die zum Vorschein kommen. Sogleich werden sie auf Bügel gehängt und dekorativ im Laden drapiert. Mara solle die Kleidchen ordentlich an die Ständer hängen, tadelt Renate gut gelaunt. Man sei doch hier nicht im Punk-Schuppen.

Doch Maras Glück währt nicht lange. Bald versinkt die Mutter wieder. Erst für wenige Minuten, dann für Stunden. Zwischendurch klagt sie. Es käme keine Kundschaft. Es käme zu viel Kundschaft, plötzlich alle auf einmal. Die Ware werde nicht pünktlich geliefert. Der Welt sei nicht beizukommen. Auch nicht in einer Boutique.

Mara versucht, es zu überhören. Warum hat sie keine Mutter, die lebt? Eine Mutter, wie ihre Freundinnen sie haben. Eine Mutter, die auf Fragen reagiert. Eine Mutter, deren Schminke man ausprobieren darf. Eine Mutter, die einem dann erklärt, warum man sich jetzt aber eigentlich noch nicht die Lippen knallrot malen müsse.

„In eurem Alter braucht man keine Schminke, da wirkt man allein durch die Jugend schön genug", sagt die Mutter von Maras bester Freundin Cora, wenn die beiden Mädchen im Badezimmer vor dem Spiegel stehen und sich die Gesichter bunt malen.

Renate sagt so etwas nicht. Von einer Tochter darf man erwarten, dass sie all diese Dinge selbst weiß. Was könnte Renate ihrer Tochter denn beibringen? Ihr hat doch auch niemand gezeigt, wie man der Welt beikommt.

Nach einer Weile kündigt die Verkäuferin. Ihre Beweggründe gibt sie nicht bekannt. Noch nicht. Sie ruft am Samstagabend bei Renate zu Hause an, um der mitzuteilen, dass sie ab Montag nicht mehr käme. Den Restlohn würde ihr Sohn abholen.

Renate will nachhaken, aber da wird am anderen Ende der Leitung aufgelegt.

Renate ist überrascht, aber nicht sehr. Vermutet, dass die dicke Frau, die aufgrund ihrer Figur sowieso nicht in eine Boutique gepasst hätte, neidisch sei. Renate hat einen erfolgreichen Mann, eine tolle Schwiegermutter, hübsche Kinder und eine Boutique. Der Mann der Verkäuferin, ein unförmiger Kerl mit Glatze, ist Angestellter. Vermutlich ohne jeden Ehrgeiz. Arbeitet in Travemünde beim Einwohnermeldeamt. So ein Mann wäre Renates Ende. Und die dazugehörende Schwiegermutter kann sie sich leicht vorstellen. Die Schrankwand voll Glasfigürchen.

Dazwischen ein paar rührselige Liebesromane. Eine Boutique zu eröffnen ist in solchen Kreisen ein unerfüllbarer Traum. Aber heutzutage wird doch keine Frau in diesem Land mehr gezwungen, in eine bestimmte Familie einzuheiraten. Renates Mitleid mit der Verkäuferin hält sich in Grenzen. Und auf den Neid solcher Frauen kann sie gut verzichten.

Es findet sich eine neue Verkäuferin für die Kinderboutique, Miriam, Tochter der Café-Betreiber an der Strandpromenade. Miriam hat vorletzten Monat die Schule abgeschlossen und möchte nicht in den Betrieb der Eltern einsteigen. Lieber Kinderkleidung verkaufen. Miriam ist vom ersten Tag an mit ganzem Herzen bei der Sache, Renate mag das Mädchen.

Im Herbst und Winter ist es ruhig in Timmendorfer Strand. Das schafft Miriam meistens allein. Man kann sich auf sie verlassen. Renate bleibt zu Hause und sitzt nachmittags wieder auf dem Sofa oder liegt im Bett. Die Medikamente helfen nicht mehr so gut. Renate nimmt eine Tablette zusätzlich, und die macht müde.

Es wird wieder Frühling. Die Saison geht los. Renate ist gefragt.

Wenn Miriam frei hat, hilft Mara im Laden. Renate bewegt sich wie ein defekter Roboter. Jeder Handgriff, jedes Gespräch mit einer Kundin verlangt ihr alles ab. Mara übernimmt. Renate sitzt hinter der Ladenkasse, versinkt. Vermutlich nimmt sie zu hohe Medikamentendosen oder zu niedrige, mutmaßt die Tochter. Sie hat die Tabletten-Schachteln im Kleiderschrank der Mutter gefunden, als sie sich ein T-Shirt ausleihen wollte. Sie hat den Beipackzettel gelesen. Sie hat sich nicht gewundert, dass ihre Mutter solche Pillen schluckt. Allerdings ist es unfassbar, dass Papá sie nicht davon abzuhalten scheint.

Tatsächlich hat James die Tabletten auch bereits gefunden. Er schweigt. Hat er ein Recht, sich in die Angelegenheiten seiner Frau einzumischen?

Wenig später erkennt James, dass das Ende der Hilfsmission Operation Boutique absehbar ist.

Renate bleibt zu Hause. Liegt im Bett. Will nicht gestört werden. Die Kinder sollen leise sein oder am besten den Nachmittag draußen verbringen. Warum gehorchen sie nie?

Renate hat Angst. Es sind jüdische Kinder. Lange kann es nicht mehr dauern, bis sie erfahren, was im Krieg geschah. Und dann? Warum war Renate sich die ganze Zeit über so sicher, dass ihre Mutter sich irrte? Jetzt ist es zu spät. Mutti würde ihr nicht mehr verzeihen. Renate heult ins Kopfkissen, sobald sie die Stimmen ihrer Kinder hört, die sie doch zu lieben meint.

Und jetzt übernehmen Mara und Miriam erst einmal die Boutique. Es sind Maras Schulferien, aber sie hat sich mit Miriam, die reif wie eine erwachsene Frau ist, angefreundet. Die Arbeit macht Spaß. Miriam weiß Bescheid über Renate, ahnt Mara. Manchmal erzählt Miriam von ihrer Tante, die unter einer Psychose leide und abgesehen von kurzen Unterbrechungen in Neustadt in der Nervenklinik lebe. Sie brauche Beaufsichtigung. Sie ritze sich die Haut an den Armen auf. Oder schlage aggressiv um sich. Oder verschlafe den Tag. Alle in der Familie seien oft verzweifelt, verrät Miriam. Und überanstrengt.

Mara hört sich das interessiert an. Über ihre Mutter spricht sie nie. Sie wagt es nicht; Ohrfeigen und Ansage der Großmutter wirken nach. Miriam stellt keine Fragen zu Renate, und dafür hat Mara das drei Jahre ältere Mädchen ins Herz geschlossen.

Eine Woche später eröffnet in der Einkaufs-Passage schräg gegenüber der Kinderboutique eine Hot-Dog-Bude. Damit ist die Liste der widrigen Umstände komplett. Der Gestank ziehe in die Kinderkleidung, klagt Renate, wenn sie in ihrem Laden vorbeischaut. Und das Schlimmste: die Kundschaft käme Hot-Dog essend herein.

Ein von Miriam angefertigtes Verbotsschild an der Boutique-Tür verhindert das, löst aber den Grundkonflikt nicht. Jetzt steht die Kundschaft mit Hot-Dog auf der Faust vor dem Schaufenster, Renate muss den Leuten beim Herunterschlingen des Imbisses zusehen. Es handelt sich bei den Fastfood-Essenden um Menschen, die Renate quälen wollen. Renate weiß nicht, wie sie sich wehren soll. Sie stürzt heulend aus dem Laden. Miriam übernimmt.

Die Hot-Dog-Bude wird zum Symbol der Unzumutbarkeit, die Kinderboutique weiter zu führen. Angst lähmt Renate. Auch Verzweiflung. Mutti, was soll ich jetzt tun?, flüstert es ihr nachts durch den Kopf. Doch die Mutter schweigt.

Die Boutique wird geschlossen. James bietet Miriam eine Lehrstelle zur Hausdame in seinem Hotel an.

Miriam ist bedrückt, die Boutique war ihr Ein und Alles. Sie war die heimliche Chefin. Wem wird so ein Glück zuteil, gleich nach der Schule? Aber sie nimmt James' Angebot an. Immerhin ist sie damit dem Café-Betrieb ihrer Eltern entkommen. Seit sie denken kann, musste sie dort in der Küche Geschirr spülen, während die Kinder der Touristen am Strand spielten.

Die Boutique-Einrichtung wird teilweise verkauft. Nur einige der rot lackierten Holzregale bleiben in Familienbesitz, sie stehen zwischen den Zimmern von Mara und Michael. Alles, was die beiden nicht mehr brauchen, landet ab sofort in den roten Regalen.

Ausgetretene Turnschuhe, gelesene Comichefte, Schulbücher vom letzten Jahr.

Die roten Regale werden zum leuchtenden Mahnmal für Susanna, wenn sie zu Besuch kommt. Sie sind das, was vom Fluchtgeld übrigblieb.

Aber James und seine Familie wissen nichts vom Fluchtgeld, vom einstigen Fluchtgeld, und dabei will Susanna es belassen. Die Angelegenheit hat auch etwas Gutes, findet sie. Das Geld ist weg, und damit ist sie ein für alle Mal von Fluchtgedanken befreit. Wenn es wieder los geht, wird sie sich ihrem Schicksal stellen müssen. So, wie Millionen Menschen es mussten. Susanna ist nicht auserwählt.

Und das Scheitern der Boutique erörtern sie und James nicht. Einmal kommen sie darauf zu sprechen, Susanna bemerkt nebenbei, dass der Laden sich nun mal nicht rentiert hätte. Das käme nicht selten vor. Wäre aber auch kein Weltuntergang.

Er werde ihr das Geld zurückzahlen, entgegnet James. Aber dagegen protestiert Susanna laut und empört.

James zahlt das Geld in monatlichen Raten auf ein Konto, das er für seine Mutter eingerichtet hat.

Dienstagnachmittag, Renate sitzt auf dem Sofa. Die Haushaltshilfe ist soeben nach Hause gegangen. Die Kinder sind bei ihren Freunden.

Das Telefon klingelt. Renate nimmt den Hörer ab.

„Sie sind Juden, richtig?", heißt es ohne Gruß oder Vorrede.

Renate erstarrt.

„Aber ihre Judenfreunde konnten Ihnen mit der Boutique wohl nicht helfen? Haben die Ihnen kein Geld mehr gegeben?"

Renate erkennt die Stimme der dicken Verkäuferin, die damals aus heiterem Himmel fristlos kündigte.

Einen Moment lang ist Renate wie von Zauberhand gelenkt ganz geistesgegenwärtig. Das, was da am anderen Ende der Leitung gesagt wird, ist unerhört.

„Was wollen Sie von mir?", herrscht Renate entschlossen in den Hörer.

„Wenn Sie weiter den Holocaust ausnutzen, werden Sie uns kennenlernen, Sie Judenschweine!", lautet die Antwort. Dann klickt es in der Leitung.

Renate hält den Hörer noch in der Hand. Minutenlang.

Judenschweine wurde gesagt. Renate hat sich nicht verhört. Judenschweine, es bleibt dabei.

Renate hat sich auch früher nie getäuscht, wenn Judenschweine zwar nicht gesagt, aber gedacht wurde, wird ihr klar. Es war immer genau so gemeint, wie sie es verstanden hatte. Nicht einen Deut anders.

Da fährt Leben in Renate. Ihre geliebte Familie! Was fällt dieser widerlichen, neidischen Person ein!

Renates Herz rast. Was erlaubt ausgerechnet diese Frau sich? Anzeigen wird Renate sie. Und den unförmigen Biedermann an ihrer Seite gleich mit. Aber zuerst muss Mamá das absegnen. Zitternd wählt sie Susannas Nummer.

Die ist zu Hause.

Unter Wut und Tränen lässt Renate ihre Schwiegermutter wissen, was soeben passiert ist.

„Eine Anzeige ist doch das einzig Richtige, nicht wahr, Mamá? Wie kann diese Person es wagen, ausgerechnet Juden zu beleidigen? Uns zu beleidigen, wir gehören doch zu euch, die Kinder und ich!"

Susanna ist verstummt. „Ausgerechnet Juden? Ihr gehört zu uns?", entfährt es ihr endlich.

Renate versteht nicht, was die Schwiegermutter da sagt.

Susanna glaubt zu verstehen, was die Schwiegertochter meint. Und dann schießen Bilder ein. Hauptbahnhof München. Die Rückreise war lang. Zug, Schiff, Warten. Tagelang warten. Zug, Bus, Zug. Ankunft. Deutschland. Bekannte nehmen einen auf. Am nächsten Morgen auf dem städtischen Wohnungsamt Reue-Gesichter. „Remigranten bitte immer montags und donnerstags in Zimmer 12. Wenn möglich. Mit Bitte um Verständnis."

In Zimmer 12 wird Bußfertigkeit zur Schau getragen, man hat extra Leute dafür eingestellt. Und Emil Wiener sitzt schon auf der Holzbank und wartet auf neue Freunde. Und dann sind da noch die, denen Unbeirrbarkeit etwas bedeutet. Eisige Blicke. Ein Wohnberechtigungsschein wird ausgestellt, weil das jetzt Pflicht ist. Über einen Tisch gereicht, an dem es vor ein paar Jahren Pflicht war, andere Beschlüsse zu befolgen.

Dass ihre Wohnung zurückgegeben würde, haben weder Susanna noch Erich erwartet. Auch nicht, dass Ihre Möbel und Kleider und Bücher und Bilder irgendwo eingelagert worden waren. Man hasst die Juden, aber kann nicht genug von dem bekommen, was sie täglich umgab …

„Jetzt gehört ihr zu uns?", hört Susanna sich ihre Schwiegertochter fragen. Sie erschrickt. Sie will das zurücknehmen, aber es gelingt ihr nicht. Elend wird ihr. Sie legt den Hörer auf.

„Mamá? Ich habe dich nicht verstanden. Bist du noch dran? Komm, Mamá, jetzt wehren wir uns endlich! Ich zeige diese widerliche Frau an, ja? Jetzt lassen wir nicht mehr zu, dass solche Menschen euch das Leben vergiften! Uns das Leben vergiften. Mamá?"

Nichts.

Susanna ist geflohen.

Renate bleibt zurück. Reißt das Fenster auf, schreit. Hinaus auf die Straße soll das, was all die Jahre niemand hören wollte. Doch es kommt nur zerhackte Not, aus der sich kein Mosaik legen lässt.

Wenige Minuten später steht der Krankenwagen vor dem Haus. Man bringt Renate in die Klinik.

Renate bleibt eine Woche im Krankenhaus. Es wird eine Depression diagnostiziert. Bei der Entlassung bekommt sie eine Überweisung zur Weiterbehandlung bei einem Facharzt. James schöpft Hoffnung. Die Kinder auch.

Die ehemalige Verkäuferin meldet sich nicht mehr.

Über ihren Anruf wird Renate schweigen. Er hat nicht stattgefunden. Auch das anschließende Gespräch mit Susanna nicht. Beides kann nicht stattgefunden haben. Es wäre das Ende aller Gewissheit.

Susanna hat das Telefonat in der Kammer verstaut. Sorgfältig, dort soll es in Sicherheit liegen, die Zeit überdauern, da die einen wieder nicht zu den anderen gehören wollen. Die Zeit wird kommen.

Unsere Mutter ist vorübergehend krank, aber auf dem Weg der Besserung, heißt es jetzt bei den Kindern. James hat es ihnen so beigebracht. Alles wird gut werden. Dafür wird er sorgen.

Renate müsse aber auch wollen. Hat der neue Arzt gesagt. Renate will. Nimmt die neuen Medikamente nach Vorschrift ein. Verpasst keinen Arzttermin. Hat verstanden, dass von heute auf morgen kein Wunder geschehen wird.

Und Lamento hat zu unterbleiben.

James schweigt, als Mara plötzlich eine grüne Kufiya um den Hals trägt, die sie selbst zu Hause nicht ablegt. Ohne zu wissen, was das bedeutet. Mara trägt das Tuch, weil die Leute in der Schule, die cool sind, es tragen.

Wenig später sickert bei den coolen Leuten in der Schule durch, wofür das Tuch steht.

Soll man es tragen? Einige tragen es ab sofort nicht mehr, andere tragen es jetzt erst recht.

Mara wirft ihres in die Mülltonne vor dem Haus.

James entgeht das nicht. Beim sonntäglichen Mittagessen fragt er, ob Mara heute nicht nackt um den Hals sei. Fehle da nicht etwas?

Mara antwortet so, wie sie es von den coolen Leuten in der Schule gelernt hat. Sie lehne es ab, die Tracht derer zu tragen, die dem jüdischen Volk eine sichere Heimat streitig machen wollen.

James zuckt zusammen und verteilt schweigend den Nachtisch.

Großmutter Grete. Man weiß noch immer nichts Genaues. Mara geht der Großmutter seit Jahren aus dem Weg. Und momentan ist Grete ganz still. Ruft kaum mehr an, seit Renate in Behandlung ist. Und wenn, sagt sie nur knapp: „Euer Vater ..."

„Unser Vater?"

Grete schweigt.

Die Enkel haben einen Verdacht. Sprechen den nicht aus, schon gar nicht Großmutter Grete gegenüber. Mit der Nana versteht sich Großmutter Grete eben nicht. Seit die Kinder denken können.

Benjamin ist fünfzehn Jahre alt und will sich dem Schweigekartell nicht länger anschließen.

„Was soll das bringen?", pfeift er seine Geschwister an. Die Großmütter sollen endlich klipp und klar sagen, wie sie zueinander stehen. Michael und Mara mit ihrer Harmoniesucht sind nicht ganz richtig im Kopf. Findet Benjamin. Ebenso hat ihr Vater einen Knall. Die Großeltern sowieso. „Die ganze Familie ist doch rettungslos irrsinnig. Und Mamá ..."

Doch da bremsen ihn Michael und Mara. Dass Renate irrsinnig ist, darf nicht ausgesprochen werden. Dieses Gesetz hat noch niemand gebrochen.

Gut. Benjamin hält den Mund, was seine Mutter angeht. Aber die Großmütter müssten sich endlich aussprechen.

Die Großmütter werden sich nicht aussprechen. Wozu? Beide wissen schließlich, wie die Dinge liegen. Lange wird das nicht mehr so weitergehen mit diesem Geblüt. Die anderen werden wieder morden. Und: das Mädchen, das zu schnell erwachsen wurde.

Die Beschlüsse sind gefasst. Seit achtzehn Jahren.

Michael wird aufgefordert, seinen Wehrdienst abzuleisten und die Freistellung erfolgt prompt. Was genau hinter den Kulissen gespielt wurde, was Susanna aus der Abstellkammer grub und bei der Bundeswehr vorlegte, erfuhren Michael, Mara und Benjamin nicht. James besprach mit Michael die Formalitäten, und das knapp und notgedrungen.

„Deine Großeltern und ich wurden jüdisch geboren und mussten während des Zweiten Weltkrieges fliehen. Deshalb kannst du dich vom Wehrdienst befreien lassen. Deine Großmutter wird die entsprechenden Dokumente einreichen."

Michael tat so, als sei er ahnungslos, denn er wünschte sich ausführlichere Berichte vom Vater, jetzt bot sich die Gelegenheit dazu.

„Wie war das damals für dich, Papá? Die Flucht, die Heimkehr?"

James will nicht. „Es ist lange vorbei und nicht mehr der Rede wert. Hauptsache ist, dass wir uns jetzt alle wieder so gut vertragen."

Eine Woche später erhält Michael einen Brief von seinem Stiefgroßvater, Gretes zweitem Ehemann. Im Wesentlichen steht darin, dass dieser von der Bundeswehr-Freistellung erfahren hätte, Michael jedoch verpflichtet sei, sein Vaterland zu verteidigen. Er, Adolf Himmel, wäre dieser Pflicht nachgekommen, nicht immer freudig, aber stets gewissenhaft, so wie jeder Mann, der etwas auf sich hielte.

„Nicht nur das Geblüt deines Vaters, auch die Deutschen waren Opfer des Krieges", schreibt Himmel weiter. Und: „Du hast eine deutsche Mutter, für die du im Notfall dein Leben geben musst. Das ist deine Pflicht."

Michael liest den Brief zweimal, dann zerreißt er ihn in kleine Schnipsel, die er in den Küchenabfall wirft. Er erzählt niemandem, was Opa Adolf geschrieben hat. Um das letzte bisschen Familienfrieden zu wahren.

19.
Jetzt ist ein Jahr vergangen.

Benjamin hat sich entschieden, zum Judentum überzutreten. Ohne diesen Schritt mit seinen Eltern zu besprechen.

Er wird sich in den nächsten Monaten vorbereiten.

James, am Abend knapp darüber informiert, schweigt.

Von Renate ist dazu ebenfalls keine Anmerkung zu erwarten, sie ist zur Kur gefahren.

Grete reist an, um die drei Teenager während des Kuraufenthalts der Tochter zu versorgen. Benjamin informiert auch sie über sein Vorhaben, zum Judentum überzutreten.

Grete kommentiert: „Genau das habe ich unter anderem immer befürchtet."

Benjamin fordert seine Großmutter auf, umgehend abzureisen, was diese empört. Aber sie leistet der Aufforderung Folge. Die Enkel müssten dann eben allein zurechtkommen.

Sie kommen allein zurecht.

Und wo Benjamin schon dabei ist, die Familie aufzuklären, ruft er auch Großmutter Susanna an. Teilt ihr mit, dass er zum Judentum konvertieren wird.

Susanna schweigt zunächst. Was soll sie dazu sagen? Wissen die Kinder, dass sie neuerdings katholisch ist? Soviel sie weiß, ist in James' Familie niemand besonders gläubig. Was bezweckt ihr Enkel mit diesem Schritt? Gut, es geht sie nichts an.

Nach kurzer, fruchtloser Bedenkzeit versichert sie Benjamin, dass es natürlich sein Recht wäre, diesen Schritt zu tun. Die Familie habe das zu akzeptieren. Dann fügt Susanna aber doch noch hinzu, dass es ratsam sei, so ein Vorhaben sehr genau und von allen Seiten zu beleuchten.

Bitte? Was sie ihm damit sagen möchte? Benjamin, der von der Religionszugehörigkeit seiner Großmutter nichts weiß, wird dennoch wütend. „Meinst du etwa, eine Konversion zum Judentum würde mir Nachteile einbringen?"

Nein, das wollte sie damit nicht sagen, beeilt Susanna sich zu erläutern. Vielmehr wollte sie wissen, aber eben nicht direkt fragen, warum Benjamin Religion für wichtig erachte.

Benjamin ist so wütend, ja geradezu zornig, dass er die letzten Anmerkungen der Großmutter nicht mehr hört. Er, der einzige in der Familie, der ein Zeichen setzt. Er spricht aus, was er Susanna schon lange einmal sagen wollte.

„Wozu seid ihr aus Bolivien zurückgekehrt? Um Grete und Adolf für den Holocaust um Verzeihung zu bitten? Das ist euch nicht gelungen. Weil es nicht gelingen kann. Grete und Adolf hassen euch nicht für das, was ihr tut. Sie hassen euch für das, was ihr seid!"

Dann knallt er den Telefonhörer auf.

Susanna sitzt noch lange am Telefontischchen. Bis sie ihre Glieder endlich wieder rühren kann.

Michael und Mara sind nach Hamburg gezogen, um zu studieren. Geld verdienen sie bislang nur gelegentlich, aber sie wollten zu Hause raus. Sie brauchten Atemluft. Außerdem braucht Michael psychologische Hilfe, bei ihm wurde eine Depression diagnostiziert. In Hamburg gibt es kompetente Ärzte. Aber das müssen die Eltern und Großmütter nicht wissen. Sie haben ihre eigenen Probleme.

Susanna zahlt die Miete für die Hamburger Wohnung. Sie hat zwar keine Rücklagen mehr, braucht aber nach wie vor nicht viel. Sie kann das Geld von ihrer Rente abzweigen.

Benjamin lebt noch zu Hause. Sein Abitur hat er gerade bestanden. Er bereitet sich auf seine Konversion vor und sucht nach einer Lehrstelle. Am liebsten im Bereich Technik.

Renate geht es ganz gut. Sie macht eine Therapie.

Morgens befüllt sie die Waschmaschine, dann kocht sie das Mittagessen für Benjamin und sich. Wenn er nach Hause kommt, essen sie gemeinsam. Er erzählt, wie die Suche nach einer Lehrstelle am Morgen lief. Renate hört sich das schweigend an. Schweigend, weil Benjamin keine Nachfragen duldet. Seine Mutter soll genau zuhören, dann braucht sie nicht nachzufragen. Renate hört genau zu.

James, der noch immer beruflich nach Teneriffa fliegt, lernt eines Tages dort Inez kennen. Sie ist verwitwet und führt das kleine Restaurant am Strand, das sie einst mit ihrem Mann eröffnete, jetzt allein.

„Es ist ernst zwischen den beiden", lässt Michael, der seinen Vater manchmal nach Teneriffa begleitet, seinen Bruder Benjamin telefonisch wissen.

„Und was wird aus Mamá?"

Michael schweigt.

Am Abend, als James von der Arbeit kommt, möchte Benjamin mit ihm unter vier Augen sprechen. Sie gehen in Benjamins Zimmer. Er macht die Tür zu.

Das Gespräch beschränkt sich auf zwei Sätze.

„Du Arschloch! Willst du jetzt deiner Ehefrau gegenüber schweigen, so wie du jahrelang deinen Kindern gegenüber geschwiegen hast?" Sagt Benjamin zu seinem Vater.

James ist so verdutzt, dass er nicht antworten kann. Und da hat Benjamin auch schon Jacke und Schuhe angezogen. Und verlässt das Haus.

Am nächsten Morgen kommt er zurück, um seine Sachen zu packen. Er wird in eine befreundete WG ziehen, er wird sich seinen Lebensunterhalt ab sofort selbst verdienen. Dass er einem Vater, den er als Arschloch bezeichnete, nicht länger auf der Tasche liegen kann, ist ihm bewusst. Zumal er auch James' Angebot, ein klärendes Gespräch zu führen, ablehnte. Mit klärenden Gesprächen hätte der Vater ihm früher kommen müssen. Jahre früher.

Benjamin ist fort.

Renate kauft sich einen kleinen Hund.

Wenn Renate nach Neustadt in die Klinik muss, reist Mara aus Hamburg an, um den Hund zu versorgen.

Nachmittags besucht sie ihre Mutter, die für ein paar Tage stationär aufgenommen wird, damit Medikamente neu eingestellt und Fortschritte bewertet werden können.

Mara hört sich an, was Renate über den Klinikalltag zu berichten hat. Die Schwestern seien nicht immer freundlich. Und die Ärztin hielte Renate dauernd zum Turnen an.

„Zwingt mich zum Turnen", verbessert Renate sich. „Na gut. Wenn es sein muss."

Mara beeilt sich zu versichern, dass ihre Mutter bereits viel gesünder wirke.

Manchmal unterhalten sie sich auch über etwas ganz anderes.

Einmal, als Mara bei Renate im Zimmer sitzt, kommt die plötzlich auf frühe Jahre zu sprechen. Auf Michaels Geburt. Die erste Wohnung. Eine sehr glückliche Zeit sei das gewesen, sagt Renate, weil sie es so in Erinnerung hat.

Ganz wach und klar wirkt ihre Mutter heute, deshalb möchte Mara mehr über die ersten Tage in Michaels Leben wissen.

Was Mara besonders interessiert, ist das klärende Gespräch zwischen ihrer Großmutter, ihrer Mutter und ihrem Vater.

Was genau wurde von wem gesagt? Soviel Mara wüsste, kannten sich die beiden doch bis dahin noch nicht. Oder? Wollte Großmutter Grete ihren Schwiegersohn vorher nicht kennenlernen? Warum nicht?

Renate ist verblüfft. Ein klärendes Gespräch?

„Wir waren nicht so versessen auf klärende Gespräche wie ihr heutzutage."

Die ersten Tage nach Michaels Geburt seien anstrengend gewesen. Renate, erschöpft und dankbar für die Hilfe ihrer Mutter, habe keine Minute Zeit gehabt, klärende Gespräche zu führen. James auch nicht. Der habe übermüdet zur Arbeit gehen müssen, wenn Michael nachts brüllte. James sei froh gewesen, dass es Renate mit Hilfe ihrer Mutter gelang, den Säugling zur Ruhe zu bringen. Und als Grete nach einer Woche wie angekündigt wieder nach Hause gefahren sei, weil Adolf alle sieben vorgekochten Mittagsessen verzehrt hatte, sei es vorher noch zu einem Händedruck und dann sogar zu einer kurzen Umarmung zwischen Schwiegermutter und Schwiegersohn gekommen. Beide hätten gelächelt.

So hat Renate es abgespeichert. Dass James auszog, bevor ihre Mutter seine Wohnung betrat, hat Renate vergessen. Auch, dass es kein Lächeln gab. Und keine Umarmung.

Mara ahnt davon nichts.

Sie könnte ihre Großmutter ebenfalls zu dieser Woche befragen, beschließt sie. Wenn sich die Gelegenheit ergibt.

Renates Krankenhausaufenthalt zieht sich noch ein paar Tage hin. Mara muss demnächst zurück nach Hamburg, also reist Grete an, um den Hund zu versorgen, während die Neustädter Klinikärzte gegen die schwere Migräne ihrer Tochter kämpfen.

Vor einigen Monaten, als Renate zum ersten Mal in der Klinik war, hatte Grete mit dem behandelnden Arzt gesprochen. Sie hatte sowohl die Lebensumstände ihrer Tochter erläutert, als auch aufgedeckt, warum ihre Tochter sich überhaupt in einer Klinik aufhalten müsste.

Der Arzt hatte erwidert, dass eine gewaltlose Ehe mit einem jüdischen Mann in aller Regel keine Depression auslösen würde. Andere Faktoren spielten eine Rolle. Manchmal seien das unverarbeitete Erlebnisse.

„Belastende Erlebnisse während der Kindheit", erklärte er, als Grete ihn fragend ansah.

Grete war verärgert, wollte dem Mann aber nicht gleich Inkompetenz vorwerfen. Nicht bevor sie sich genau mit dem Krankheitsbild Depression beschäftigt hatte. Wozu sie aber aus Zeitgründen bislang nicht gekommen war.

Deshalb wird sie ihre Tochter dieses Mal nicht in der Klinik besuchen, sondern deren Haushalt in Ordnung bringen und den Hund versorgen.

Mara will mit dem Nachmittagszug zurück nach Hamburg fahren. Vorher sitzt sie mit Grete im Garten. Schenkt der Großmutter Kaffee ein, legt ihr einen Keks auf die Untertasse. Sie könnte jetzt fragen, warum ihr Vater bei Grete auf Ablehnung stieß.

Mara weiß nicht, wie eine Frage, die die Großmutter beantworten müsste, lauten könnte. Sie beschließt, sich anzupirschen.

Opa Adolf. „Was hat er im Krieg getan?"

Grete fährt zusammen. Blickt dieses Kind, das nicht auf der Welt sein sollte, an.

„Gerade du willst uns beschimpfen?", herrscht sie die Enkelin an, und ein Spatz, der gerade auf der Veranda umher hüpfte, um Kekskrümel zu stibitzen, flattert davon.

„Beschimpfen?", echot Mara ehrlich verblüfft.

Darauf geht die Großmutter nicht ein. Weil sie zornig ist. Weil sie Anstand vermisst. Bei Mara. Auch in deren Generation. Eine Generation, die es nicht geben würde, wenn die Beschimpften unvernünftig gehandelt hätten, fordert Rechenschaft? Noch vor ein paar Jahren hätte es für so eine Ungezogenheit eine Tracht Prügel gegeben.

„Ihr meint, den Männern hätte das, was sie getan haben, Spaß gemacht? Ihr meint, sie hätten das gern getan?"

Mara bringt kein Wort mehr hervor.

Weil Grete soeben feststellt, dass Gott längst gestraft hätte, wenn es Unrecht gewesen wäre.

Susanna, Grete und Renate erfahren nichts von der spanischen Frau. Die Kinder halten dicht.

In den Ferien hatte Michael Inez auf Teneriffa kennengelernt, weil der Zufall es an diesem Tag so wollte. Die kleine dunkelhaarige Frau, etwa vierzig Jahre alt, wie Michael schätzte, war dem Vater und ihm auf der Strandpromenade entgegengekommen, gemeinsam kehrten sie auf einen Drink in eine Tapas Bar ein. Inez redete gestikulierend, lachte ausgelassen. Nach zwanzig Minuten musste sie schon wieder aufbrechen, das Abendgeschäft in ihrem Restaurant begann bald. Vater und Sohn sprachen nicht über sie, Michael kapierte sofort, dass James' Geliebte ihn nichts anging.

Ein halbes Jahr später spricht Michael seinen Vater, der immer häufiger nach Teneriffa fliegt und immer länger dort bleibt, doch auf Inez an. James ist zu Besuch in Hamburg, er und Michael sitzen auf dem Balkon und trinken Bier.

Ob James noch mit Inez zusammen wäre? Ob James weggehen wolle aus Deutschland? Und Mamá?

Ja, Inez und James sind noch zusammen und es läuft gut. Nein, Weggehen aus Deutschland will James nicht.

Er habe Verantwortung, erklärt er seinem Sohn, „Verantwortung für eure Mutter, die vermutlich durch das, was sie erlebt hat, krank ist", spricht er es zum ersten Mal aus. „Sie hatte nicht das Glück, in Bolivien aufwachsen zu dürfen."

Michael ist still. Verwirrt, betreten. Was redet der Vater da? Aber wo gehört er selbst denn hin? Zu den Mörder- oder zu den Opfer-Großeltern?

Zu beiden, ob er will oder nicht.

Doch James entgeht das. Er ist gerade in Gedanken bei Inez. Mit ihr hat er ein Leben. Das eines gewöhnlichen verheirateten Mannes aus Deutschland. Einer von Tausenden. So grau, dass er nicht vom Bürgersteig absticht. Über seine Herkunft sprechen James und Inez nicht, warum denn auch? Es ist passiert, es ist nicht mehr zu ändern.

Und jetzt will James leben wie ein ganz normaler Mann.

ENDE

Unvermeidbare Beeinflussung

Juliane Beer

Auf dem Dachboden eines Neuköllner Mehrfamilienhauses treibt ein Geist sein Unwesen. Das zumindest vermuten die Bewohnerinnen, bis der Vermieter tot im Treppenhaus aufgefunden wird. Kommissarin Liz Feldmann nimmt die Ermittlungen auf …

Juliane Beer gelingt mit diesem Krimi ein Balanceakt zwischen Klischee und Realität, der humorvoll und beinahe nebenbei gesellschaftliche Schieflagen aufdeckt.

Marta Press, 2016, 156 Seiten
ISBN: 978-3-944442-57-0
Preise: 14,00 € (D), 15,00 € (AT), 17,00 CHF UVP
(CH), 16,00 US$, 12,00 GBP, 21,00 AU$

Frau Doktor E.
liebt die Abendsonne

Juliane Beer

Frau Dr. E., Mitte 40 und Single, arbeitet kompetent und engagiert als Ärztin in Kapstadt, Berlin und Hamburg. Unruhig wird sie, als sie nach Antritt einer neuen Arbeitsstelle in der norddeutschen Provinz im *Ärzteblatt* lesen muss, dass möglicherweise eine „falsche Ärztin" in Deutschland unterwegs sei …

Marta Press, 2015, 236 Seiten
ISBN: 978-3-944442-31-0
Preise: 14,90 € (D), 15,50 € (AT), 21,90 CHF UVP (CH)

Tag X
Ein gut gemachter Fake

von Emily Williams

Eine selbstbewusste, internetaffine Frau, fast fünfzig, trifft sich aus purer Abenteuerlust mit einem populären Blogger, der verhaltensauffällig ist und mindestens ein Suchtproblem hat. Ihr Date endet weder mit Sex noch mit einer Beziehung, doch durch das Treffen wird sie inspiriert. Sie plant einen großen Coup am Tag X gegen die stetig wachsenden Facebook-Fangruppen der AfD vor der Bundestagswahl 2017. Trotz ihrer unterschiedlichen politischen Ansichten zeigt sie Emphatie bei dem Niedergang des Mannes. Und gleichzeitig ist sie Strategin: Sie beschreibt ihren Weg, die Hetze und die Fake News der AfD bei Facebook abzuschalten. Wenigstens zeitweise. Humorvoll und dennoch mit ernstem Hintergrund wird hier widerständige, linke Netzgeschichte dokumentiert.

Marta Press, 2019, 160 Seiten
ISBN: 978-3-944442-42-6
18,00 € (D), 20,00 € (AT), 22,00 CHF UVP (CH),
22,00 US$, 18,00 GBP, 32,00 AU$

Sach- und Fachbücher
- Gesellschaftskritik
- Frauen-/ Männer-/ Geschlechterforschung
- Holocaust/ Nationalsozialismus/ Emigration
- (Sub)Kulturen, Kunst & Fashion, Art Brut
- Gewalt und Traumatisierungsfolgen
- psychische Erkrankungen

sowie
… junge urbane Gegenwartsliteratur, Krimis / Thriller,
Biografien

… Art Brut und Graphic Novels

www.marta-press.de